悦读名品
make magic media

丛书主编　吴 岩
丛书选编　郭 凯　孙 薇

少年
科幻小说
大奖书系

创造者

（英）H.G.威尔斯（Herbert George Wells）　等著

李凤阳　等译

化学工业出版社

·北 京·

图书在版编目（CIP）数据

创造者／（英）H.G. 威尔斯（Herbert George Wells）等著；
李凤阳等译 . —北京：化学工业出版社，2019.5（2021.8 重印）
（少年科幻小说大奖书系／吴岩主编）
ISBN 978-7-122-34171-6

Ⅰ. ①创…　Ⅱ. ①H…②李…　Ⅲ. ①科学幻想小说 - 小说集 -
世界　Ⅳ. ① I14

中国版本图书馆 CIP 数据核字（2019）第 054963 号

出品人：李岩松　　　　　　　　　　文字编辑：刘　莎
特约策划：李兆欣　　　　　　　　　营销编辑：龚　娟　郑　芳
责任编辑：笪许燕　汪元元　　　　　装帧设计：尹琳琳
责任校对：王　静

出版发行：化学工业出版社（北京市东城区青年湖南街13号　邮政编码100011）
印　　装：三河市双峰印刷装订有限公司
710mm×1000mm　1/16　印张18　彩插2　字数192千字
2021年8月北京第1版第3次印刷

购书咨询：010-64518888　　　　　　售后服务：010-64518899
网　　址：http://www.cip.com.cn
凡购买本书，如有缺损质量问题，本社销售中心负责调换。

定　　价：45.00元　　　　　　　　　　　　　版权所有　违者必究

为什么读科幻?

（序）

科幻小说是200年前出现的一种小说类型。1818年，英国作家玛丽·雪莱创作了《弗兰肯斯坦》，这是一部科学家怎么在实验室创造生命的传奇故事。在那样的年代里，科学、科学家都还是新颖的东西，但文学家已经敏锐地捕捉到这些事物，并设想了它们的未来。由于科幻小说携带着时代的精神，因此受到读者的热烈欢迎。自玛丽·雪莱之后，科幻作品逐渐在世界各地发展。1902年，中国的梁启超在他主编的《新小说》杂志上也开始发表科学小说。他所说的科学小说，就是今天的科幻小说。

看科幻小说时间长了，你会发现，这类作品中的故事多数发生在我们不熟悉的世界里：遥远的过去、被改变的现在、还未到达的将来。因此科幻小说虚构的成分更多，其中饱含了人类的期盼和愿望。我们希望科学带给我们一个美好的未来，也对科学发展可能造成的种种风险怀有警惕。因此，在建构的同时批判，又在批判的同时建构，是科幻小说的故事核心。乌托邦描述人类的理想世界，反乌托邦说人类想要逃离的世界。这就是为什么有人说，科幻中可以读到乌托邦，也可能读到反乌托邦。

科幻小说读多了还能发现其他一些有趣的东西。例如，我们的世界其实处于永恒的变化之中。在17世纪，天文学家开普勒撰写了小说《梦》，在这个作品中，人类可以通过"鬼魂"进行太空飞行。因为在那个年代，人们真的认为鬼魂是存在的，还能升空。

在今天的科幻小说里，飞向太空的方法多数是用火箭或者飞船。这些飞行器通过喷气推进。也有的作家走得更远，设想用引力波或者空间弯曲来飞行。飞行方法的变化，反映了人类科技的变化。同样，在19世纪凡尔纳的《环游地球八十天》里，绕地球一圈要接近三个月。但今天的科幻作品中，喷气式飞机用不了一天就能完成这次旅行。如果改用《哆啦A梦》里的任意门，一瞬间就可以到达地球上任何一个地方。再举一个例子。20世纪初俄国作家别利亚耶夫撰写了一系列关于永生的小说，那时候我们还完全不知道基因的存在，永恒的方法纯粹是表面的推测。但今天的科幻小说中充满了以调整基因序列或修复带病基因来抗拒衰老、延长寿命的方法。1978年作家叶永烈发表了《小灵通漫游未来》。后来他说，没有提到电脑网络真是一个失误。今天的小说中，微信、微博、VR（虚拟现实）等社交方式随处可见。

有人说，变化不是我们世界的常态吗？是的。但如果变化太快，人就无法适应。举个简单的例子。当下知识更新速度太快，我们学习到的东西很快就会过时。如果不会新的技能，你后面的人生之旅将怎么顺利通过呢？再举个例子。机器人技术的发展已经可以取代大量蓝领工作，而人工智能的发展可能使律师、金融投资专家甚至教师和医生都统统失业。这就是快速变化给我们造成的危机。我们必须学会预学习和预创新。而所有这些在科幻作品中都提到过。科幻作品是未来的风向标，是适应未来的练习本。

当然，最重要的是，读科幻小说让我们思考：我们是谁？我们将向何处去？科学带给我们怎样的未来？我们是否需要这样的未来？如果不需要，我们该怎么行动？读科幻小说还会让我们更深入了解社会生活，更理解课本上的知识。我在人大附中听过他们的科幻物理学课程。教师通过科幻作品，真正把物理学投射到社会生活之中。"超人有多大力气？""蜘蛛侠的行走方式真的更快吗？"看似天马行空，却是真实世界的物理学。我还在其他地方听到过如何用《饥饿游戏》《移动迷宫》《分歧者》等小说分析现实的研究。

科幻小说能够增进我们的想象力和创造力。作家异想天开的故事、令人深思的情节、多种多样的人物，以及无法想象的结局，常常会令我们掩卷遐思。小时候读凡尔纳的作品，常常会为了寻找故事中的位置去打开地图。跟随主人公的旅行其实是一种心灵上的发现、想象中的漫游。阅读威尔斯的小说，既能让我们在大脑中构筑起四度空间的神奇形象，也能构筑起建设公平社会的蓝图。任何一个阅读阿西莫夫、海因莱因、布拉德伯里、克拉克作品的人，其创造和想象的热情都会被激荡起来。和他们一样去创新科技、去建构未来，是许多科幻迷的美好愿望。

今年夏天我在硅谷出差，听到不少这里的创业大佬爱读科幻的故事。像谷歌的创始人拉里·佩奇和谢尔盖·布林，像微软的创始人比尔·盖茨和保罗·艾伦，像亚马逊的首席执行官杰夫·贝索斯，像脸书的发明者马克·扎克伯格，他们从童年就开始大量阅读科幻作品。在这个队伍中还有PayPal（贝宝）的创始人彼得·蒂尔。据说他的发明来自科幻小说《编码宝典》。特斯拉公司的埃隆·马斯克要用自己的飞行器奔向火星的呼吁，也来自他喜欢的科幻作品。在中国各地也有许多科技企业家大谈科幻小说的妙处。联想的创始人柳传志、小米的创始人雷军、百度的创始人李彦宏、360的创始人周鸿祎都是代表。他们无一例外都喜欢刘慈欣的小说《三体》。据说，雷军还让公司里的所有员工都熟读这一作品，原因是作品中包含了高科技企业的创业法则。

科学家对科幻的热爱，丝毫不逊色于企业家。美国航空航天局的工程师维纳·冯·布劳恩、杰弗里·兰迪斯、弗诺·文奇、安迪·威尔等都写过脍炙人口的科幻作品。天文学家弗雷德·霍伊尔、卡尔·萨根等更是人尽皆知的科幻大师。行为主义心理学家斯金纳也写过科幻小说。还有人工智能专家马尔文·明斯基。中国的水利专家潘家铮、生物学家王立铭等都写过很好的科幻小说。

收录在这套选集中的作品，是编者从过去多年阅读的优秀科幻小说中精选的。全套一共四册，分别为《探索者》《创造者》《勇敢者》和《倾听者》。我个人的建议，应该从《探索者》读起。因为探索是发现之母，没有探索就没有创新。第二本应该读《创造者》，在探索的基础上创造出改变世界的方法嘛！如果说探索者需要灵敏的感官，那么创造者需要强大的思想，需要永葆变革的心态。无论是探索还是创造，都需要勇敢，因此第三本要去看《勇敢者》。没有勇敢者，人类不可能走向宇宙，也不可能洞察宇宙深处的结构和生命的最终奥秘。即便我们能在这个宇宙中立足，也不能忘记和轻视大自然。第四本看《倾听者》吧，这本书讲述了更加高等的生命存在。与《三体》所讲的故事一样，人类必须成为一个好的倾听者，战战兢兢地、小心地发现宇宙，才能保证我们自己更好地发展。

　　赶快打开书，开始你自己的未知世界探索之旅吧！

目　录

国外篇

国内篇

国外篇

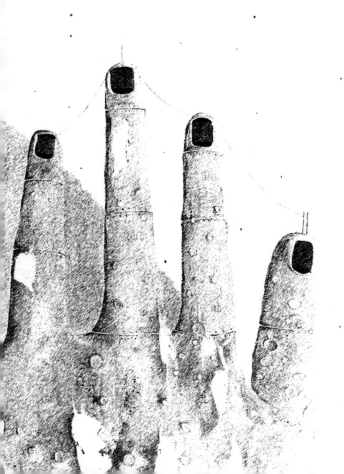

新加速剂

（英）H.G.威尔斯/著

李凤阳/译

有一说一，如果说曾经有人想要找一枚别针，结果却找到一枚基尼[①]金币，那就是我的好朋友吉本教授了。我以前就听说过研究人员出乎意料大获成功的事情，但没有一件能跟他的发现相提并论。实事求是地说，这次他真的发现了能让人类生活产生革命性变化的东西，我用这个词一点也没有夸张的意思。他当时仅仅是想找到一种全功能型神经兴奋剂，让那些毫无生气的人振作起来，挺过那些难熬的日子。迄今为止，那东西我试过好几回了，我所能做的，只是尽力描述它在我身上产生的效果。对所有那些寻求各种新鲜刺激的人士来说，令人瞠目结舌的体验在等着他们，这一点很快就会变得明白无疑。

很多人都知道，吉本教授是我在福克斯通的邻居。如果记忆没有跟我开玩笑的话，一幅显示他在不同年龄段模样的画像曾经在《河岸杂志》出

[①] 英国旧货币名，是英国第一代由机器生产的货币。1733年以后成为收藏货币。1816年退出流通货币行列，不再进行面值交易，其价值远超于发行面值（本书注译，如无特别说明，均为译者注——编者）。

现过——我觉得是1899年年底那期，不过我已经没法核实了，因为那本杂志借给了别人，那人又没有还回来。读者也许还记得，他额头很突出，眉毛特别长、特别黑，正因如此，他的脸上有着一丝墨菲斯托菲里斯的神韵。他住在上沙门路西区一座舒适的独立小屋里，这个区因为有不少这样风格各异的房子而独具兴味。他的房子有佛兰德式三角墙、摩尔式柱廊，他住在那里的时候，那个有直棂凸窗的房间就是他的工作室，我们经常在那房间里抽烟聊天，一聊就是一个傍晚。他是个说笑话的好手，不过跟我聊天的时候，除了开玩笑，他还喜欢谈论工作。有那么一种人，聊天对他们而言，既是一种帮助，也是一种刺激，他就是那种人。于是我得以从早期开始就能追踪了解有关新加速剂的设想。当然了，他的大部分实验工作不是在福克斯通而是在高尔街完成的，那里有间非常好的新实验室，就在医院旁边，他是第一个使用那间实验室的人。

每个人都知道，或者至少可以这么说，所有智识人士都知道，吉本的研究领域是药物对神经系统的作用，这方面的研究让他在生理学家当中获得了极大的名气，而他也配得上这一盛名。听人说，在催眠药、镇静药、麻醉药的研究方面，他是无人能及的。他还是一名相当杰出的化学家。在我看来，以神经节细胞和神经纤维为中心形成了一个谜之丛林，这个丛林微妙又复杂，其中有一些小区域是他清理出来的，一些被光照亮的小块空地，而在他认为发表研究成果的时机到来之前，任何其他活着的人都无法进入这些空地。在过去的几年里，他异常勤奋地研究神经刺激物这个问题，而且在新加速剂发现之前，他已经获得了非常大的成功。医学科学必须对他表示感谢，他研究的三种独特的、绝对安全的充能剂对从业人员的价值不可估量。我敢说，"吉本氏 B 糖浆"救下的极度疲劳人士，已经比这片海域任何一条救生船救下的人都多。

"可是，这都是些小玩意儿，还没有一种能让我满意。"大概一年前，他这么对我说，"这些东西，提高了中枢能量，但对神经不起作用，或者只能提高可获得的能量，但降低了神经传导功能。所有这些东西作用都不一样，而且只能局部起效。有一种能激活心脏和其他脏器，但会让大脑陷入昏迷，还有一种能让大脑活跃起来，可对太阳神经丛又不好，我想要的是——在这世界上，如果可能的话，我决心得到的是——一种能激活全部器官的兴奋剂，一次就能让你从头顶到大拇脚指尖全都醒过来，别人过一生，你能过两生，甚至三生。嗯，这才是我想要的东西。"

"那会把人累着的。"我说。

"毫无疑问。饭也得吃两倍或三倍，诸如此类。但是，你想想，这意味着什么？想象一下，你手里有着一个小药水瓶，"他举起一个绿玻璃小药水瓶，用这个瓶子比画起来："在这个宝贝瓶子里有一种东西，能让你思考速度快一倍，移动速度快一倍，在给定的时间里能多完成一倍的工作。"

"这种事有可能吗？"

"我觉得有。要是没有，我这一年的时间就白费了。比如，这些不同配比的次磷酸盐制剂，似乎能产生一点类似的效果……就算是 1.5 倍，那也行啊。"

"那会很不错。"我说。

"举例说吧。假设你是个政界要人，正急得团团转，时间不等人，有特别急的事等着你做，嗯？"

"他可以给自己的私人秘书下药。"我说。

"然后获得双倍的时间。那么想想你自己，比如，你想完成一本书。"

"通常的情形是，"我说，"我宁愿自己从未动笔开写。"

"或者是个忙得要死的医生，想要坐下来好好想想一个病例。或者是个律师，要不就是个为了考试突击看书的人。"

"一滴值一个基尼，"我说，"对那些人值更多。"

"再比如，如果是决斗的话，"吉本说，"那可完全看你扣扳机的速度。"

"或者是击剑。"我说。

"你看，"吉本说，"如果我搞出了这个全功能的东西，它对人完全无害，除了一点，就是可能让你略微老得快了那么一点。别人活一辈子，你却可以活两辈子——"

"不过，"我琢磨了一下，"要是决斗的话，这公平吗？"

"那是助手们要操心的问题。"吉本说。

我又回到刚才的话题。"你真的认为，这种东西真有可能？"我问。

"要说可能的话，"吉本说着，拿眼睛瞄了一眼以某种节奏从窗边经过的什么东西，"就跟机动巴士一样可能。事实上——"

他停了一下，意味深长地朝我笑了笑，用手里的绿色玻璃瓶慢慢敲打办公桌的边缘。"我觉得这东西……已经有一点眉目了。"他笑容紧张，说明刚刚透露了重要内容。要不是工作已经很接近收尾的话，他很少会谈到进行中的实验项目。"也许，我是说也许，这东西能做到的可能不止两倍，那样的话，我也不会感到意外的。"

"那会是件很大的事情。"我试探着说了一句。

"我想，那会是件很大的事情。"

不过现在我觉得，他那时候还没有完全了解那将是一件多么大的事，尽管他那么说。

我记得，在那之后我们有几次聊过那东西。他把它叫作"新加速剂"，而且每次聊的时候，他的语气变得越来越有信心。有时候他紧张地谈到使用这种东西可能引发的不可预期的生理后果，然后会变得有点消沉；也有些时候，他又显得非常唯利是图，我们长时间地激烈辩论，这种制剂如何能变成商业利益。

"这是个好东西，"吉本说，"一个了不得的东西。我知道，我给这个世界带来了某种东西，那么预期这个世界给我们回报，我认为这样合情合理。科学的尊严啊什么的我当然赞成，但我觉得不管怎样，我得垄断这个东西一阵子，比如说十年。我不懂，为什么生活中所有的乐趣都应该让那些火腿商贩们享受了去。"

当然了，我个人对这种即将面世的药的兴趣，并未随着时间的流逝而减弱。说来奇怪，我的思想里总是有那么一点形而上学的倾向。我经常思考跟时空有关的悖论，在我看来，吉本正在研究的，其实就是绝对意义上的让生命加速的药物。假设一个人不断服用这种制剂，那么他的确可以过上非常活跃、无与伦比的生活，但他也将在十一岁成年，在二十五岁成为中年人，到了三十岁各项身体机能就进入老年，开始衰退了。根据我对目前情况的看法，吉本对那些服用他药物的人所做的，与自然界对犹太人和东方人所做的事一般无二，他们都是十几岁就成人了，五十岁就老了，总是比我们思维更快，行动更快。在我看来，药物的力量是非常神奇的。让人发疯，让人平静，让人变得无比强壮，思维敏捷，也可以让人一动不动，宛如一截木头，能加速这种情绪，也能抑制那种情绪，所有这些都可以通过药物做到。现在，医生们使用的药品库当中，又要有一种新的"奇迹之药"了。但是，吉本太关注他那些技术层面的东西，根本不会深究我考虑的问题。

八月七号那天，要不就是八号，他告诉我，就在我们谈话的时候，将一锤定音地决定他成败的蒸馏过程正在进行。十号的时候他告诉我，那东西成了，新加速剂已经成了这个世界中一个看得见摸得着的现实。我登上沙门山朝着福克斯通步行的时候碰到了他，当时我正想着该理发了，他却急匆匆地下来迎接我。我估计他本来是要去我家，第一时间告诉我他成功了。我记得，他的眼睛异常明亮，满面红光，甚至那个时候我就已经发现，他的脚步轻快无比。

"成了，"他喊道，抓着我的手，语速非常快，"不只是成了。快来我家看看。"

"真的？"

"真的！"他大喊。"难以置信！快过来看。"

"是——两倍？"

"不止，远远不止。吓着我了。你来看看这个东西。尝尝！试试！这是地球上最了不起的东西。"他抓着我的手，走得太快了，我得小跑才能跟上。上山的时候他一直不停地向我喊着什么，整个游览马车里的人都转过头来，齐刷刷地盯着我们看：所有乘坐游览马车的人都喜欢这么看人。

那时节的天气，正是最热、最明朗的时候，福克斯通这样的天气非常多，每种颜色都亮得不可思议，每条轮廓线都对比强烈。当然，也有微风，但风不大，在这种情形下，根本不足以让我保持凉快和干爽。我大口大口地喘着粗气。

"我没有走得太快吧？"吉本叫道，脚上慢下来，调到急行速度。

"你一直在服用这东西？"我喘着气。

"没有，"他说，"最多就是挂在烧杯壁上的一滴水，我本来是要把那东西的痕迹清洗干净。昨晚服了些，你知道。不过那都是老皇历了。"

"是两倍吗？"快到他家门口的时候，我全身大汗淋漓。

"一千倍，几千倍！"吉本大喊，手疯狂地挥舞着，大力推开那扇复古英式雕花橡木门。

"呼！"我大喘了一口气，跟他进门。

"我不知道多少倍。"他说，手里拿着弹簧锁钥匙。

"那么你——"

"神经生理学的所有秘密都昭然若揭了，视觉理论如今已经完全进入到新境界……天知道几千倍。以后我们全都会试到——现在要做的，就是试试这东西。"

"试试这东西？"这时我们正穿过走廊。

"可不，"吉本说，在书房中转身对着我。"就在那边的那个小绿瓶里面！你害怕了？"

我是个生性谨慎的人，只是理论上有冒险精神。我的确害怕。但另一方面，我也是个骄傲的人。

"这个……"我还要再争一下，"你说你已经试过了？"

"我试过，"他说，"而且看起来我也没有受什么伤害，是不是？我看上去也不像肝出了问题，而且我感到——"

我坐了下来。"把药水给我，"我说，"要是出现最糟糕的情况，那我就不用去理发了，要我看，理发完全可以说是文明人所必须要尽的最可憎的义务之一。这药怎么服啊？"

"用水送服。"吉本说，同时把一瓶水重重放在桌上。

他在办公桌前站起身，注视着坐在他的安乐椅上的我。他的神情一下子变了，有点哈利街名医的味道。"劲儿可挺冲的。"

我比了个手势。

"首先，我必须警告你，一喝下去就立刻闭上眼睛，一分钟左右之后，非常小心地睁开，还能看见。视觉是一个振动波长的问题，而不是冲击强度的问题，但是视网膜会感到有些不适，如果眼睛睁开的话，你会觉得恶心眩晕。保持闭眼。"

"闭眼，"我说，"很好！"

"另外一件事就是，保持不动。不要乱砸东西。你要那么做，就可能会敲碎什么东西的。记住，你的速度是你以前最快速度的几千倍，心脏、肺、肌肉、大脑——所有这些东西——你会使出重拳击打，自己却不知道。你的感觉会跟现在一样。只不过，世界上所有的东西都会慢下来，比以前的速度慢几千倍。这种体验真的非常非常诡异。"

"上帝，"我说，"你的意思是——"

"你会明白的，"他说，然后拿起一个小量具。他扫了一眼办公桌上的材料。"玻璃杯，水，都在这。第一次尝试一定不能喝太多。"

他倒出一些里面装着的宝贝东西。

"不要忘了我跟你说的，"他说着，把量具里的液体倒进一个玻璃杯，就像意大利侍者在按照刻度倒威士忌一样。"坐好，眼睛紧闭，两分钟内一动不要动，"他说，"然后你会听见我说话。"

玻璃杯里药量很少，他在每个杯里又加了高约一英寸①的水。

"慢慢来，"他说，"不要放下杯子。拿在手里，手放在膝盖上。对，就这样。那么——"

他举起杯。

"新加速剂。"我说。

"新加速剂。"他答道，我们碰了杯，喝掉，我立刻闭上了眼睛。

你知道，人在嗑了"气"之后会有坠入空白的虚无之境的感觉。有那么一会儿，也不知道是多长时间，我就是这种感觉。然后，听到吉本叫我醒来，我动了动，睁开眼睛。他跟原来那样站在那里，杯子仍在手里。唯一的区别在于，杯子空了。

"怎样？"我说。

"没有什么不对劲的感觉吧？"

"没有。感觉有点轻微兴奋。别的就没了。"

"声响呢？"

"一切都很安静，"我说，"天啊！哎呀！一切真的都很安静。但是有

---

① 1英寸≈2.5厘米。

种轻微的啪嗒啪嗒的声音，就好像雨点落在各种东西上。那是什么？"

"解析后的声音。"我觉得他是这么说的，但我不确定。他扫了一眼窗户。"以前你见过窗前的窗帘是那个样子的吗？"

我跟着他的视线，看到窗帘下摆好像在微风中轻轻拂动时凝住了，一个角还翘着。

"没有，"我说，"真奇怪。"

"还有这儿，"他说，松开了原本握着玻璃杯的手。我自然皱了一下眉头，以为这只玻璃杯会摔碎。然而没有，它似乎连动都没动，悬停在半空，完全静止。

"大体而言，"吉本说，"在这个纬度上，物体第一秒会下落16英尺[①]。现在，杯子正在下落，一秒钟下落16英尺。不过，你看，在几百分之一秒的时间内，它还没有开始下落。这样你大致能理解我的加速剂能达到多少倍了吧。"杯子在缓慢下落，他的手在杯子上下方挥动了几圈。最后，他从底部托住杯子，拉下来，非常小心地放在桌子上，然后笑了。

"看上去不错。"我说，然后小心翼翼地从椅子上站起来。我感觉好极了，非常轻盈，非常舒服，对自己充满了信心。一切速度都变快了。比如，我的心脏一秒钟跳一千次，但这并没有让我感到丝毫不舒服。我看向窗外。一个固定不动的骑车人，低着头，驱动轮后面扬起的灰尘冻结在那里，他在疾驰，想要超过前面一辆快速行进但又不动的游览马车。我出神地望着这不可思议的场景。"吉本，"我叫道，"这玩意药效有多长？"

---

① 1英尺≈0.31米。

"天知道！"他回答，"上次服用完我就上床睡觉了，醒来就过劲了。我跟你说，我吓坏了。肯定持续了几分钟，我觉得——感觉像是好几个小时。不过一会儿之后就会突然慢下来，我相信。"

我骄傲地发现，我并没有感到害怕，我觉得原因可能是我们俩都喝了。"为什么不到外面去？"我问。

"他们会看见我们。"

"他们可看不见。我的天，看不见。你瞧，我们的移动速度比变戏法最快的人还要快上一千倍。来吧！从哪儿出去？窗户，还是门？"

我们是从窗户出去的。

毫无疑问，在我一生中所有经历过、想象过或读过的其他人经历或想象过的奇妙体验中，我跟吉本在福克斯通的这次小小的突击出行——我们都服了新加速剂——是最奇妙、最疯狂的。我们来到路上，并在那里仔细检查了雕像般的过往车辆。这辆游览马车的车轮顶部，几条马腿，鞭子的尾端，售票员的下颌——他刚开始打哈欠——这些都有动感，但这辆隆隆而过的运输工具的所有其他部位似乎都是静止的。一点人声也没有，除了一个人喉咙里发出的轻微的呼噜声！在这个凝固的装置中，有一名司机、一名售票员，还有十一个人！我们围绕这些物件走动，一开始感觉极为诡异，但结束的时候又感觉相当不适。看着这些人，跟我们一样，同时又不一样，凝固在毫不在意的神态之中，处在某个动作的过程当中。一个女孩和一名男子对视而笑，那挑逗的笑容似乎会没完没了；一名戴着软沿帽的女子把一只胳膊靠在栏杆上，直勾勾地看着吉本的房子，眼睛一眨不眨，似乎要永恒凝视下去；一名男子在抒胡子，像一尊蜡像；另外一名男子伸出一只疲惫、僵硬的手，手指朝松动的帽子方向伸过去。我们凝视着他们，我们嘲笑他们，我们向他们做鬼脸，突然一丝厌恶的情绪涌上心头，我们转过身，在骑车人前面绕过去，走向里斯。

"天啊！"吉本突然大叫，"你看！"

他用手指着，在他指尖处慢慢扇动翅膀向下降落、速度还比不上极为慵懒的蜗牛的，是一只蜜蜂。

我们来到里斯。在那里，一切似乎比之前更疯狂。乐队正在高层舞台上演奏，不过对我们来说，乐队发出的所有声响的音调都很低，像喘息时的呼噜声，仿佛拖长了的最后一声叹息，有时演变成一种声响，跟巨大时钟发出的缓慢低沉的滴答声差不多。凝固住的人们直直地站着，陌生而沉默，看起来像有自我意识的人偶，不怎么稳当地悬停在迈步这个动作当中，在草地上漫步。我近距离路过了一只小贵宾狗，它正在跃起，我看着它腿部的慢动作，直到它落到地上。

"上帝，看这儿！"吉本大叫，我们在一个穿着白色浅条纹法兰绒的人面前停了一下，这个人器宇不凡，穿白色的鞋，戴巴拿马礼帽，他走过两个衣着华丽的女士后转身朝她们递眼神。我们以如此闲适的态度研究过之后发现，眨眼并不是什么能吸引人的东西，完全失掉了活泼调皮的意味，而且你会发现，眨着的那只眼睛并不会完全闭上，在下落的眼皮下方，露出眼球的下侧边缘，和一条细微的白色的线。"上天给我记忆，"我说，"我再也不会眨眼了。"

"或者微笑。"吉本说，他的目光停留在那位女士回应时露出的牙齿上。

"真是太热了，"我说，"咱们走慢点吧。"

"好啦，跟我来！"吉本说。

我们在路上散放的巴斯轮椅中穿过。坐在轮椅上的许多人都懒洋洋的，姿势看上去还算自然，可是乐队的人穿着大红色衣服，扭曲成奇怪的形状，看了没法让人心平气和。一名紫色脸膛、身材矮小的男士凝固在激烈挣扎的动作当中，他正试图在风中把报纸重新卷起。有很多证据显示，所有这些慵懒的人们都沐浴在相当强的微风之中，而从我们的感官来判断，这种微风并不存在。我们走出来，稍微远离人群，回过头仔细打量，看到整个场面变成一幅图画，僵硬生涩得像现实主义风格的蜡像，这种感受妙不可言。这一切很荒诞，毫无疑问，可是我心中却充满了优越处境带来的非理性的、欢快的感觉。想一想，这是多么神奇啊！自从那东西在我的血管里起效以来，所有我说的、想的、做的全都发生在——从那些人的角度、从这个世界的角度来看——一眨眼的瞬间。"新加速剂——"我开口说，但吉本打断了我的话。

"那就是那个特别讨厌的老女人！"他说。

"什么老女人？"

"住我隔壁，"吉本说，"养了一条老是汪汪叫的哈巴狗。天啊！诱惑很强烈！"

吉本有时候会非常孩子气，非常感情用事。我还没来得及劝，他就已经冲上前去，一把抓过那只可怜的动物，狗凭空消失了。他抱着它朝里斯悬崖狂奔。这件事太不同寻常了。你知道，这只小东西，既没有叫，也没有挣扎，一点生命的迹象都没有显示出来。它处于僵硬的状态，仿佛陷入昏睡，相当安详。吉本抓着它的脖子。他看起来就好像拿着一只玩具狗在奔跑。

"吉本,"我大叫,"把它放下!""如果你那么跑,吉本,"我朝他喊,"你的衣服会着火的。你的亚麻裤子已经变成褐色了!"

他用手拍了拍大腿,在悬崖边站住,犹豫不决。

"吉本,"我大叫,跑了上来,"把它放下。太热了!肯定是因为我们这么跑的缘故!一秒钟两到三英里[①]!这空气摩擦得多大!"

"什么?"他说着,眼睛瞄了瞄那条狗。

"空气摩擦!"我喊道,"跑得太快了,就好比陨石什么的。太热了!而且,吉本,吉本!我全身感到刺痛,出汗。你看,人们慢慢动起来了。我觉得这东西的效力正在减退!把狗放下!"

"嗯?"他说。

"药效在减退,"我重复了一句,"我们太热了,这东西正在失效!我全身湿透了。"

他盯着我,然后盯着乐队,表演的动作毫无疑问变快了。然后,他用力一挥手臂,把狗抛出去,那狗打着滚儿向上飞去,仍然毫无生气,最终挂在一群叽叽喳喳聊天的人们上方的阳伞上。吉本抓住我的手肘。"天啊!"他喊起来,"我认为——是在减退。热得有点刺痛,而且——没错,那个男人正在移动口袋里的手帕!能看得出来。我们必须快离开这里。"

可是我们没法跑得那么快,这也许是件幸事!我们很可能会跑,如果我们真的跑起来,我相信我们肯定会变成一团火。几乎可以确定我们会变

------

① 1英里≈1.6千米。

成火！你知道，我们俩当时谁都没有想到这一点……但在我们还没开始跑的时候，药效停止了。那就是一刹那间的事。新加速剂的药力消失了，就好像窗帘被拉开一样，一挥手的工夫就无影无踪了。我听见了吉本惊慌失措的声音。"坐下。"他说，然后我扑通一声颓然坐在里斯边缘的草地上——坐下的时候感觉像被火烧了一样。我坐过的草地，到现在还有一片焚烧过的痕迹。在我坐下的时候，原本凝固的场景似乎醒过来了，乐队原本不连贯的振动现在汇成了震耳欲聋的乐声，漫步的人把腿放了下来，开始行进，报纸和旗子开始随风飘动，微笑变成语言，眨眼的人也完成了眨眼动作，继续志得意满地走开，所有坐着的人都开始移动、说话。

整个世界再次变得生动，恢复了以前的速度，或者说，我们的速度再次与全世界同步。这就好比进入火车站逐渐减速一样。有那么一两秒钟，一切东西都在旋转，有那么短暂的一瞬，我感到恶心，不过也仅此而已了。那只原本看上去停在空中的小狗（吉本手臂的力量消失后，小狗就不动了）穿过一位女士的阳伞加速落下。

这可救了我们。我怀疑几乎没有人注意到我们突然出现在这里，除了一个坐在轮椅上的体态相当丰腴的老年绅士，他看到我们之后毫无疑问吓了一跳，后来又不时用阴沉怀疑的目光看向我们，而且我还感觉到，他跟护工还说了什么跟我们有关的话。我们一定是"噗"地一下突然之间出现的。

我们几乎立刻就停止了缓慢燃烧的状态，虽然身下的草地仍热得让人不舒服。此时，所有人的注意力，甚至包括这支"娱乐场协会"乐队——就在这时，这个乐队发生了其历史上唯一的跑调——都被这件稀奇的事情

（以及这件事引发的更稀奇的吵嚷和骚乱）吸引了：一只漂亮、营养过剩的狗，原本在乐队东边静静地睡着，竟然突然之间从西边一名女士的阳伞间落下来。它的毛稍微有些烧焦了，因为它在空气中运动的速度太快了。更别说这事发生在这荒诞的年岁——我们都想变得越通灵、越愚蠢、越迷信越好！人们站起身来，踩到了别人，椅子被撞翻，里斯警察跑来跑去。这事最终如何了结，我并不知晓，我们太急于脱身，太急于脱离轮椅上那名老年绅士的视野，根本没时间详细查看。等到我们凉快下来，不再感到头晕恶心，头脑不再混乱，我们立刻起身，绕开人群，在麦特罗波下面顺原路回到吉本的房子。但在那场混乱当中，我非常清楚地听到，那名一直坐在那位阳伞破了的女士身边的绅士虚言恫吓，对一名帽子上写着"巡查员"字样的护工说："狗要不是你扔的，那是谁？"

周围的动作及熟悉的声响突然之间重新出现，再加上我们对自身处境感到的焦虑（我们的衣服仍然烫得厉害，吉本白色裤子靠近大腿的前侧已经被炙烤得发黄），使得我没有办法仔细观察本应仔细观察的所有这一切。实际上，在往回走的路上，我的确没有进行任何有科学价值的观察。蜜蜂当然已经不在了。我找了找那名骑车人，但等到我们进入上沙门路的时候，已经看不见他了，或许是被车辆挡住了；不过，那辆载满人的游览马车现在已经生气勃勃，迅捷有力地在欢声笑语中前行，已经快到附近的教堂了。

不过我们注意到，我们从房子出来的时候，踩过的窗台稍微有烧过的痕迹，我们在碎石小路上留下的脚印也异乎寻常地深。

这就是我的新加速剂初体验。实际上，在一两秒钟的时间内我们一直在跑，一直在说话，做各种事。在乐队演奏了大概两个小节的时间里，我们过了半个小时，但我们自己的感觉却是世界停止了运转，好让我们好整以暇地仔细观看。考虑到所有这些因素，特别是考虑到我们从房子出来去探险时如此草率匆忙，这一经历原本可能让我们更加难堪。不过毫无疑问，这表明要让这种制剂效果可控，方便使用，吉本还要进行很多研究，不过这种制剂在实用性方面则毫无问题，无可挑剔。

自从那次冒险之后，吉本就一直在稳步控制制剂的使用，我在他的指导下按剂量服用过几次，一点不良后果都没有。不过我必须承认，我一直都没敢在药效未消失之前再冒险到户外去。比如，我或许可以提一下，这篇故事就是在一次服用之后写成的，中间没有任何打断，除了吃了一点巧克力。我从6点25分开始写，现在我的手表显示，时间接近6点31分。如果你的一天排满了各种事情，能以这种方式获得一段长长的、不被打扰的工作时间，其重要意义不可估量。如今吉本正在研究的问题是，如何确定制剂的服用量。他在研究中特别提到，对不同体质的人来说，服用效果大不相同。他还希望找到一种阻滞剂，来稀释这种目前来说药效太强的制剂。当然，阻滞剂的效果跟加速剂正好相反，如果单独使用，可以让服用者度秒如时，这样就可以保持不动声色，即使在最喧闹、最让人无法忍受的环境中，也能像冰山一样寂然凝思。在人类文明的历程中，这两种制剂配合使用必将引发一场革命。卡莱尔曾经提到过"时间外衣"这个概念，现在我们可以开始从中逃离了。在需要我们最大限度调动感官和精力的任何时候、任何场合，加速剂都能让我们专心投入，效果极佳，而阻滞剂则可以让我们在面临极大困难、极其无聊的时候，完全无动于衷地度过一段时间。也许，我对阻滞剂有点过于乐观了，实际上，这种制剂至今仍有待发现，但至于加速剂嘛，则完全没有任何疑问。这种加速剂以方便、可控、可吸收型面世无非是未来几个月的事。所有化学家和药剂师都能入手，装在小绿瓶里，价格当然不菲，但考虑到非同凡响的药效，这个价格绝对不算过分。这种制剂将叫作"吉本氏神经加速剂"，他希望提供三种不同倍率的剂型：200倍型、900倍型和2000倍型，分别用黄色、粉色和白色标签加以区别。

　　毋庸置疑，使用这种加速剂会让很多超常事情成为可能。当然了，那些犯下刑事罪行的服药者就可以进入时间空隙躲避而不必担心受到惩罚。跟所有效力强大的制剂一样，它也有可能被滥用。不过，我们已经非常彻底地讨论过这一问题，并且认定，这纯粹是医事法学需要考虑的事情，我们完全不需要考虑。我们将生产并销售加速剂，至于以后的事情嘛，走着看好了。

　　H.G.威尔斯（即赫伯特·乔治·威尔斯），英国著名小说家、新闻记者、政治家、社会学家和历史学家。他创作的科幻小说影响深远，时间旅行、外星人入侵、反乌托邦等题材都成为20世纪科幻小说的主流话题。威尔斯关于时间旅行的连载文章，在1895年被演绎成小说《时间机器》，引起轰动。威尔斯曾被提名1921年、1932年、1935年和1946年诺贝尔文学奖。

科罗拉多大道

（美）莎拉·平斯克/著

邓攀/译

一

十七岁那年，在一个记忆似乎模糊在酒气中的夜晚，安迪在左小臂上纹下了罗莉的名字："安迪和罗莉永远在一起[①]。"每个字母都是大写。这是他最好的朋友苏珊用自制的文身机帮他文的——9伏电池、一些从老旧的DVD机里拉扯出来的零件和一支圆珠笔拼凑而成，苏珊对此十分得意。待到第二天酒醒，安迪才发觉这个歪七扭八的文身火辣辣地烧着他的胳膊，更要命的是，罗莉一点也不喜欢这个文身。两个星期以后，罗莉动身去往大学，就此和安迪分道扬镳了。

四年之后，安迪的另一条胳膊卷进了联合收割机里。整条胳膊，连带着他的肩膀和右边锁骨以及所有相连部位，都被收割机绞了个粉碎。他在萨斯卡通市[②]一间医院的病房里醒来时，已经有了一条崭新的机械手臂，

[①] 原文为"LORI & ANDY FOREVER AND EVER"。

[②] 加拿大萨斯喀彻温省中南部的一个城市。

脑子里还多了块植入体——这是他父母在他昏迷时替他做出的决定。

"脑控假肢。[①]"母亲说道，仿佛这一个名词就解释了所有的疑问。安迪五岁那年，他们忙着把农场上的牛赶进卡车时，她也是这样毫无感情地向他解释它们的去向。此时她抱着双手站在他的病床边，手指不自觉地敲打着她强壮的肱二头肌，似乎想赶紧结束这场对话，尽快赶回农场去，但是安迪还是从她皱起的眉头与紧绷的下颌中看出了她的关切。

"他们在你大脑的运动中枢里装了电极和芯片，"她继续说着，"你变成仿生人了。"

"……什么意思？"安迪问。他尝试着举起右手去摸脑袋，但它只是死气沉沉地躺着；他妥协地抬起左手，摸到了头上的绷带。

"意思是你现在是小白鼠，装了一条高科技测试版胳膊，很多人都想知道它到底工作得怎么样。你会帮助很多人的。"他父亲的声音从窗边的椅子上传来，一顶约翰迪尔棒球帽遮住了他的双眼。

安迪低头看了看本该是手臂的位置。绷带遮住了血肉和假肢的接合处，再往下，是闪闪发光的金属与磨砂黑的电线裸露在外，仿佛灌溉机的管架与攀附在上面的水管；末端是一个钳子，融合了拇指和其他手指。安迪尝试着回忆他曾经的右手：手背上的雀斑，手指关节蜿蜒的伤疤，还有手掌上已经陈旧的茧。他们是怎么处置那只右手的？像处理其他医学废料一样扔进了某个垃圾堆里？它大概是被搅得粉碎了——不然，他们会努力把它接回来的。

---

① 原文直译为"脑机接口"。

安迪又看向另一条手臂。静脉注射的针头从文身处没入皮下，不偏不倚地插在"永远"这个词的中间。他似乎感到了一些久远的钝痛，却模模糊糊的，他想，一定是输液的缘故。他又一次试着抬起右边的胳膊，依然没有成功，但是这一次传来了一阵疼痛，一直落进了胸腔中的什么位置。

"现在的假肢不是可以做成像真的胳膊一样吗？"他问。

他实用派的母亲又开口了："那些还没这个一半管用呢。如果你坚持，以后可以把这只手换成更像真手的那一种，但不管多像真的，没有神经连接，它都只是个摆设。他们说，要是你想让这条胳膊能彻底发挥作用，还是要用有大脑接口的这种。"

他了然："那它怎么用？"

"现在暂时还不能用。不过至少现在你有一条胳膊了。以前的假肢都要等残余肢体的伤口愈合才能装配，但这个他们说越早安装越好。"

"反正你一点胳膊也不剩了。"他的父亲说着，在自己的肩头比画了两下，"你的头还在，真是挺幸运的。"

安迪很好奇，还有其他选项的话，会是什么样的。他毫不奇怪他的父母做了这样的决定，他俩是狂热的自动化设备的拥趸者，喜欢坐在舒适的办公室里，用电子表格和数据库把田地分成整齐的小块，让轰响的机器替他们耕犁每一块土地。如果你听说有哪个萨省的农场引进了最新的技术，那一定是他们的农场。

相比之下，安迪倒显得更加传统。他喜欢阳光洒在脸上的温暖触感，他养了一群高大的夏尔马来犁地，用它们的粪便作肥料。安迪拥有一台他父亲淘汰的柴油版联合收割机，这是他在收获时节被迫对速度和效率做出的让步。现在这台收割机却夺去了他的胳膊——他不知道这说明了他的马匹与拖拉机更加可靠，还是他父母的自动化机械更加安全。诚然，如果你没有为那些机械编写好正确的代码，它们会果断地毁掉你的篱笆，但是想让它们连你的办公室也拆掉，似乎还颇有些难度。更何况，还是他亲手（现在说"亲钳"更准确一些）[①] 把自己的胳膊送进了联合收割机本来应该堵塞了的刀头里。

二

安迪的世界瞬间缩小到了这一间病房里。他站在窗边，看着窗外的天气，努力克制着自己想要给父母打电话的念头。他们正在替他照顾农场，与他们的农场紧邻的小小农场。他们有没有在霜起前收完所有的庄稼？有没有把鸡舍移到离屋子更近的地方？他只能信任他们，别无选择。

医生很快就把他的止痛药停掉了。"你很结实，"她说，"可以扛过去。这样比止痛药上瘾强多了。"安迪点头，寻思着他应该能挺住。他很了解体力劳动所带来的疼痛——他想到了那些干活儿干到精疲力竭、浑身酸软，又被夏尔马一蹄子踩到脚部骨折，第二天还不得不挣扎着起来工作的日子。

然而他所面对的是一种全新的痛感：一波接一波，一轮又一轮，从他不复存在的右臂汹涌而来。他在这漫长而无尽的过程中学会了区分针扎样的疼痛和利刃刺进身体的疼痛，区分疲惫的酸痛与拉扯的钝痛。当那不停

---

① 原文为 on the other hand – now a pincer。

歇的疼痛像无休止的飓风一样快要把他拉扯撕碎的时候，医生说，他可以开始学习使用他的新手臂了。

"你学得很快嘛，小哥儿！"在安迪成功地用手钳握住一支牙刷之后，他的康复治疗师布拉德这样对他说。布拉德是个身形魁梧的阿西尼博因人[①]，只比安迪年长几岁，有着用不完的热情与能量："明天试着自己穿衣服吧！"

"快是相对的。"安迪说着，放下了牙刷，尝试着再次把它拿起来，却不小心碰到了地上。

布拉德笑了，没有理会地上的牙刷："需要时间嘛。你的肌肉需要学习新的动作。等你学会了这些，你就可以尝试开发这条胳膊真正炫酷的技能了。"

倒真的有一些炫酷的技能——安迪不知道能不能等到可以使用这些技能的那一天。这条胳膊有很多特殊功能，手腕的摄像头会直接将信号送入大脑，安迪必须要学会解读，还得学着开关手电筒，用身体遥测读数。他还挺期待能够在农场的工作中应用这些高科技功能的：可以把胳膊探进视线难以抵达的发动机深处看个仔细，或者将胎位翻转的小牛在母牛的子宫中轻松调个个儿。所以，安迪想，还是要认真练习使用这条手臂。他弯下腰，集中精神继续去抓牙刷柄。

三

就在安迪准备出院的时候，他的腋下感染了。医生给他清理了脓液，

---

① 加拿大原住民。

涂抹了抗生素。夜里他发起高烧，似乎梦到自己的手臂是一条公路；醒来的时候，这个梦境在他的脑海中挥之不去。

安迪不是一个很有野心的人。他最大的梦想，也不过是和罗莉永远在一起，但是罗莉不愿意，那也就这样算了；小时候，他渴望过一头蓝眼睛的小牛，他把蓝眼睛的美西养大，又看着它被卖了，便也就如此了。守着自己的小小农场，等到父母退休，他便守着一大一小两个农场，这就是他能想到的一辈子的生活，再想太多也没什么意义。

现在，他却想成为一条公路。不，是他的右臂想成为一条公路。它的渴望如此强烈，带动他身体里的每一个细胞、肌肤上的每一个毛孔，躁动着，无声地呼喊着，令他困惑不已。不，这不仅仅是它的渴望，它知道自己就是一条公路。说得具体一点，双向单车道，沥青铺就，静静地躺在科罗拉多东部，60英里，蜿蜒至群山脚下，却并不抵达；两旁是低矮的牧草，是农场边缘的铁丝网，是连亘的牛栏。

安迪从没去过科罗拉多。他从未出过萨省，甚至没去过卡尔加里和温尼伯①。他也从没见过高山，却能清楚地描述出远山起伏的轮廓，数出公路边白脸牛耳牌上的数字。这一切并不是他混乱大脑的狂野想象。他是安迪，也是一条公路。

"怎么样，小哥儿？准备好要回家了？"布拉德问。

安迪耸耸肩。他知道自己该告诉布拉德公路的事，但他不想待在医院了。父母一直抱怨他古董一般的农场机械，还被迫替他收完整个农场——

---

① 分别为萨省邻省阿尔伯塔省和曼尼托巴省的城市。

这件事情已经够糟了，他不想冒险让任何插曲影响到他的出院计划。

"感染已经好了，但是它好像话挺多的，还需要再习惯一下。"安迪倒也没有撒谎。这条胳膊一直滔滔不绝地报告着每天的温度和空气中的污染物浓度，甚至当他在跑步机上尝试挑战自己的体能极限时，它还向他发出了警告。当然，还有关于那条公路的一切。

布拉德敲了敲自己的前额："如果输入信息太多的话，你还记得怎么更改设置吧？"

"嗯，我知道。"

布拉德笑了笑，伸手拿过他带来的便携式冷藏箱："那就好！那么今天，我们就来做鸡蛋练习。"

"鸡蛋？"

"你在农场工作，对吧？你来试试捡鸡蛋——但不能把鸡蛋弄破。然后呢，你需要做一顿午饭。别不信，这可是专家水平的工作了，比那些花样儿都要难。你能用那只手处理好这些鸡蛋，就可以从我这里毕业了。"

四

一个星期之后，布拉德和医生们终于准许安迪出院了。

"你来开？"安迪的父亲举着他的车钥匙问道。

安迪摇摇头，走到副驾驶一侧："我可能挂不上二挡，也许我该换一辆自动挡的车了。"

父亲瞥了他一眼："也许吧……或者你可以在农场附近练一练？"

"我不是害怕，我只是谨慎。"

"行吧，行。"父亲说着，发动了卡车。

安迪的确不是害怕，却也不仅是谨慎。起初，重回农场的喜悦让他将那条公路抛之脑后。他坚持在康复治疗时学到的锻炼方式，他们重新教会他如何做饭、沐浴与剃须，他又重新教会自己如何喂马和套马具。他去城里的酒吧，和曲棍球队的老朋友们喝酒聊天，努力向自己证明着一切还和过去一样，什么也没有改变。

渐渐地，疼痛卷土重来，裹挟着奇异的感觉。人怎么能是一条公路，一条在某一个地点的公路，却又不在那个地方？似乎什么都不太对。安迪曾经很享受吃吃喝喝，可现在什么都没了味道。他逼着自己做饭、咀嚼、吞咽，他数着叉勺送进嘴里的次数，强迫自己达到了特定的数目才能停止。

他在医院里躺得掉了肌肉，回家以后愈发单薄，似乎坚实的血肉与健壮的身躯也逐渐变得像金属丝般柔弱瘦长。他从不喜欢照镜子，现在却强迫自己站在镜子前，久久地凝视着，期盼这样就能说服大脑和自己交谈。他数着自己的肋骨，固定胸部与假肢连接处的套子似乎由于他体重的减轻而松动起来。这就属于应该告诉医生的那一类状况了。医生们曾经说过，松动导致摩擦，随之而来的，就是刺激、磨损和感染。病马就应该让它休息，赶鸭子上架总是不好的。

从镜子里，安迪看见了他凹陷的脸颊、瘦削的肩膀和包裹着他躯体的套子。他看向左边，左臂上胡乱嵌刻着已经毫无意义的爱情宣言；看向右边，他看见了一条路。大脑的障眼法，软件错误，肩膀连接着公路。他知道它就在那里：金属的骨骼与筋腱，机器一般的钳手，一开一合。它还在原处，但同时又消遁无形。

安迪用他变成了公路的那只手喂马，给机器上油，用他的左手抚过缀满皮毛的冬衣，用双手搬运干草与谷物。他在车库里鼓捣着他的卡车，看见更多的卡车缓缓地驶过科罗拉多雪后斑驳的公路，那条通过导线与电极，通过人造通路，从他的大脑深处一直延伸到他心脏的科罗拉多大道。他仰面躺在冰封的柏油路面上，手臂平放在两侧，卡车轰鸣着从他身上飞驰而过。

五

这一年的春天来得很晚。安迪同时存在的两个地点——农场和千里之外的那条公路，冰雪融化都比以往更迟一些。安迪以为忙碌的春播会将他从一分为二的世界中解救出来；可恰恰相反，他觉得被撕扯得更加激烈了。

在苏珊家狭小的观景阳台上喝酒的时候，安迪尝试着向苏珊描述他的感受。安迪躺在医院的那段日子，苏珊从外面搬回了小镇，在文身店的楼上租了一间小公寓。一个大腹便便的火炉占据了阳台的绝大部分空间，让苏珊在初春的季节里就穿上了吊带背心。她的手臂变成了时间线，刻满了不知道什么人的文身技术的蜕变；她自己的记录则留在温哥华某些不具名的手臂上面。高中毕业之后，苏珊急不可耐地去了温哥华，成了某个文身大师的学徒；安迪不知道她为什么会回来，但是，她确实是回来了。

安迪则穿着长袖夹克，遮住了他的手臂。他并不是想隐藏什么，他用左手举着啤酒，仅仅是因为他的右手正沉浸在柏油马路与风滚草的故事里。他不想打扰它。

"也许是从什么地方回收来的，"苏珊说，"也许它曾经属于一个科罗拉多的农场主？"

安迪摇摇头。"这不是过去的回忆，是现在正在发生的；也不是站在路上的什么人的视角，就是那条路。"

"那就是软件？可能芯片是从那种智能公路里回收的，就像多伦多附近，那些可以不用你开车就能把你送到目的地的公路。"

"大概吧。"安迪喝干了啤酒，松手让易拉罐掉落在地，抬脚用工靴的鞋跟将它踩扁了。他的指尖轻轻地划过疤痕：从头皮开始，盘曲向下，隐没进前胸——金属与血肉融合之处。

"你打算告诉别人吗？"苏珊问。

蟋蟀高歌着，青蛙沉声应和。安迪知道苏珊也在侧耳倾听，但她并不能听到他手臂中远在科罗拉多的那条公路的吟唱。"至少不是现在。"

六

安迪的手臂出现在科罗拉多的时间更长了。他努力地感受着它，它运转得好好的，只是不存在于此处罢了。习惯之后，安迪觉得成为一条公路似乎也不是什么坏事；虽然人们总说一条路能够去往这样那样的地方，但这条路并没有，它只是分分秒秒停留在那里。

他想一路南去，四下寻顾，看看科罗拉多究竟有没有这么一个地方，然而他已经在医院里浪费了太多时间。还有土地等待他翻耕播种，禽畜等待他饲食喂水，他不能就这么不管不顾地开始一段公路旅行，哪怕他很需要这次旅行，也很需要找到这段公路。

苏珊拉着安迪去了奥克利农场的篝火派对。起初，安迪并不想去，自从他有了自己的农场，他就再也没有参加过派对了。但是苏珊说服了他："我要去重新联系客户，可我真不想应付那些不怀好意的男生。"苏珊开车载着他，安迪将他的机械手臂伸出窗外。风速13英里每小时，12摄氏度，它这样告诉他。在另一个地方，过去的两小时内，三辆汽车经过，累积了2英寸的降水。

他们到达的时候，篝火已经在谷仓边的空地上点燃了。人们围绕在四周，跺着脚取暖。道格·奥克利比安迪大一岁，休还在上中学，他们还和父母住在一起，也就是说，这个派对是趁他们父母进城的时候偷偷举办的。安迪曾经去过的绝大部分派对都是如此，只不过，以前安迪是相对年轻的那一拨，现在他已经算派对上的老年人了。这些派对似乎有一个约定俗成的规矩：你的年纪稍稍大一点，孩子们会觉得你很酷；一旦跨过了某个年岁，再想和高中生们打成一片，他们只会觉得你是一个奇怪的老家伙。安迪很确信，他已经被划分到奇怪的老家伙那一边了。

为了发展生意和笼络客户，苏珊随车带来了一箱茂森①。她费力地把它们从后座上拎下来，塞进了草地上用来冰镇啤酒的冰桶里，自己拿了一罐，另一罐扔给了安迪。啤酒从安迪的机械手臂中弹落在地，他四下看了看，见没有人注意，便悄悄把这听啤酒放回了冰桶，又重新取了一罐出

---

① 加拿大传统啤酒品牌。

来。手钳抓着啤酒，左手拉开拉环，他一口气就灌了半瓶下去。啤酒是冷的，空气也是冷的，忘记带一件厚夹克出门，安迪有些懊恼；但是至少他能把啤酒握在他的金属手中，酒瓶的寒气丝毫不会沾染到他的身上。

高中的女孩子们聚集在门廊上，大多数人的手里都举着塑料杯而不是啤酒罐，里面是番茄蛤蜊汁兑啤酒。苏珊看着她们，鄙夷地哼了一声："哪怕我活到两百岁，我也理解不了这种喝法。"

他们向篝火走去，火焰燃烧正旺，热度却被火堆边的第一层人群牢牢地阻隔了。安迪来回换着脚取暖，用力呼吸着混杂了木柴烧灼味道的空气。他扫视着人群，认出了他们中的大多数人：奥克利兄弟，还有他们的女朋友们。他们总是有女朋友。道格一度订了婚，然后又不了了之；安迪试图回忆起一些细节。他母亲一定还记得。

他突然意识到，现在依偎在道格臂弯里的女孩子正是罗莉。似乎没有什么不好——道格是个挺不错的家伙——但是罗莉不是一心想着大学生活吗？安迪一直劝慰自己，罗莉不该被禁锢在乡下的农场上，不该被禁锢在农夫的生活轨迹里……安迪若有所思，蓦然间看见罗莉抱着双手站在忽明忽暗的篝火边，安迪的心里隐隐揪痛起来。安迪并不介意一直留在镇子上，他只是觉得罗莉不应该还在这里。或者她不过是想紧靠着道格取暖，又关他什么事呢？安迪想。

罗莉从道格的怀里钻出来，挤进了人群。不一会儿，她便出现在了苏珊身旁。

"嗨！"罗莉扬起一只手打着招呼，却很快又把手缩回了腋下，也许是冷，也许是有些不好意思。她看起来有那么点儿尴尬。

"嗨。"安迪伸出握着啤酒的机械手臂轻轻点了一下。他努力装作这只是一个平常的问候，只有一点啤酒在摇晃中倾洒出来。

"我听说你胳膊的事了，安迪。你一定觉得很糟糕……抱歉我没有给你打电话，我这个学期太忙了……"她的声音越来越小，似乎自己也没什么底气。

面对着这个蹩脚透顶的理由，安迪依然憨厚地微笑着："没事儿，我懂。你还在学校呢？"

"对，在温尼伯。还有一学期就毕业了。"

"你学的什么专业？"苏珊问。

"物理，但是我研究生准备学气象学。"

"好厉害啊！你知道什么样的文身和气象学家更配吗？"

安迪借口去拿啤酒走开了。回来的时候，苏珊正在往罗莉的手背上画一个气压计。苏珊和罗莉从来不是多亲近的朋友，但是她们倒也能玩得来。苏珊很欣赏罗莉的远大志向，罗莉也很喜欢和一个有闺蜜的男生约会。"这挺不寻常的。"罗莉曾经说过。如果她俩有机会搬到同一个城市，加拿大电视网倒是可以以她们为原型拍一部爆米花喜剧：一对朋克打扮的好友毅然离开出生长大的小镇来到大城市打拼的故事。他也许会出现那么一次，代表一个保守老派的小镇留守者。

五听啤酒之后，安迪已经沉浸在公路的世界之中了。科罗拉多夜晚的空气里弥漫着臭氧的味道，似乎有一场风暴正在酝酿。在苏珊给几个老同学画下文身草图并力邀他们造访她的小店之后，在和罗莉互相保证会与对方保持邮件联系之后，在有惊无险地从奥克利农场驱车回家之后，那个夜晚，安迪梦到他彻底变成了一条公路。睡梦之中，马路越过他的臂膀，爬过他的肩，平整了他的心脏，压实了他的四肢，在他的嘴和眼睛里浇筑着热气腾腾的沥青。天还没亮，他就喘着粗气惊醒了。

七

安迪与他的治疗师预约了一次会面。博德医生的宽脸盘还很年轻，但她的头发已经一片银白。她一边听着安迪的讲述，一边同情地点着头。

"我不是想要评判什么，但是我觉得突然装上这个脑控假肢对你的冲击太大了。你一点都没有参与这个决定，也没有时间去适应你失去了一条胳膊这件事情。"

"我需要适应这件事情吗？"

"有些人需要。有些人别无选择——他们必须等伤口长好之后才能安装那种传统假肢。"

她的话似乎有那么些道理，却并不能解释他的疑问。自然，那些从不存在的右臂上生出来的幽灵般的疼痛，那些他的右手正紧扼着他的喉咙的噩梦，大概和她提到的原因有关，他也曾读到过。但是，一条公路？没有任何理论能够说得通。他发动车子往农场开去，开过横贯草原的平坦大道，开过牧场与休耕田地之间平整的双向公路，又开过崎岖不平的沙土路，这条路通向他父母的农场，通向背靠着农场的属于他的那片小小土地。新换的卡车好像没装减震器一般，他坐在座位上感受到了小路上的每一道车辙。

他从出生起就生活在这里。但是现在，他的一条手臂却相信自己其实属于别的什么地方。回家的路上，它无声地向他布道，执着地蛊惑着。掉头，它说。向南，向南，向西。我在这里又不在这里，安迪想，或者其实是它想。我爱这片土地，安迪不停地告诉它。尽管这样说着，安迪心底却同时渴望完整存在于两个地方：萨省和科罗拉多。这太危险了，没有人能同时生活在两个不同的地方，然而一半的他还留在萨省，另一半却困在科罗拉多的大地上，进退不得。他不能离开农场——除非他把农场卖了——然而他身上唯一同意这个疯狂计划的部分就是那条手臂，那条根本不是他身体一部分的手臂。

那个晚上，安迪梦到自己驾驶着联合收割机穿过农场的油菜田。收割机的刀头卡住了，他从驾驶室爬下来，探进手臂清理淤塞。这一次，收割机吞下了他的假肢，金属和电线剥离，又被搅得粉碎。安迪突然发觉，他隐隐期盼着这条手臂能彻彻底底地被收割机吃个干净，连带着它在他脑子里唤起的那些奇怪的想法，这样他就可以重新开始了。但是收割机并没有停下。它消化了他的手臂，继续吞噬着。他感到什么东西拉扯着他的脑子，疼痛在他的头骨上跳动着，蔓延着，一下又一下，越来越尖锐。

直到安迪醒来，疼痛都没有退去。恍惚间，安迪以为那是宿醉带来的头痛，但是宿醉绝对不是这样的感觉。他强撑着挪到洗手间，吐了个干净，又爬回床边，费力地拿起手机给他母亲拨了一个电话。陷入昏迷之前，安迪想到的最后一个念头是：布拉德从来没有教过他怎么用假肢爬行。效果倒还不错。

八

安迪又一次在医院里醒来。他先检查了自己的双手，左边还是温热的血肉，右边还是冰冷的金属。他抬起左手，摸到了熟悉的假肢与固定套的边缘，一切都还在。他向上，摸到了头上的绷带。他尝试着抬起自己的右手，它只是死气沉沉地躺着。

护士进来了。"你醒啦！"她的语气中带着西印度群岛后裔特有的轻快，"你父母回家喂马去啦，他们说很快就会回来！"

"发生什么事了？"他问。

"芯片周围的大脑感染啦，还挺严重的。他们给你把芯片取出来了。好消息是电极没有什么问题，消肿之后他们会给你换一个新的芯片，很快你就能继续使用这条精巧的机械手臂啦！"

她拉开窗帘，在病床之上，安迪看见了外面的天空，湛蓝而宁静，这是世界上最美丽的天空。他又低头看了看自己的机械手臂，突然意识到，这是几个月以来，他第一次看见了一条胳膊，而不是科罗拉多的天空与大地。他依然能够回忆起那条公路——他的公路——然而，他已经不在那里了。他心底突然涌起一阵怅然若失的酸涩。

消肿之后，他们果然给安迪装了一个新的芯片。他等待着这个芯片醒来，告诉他，他的胳膊是一艘汽艇，或者是一颗卫星，再或者是一头大象的长鼻子。但是这一次，只剩下他一个人了。他的手臂完美地遵循着他的指示，像一只真正的手一样，一开一合，没有牛群，没有飞扬的尘土，没有科罗拉多的沥青大道。

他叫了苏珊把他从医院载回家。一部分原因是他不想再打乱他父母的工作计划，另一部分原因是他有话要问苏珊。

在苏珊的车里，在回家的路上，他卷起左臂的衣袖："还记得这个吗？"他问。

苏珊飞快地瞟了一眼，脸上泛起了红晕："怎么会忘呢？安迪，真对不起。要带着这样的文身过一辈子真是一件让人难过的事情。"

"没事啦。我只是好奇，你还能重新修一下吗？把它改一下？"

"哦天哪，我爱死这个主意了！不然你这个文身可真是我职业生涯的一个污点。你想怎么改？有想法吗？"

有。他凝视着深深嵌入皮肤的参差的字母。罗莉名字里的"I"可以很轻易地改写为"A"，这样，她的名字就不留痕迹地消隐在"科罗拉多"之中了[①]。他选择了铭记。此时，萨斯卡通某个角落的医疗垃圾里，正埋着一块废弃的芯片，一块认为自己是一条公路的废弃芯片。这块芯片也曾经是一条手臂，是安迪，是一条沥青大道，60英里，双向单车道，蜿蜒至群山脚下，却并不抵达。每一分，每一秒，永远地躺在科罗拉多东部辽阔的天空下。

莎拉·平斯克，科幻作家、独立音乐人。曾将音乐和写作比作她的白天和黑夜。六七岁便开始用得克萨斯最早的一批电脑写作，先后出版过四十余篇小说，十三岁组建首支乐队，乐队也曾在美国二十个州演出。其作品笔触细腻、层次丰富，曾获星云奖，并被雨果奖提名。

---

① 罗莉的名字拼写为LORI，科罗拉多的拼写为COLORADO，中间包含了LORA。

猩猩教皇

（美）罗伯特·西尔弗伯格 / 著

罗妍莉 / 译

上个月初，哈尔·文德尔曼斯和我单独在院子里，和黑猩猩们在一起，突然他说："我快晕倒了。"这是五月里一个酷热的早晨，但文德尔曼斯从未表现出对高温的敏感和不适，更不用说受到高温的折磨了。我正忙着和猩猩利奥、米姆西和米姆西的女儿玛芬打手势交流，于是只把文德尔曼斯的话记在心里，并没有采取什么措施。如果你像我们一样，正忙着用手语交流，可能对口头语言就不会太注意了。

但接着利奥向我比出"有麻烦"的手势，我转过身，看见哈尔跪在草地上，脸色苍白，气喘吁吁，满身是汗。有几只黑猩猩以为这是在做游戏，开始模仿他，关节着地，身体变得软趴趴的。显然，它们没有利奥聪明。"我病了——"文德尔曼斯说，"感觉——糟透了——"

我叫猩猩们来帮忙，冈佐挽起文德尔曼斯的左臂，刚挽起文德尔曼斯的右臂，他身材高大，我们费了九牛二虎之力才把他从院子里搀扶出来，爬上小山，来到总部。他一直抱怨背部和腋下剧痛，我意识到这可不仅仅是天气过热造成的虚脱。不到一周，诊断结果就出来了。

是白血病。

他们给他进行化疗和激素治疗，十天后，他就回来继续做项目了，一脸的自信满满。"他们已经把病情稳住了，"他告诉大家，"情况在缓解，我可能还有10年、20年，甚至更长的时间。我要继续我的工作。"

但他既憔悴又苍白，双手颤抖，让他和我们一起工作，想想就很可怕。他可能是在自己骗自己，可他骗不了我们：对我们来说，他是一个随时可能会死的人，是活生生的骷髅头与十字架。外行人以为科学家对生死这种事比任何人都更看得开，我觉得这得怪好莱坞。当你身边有个垂死之人，或是垂死之人的妻子时，要开展日常工作并不容易——因为朱迪·文德尔曼斯惊恐的眼神里流露出极度压抑的悲伤。她很快就要失去心爱的丈夫了，她完全没有心理准备，她的痛苦让人无法视而不见。此外，文德尔曼斯即将离我们而去，这件事本身也格外令人不安，因为他相当高大健壮、性格外向，是个真正的拉伯雷式的人物，却不知怎么回事，刹那间就要变成一个幽灵。"上帝的安排，"戴夫·约斯特说，"宙斯的小指轻轻一弹，哈尔就像壁炉里的玻璃纸一样化为灰烬。"文德尔曼斯还没满四十岁。

黑猩猩们好像也有所察觉。

它们当中有一些，比如利奥和拉蒙娜，是第五代手语学习者，是作为首领培养的，能很好地理解微妙之处和细微差别。"简直跟人差不多。"游客们喜欢这么说。我们不喜欢给它们贴上这个标签，因为黑猩猩最重要的一点就是不同于人类，它们是非人的智慧物种。但我也知道人们说的是什么意思。最聪明的那几只黑猩猩立刻就发觉文德尔曼斯不对劲，于是开始说些奇怪的话。

"好大一个烂香蕉。"我在附近的时候，拉蒙娜对米姆西说。当文德尔曼斯跟跟跄跄地从我们身边走过时，利奥对我说："他变空了。"黑猩猩的比喻始终让我感到惊奇。冈佐更是直截了当地问他："你马上就要离开了吗？"

"离开"并不是黑猩猩对死亡的委婉说法。就这些动物们所知，人类从来不会死，只会离开，黑猩猩才会死。我们从一开始就给它们安排了这个认知，并非有意，但是这种安排自然而然就变成了规矩。小组里第一位死去的成员是罗杰·尼克松，他在这个项目早期遭遇了一场车祸，那时我还没进项目组。显然没人愿意跟动物们解释他出了什么事，免得让它们产生困惑，或是干扰到它们。我到这里有两三年的时候，蒂姆·利平格在一次滑雪缆车故障中丧生，这次也是一样，大家都认为不跟它们说得那么清楚会好办一点。等到了四年前，威尔·贝希斯坦死于直升机坠毁事件的时候，我们的应对方针已经非常明确了：不把他从小组里消失说成死亡，而仅仅是离开，就仿佛他只是退休了一样。黑猩猩当然懂得死亡是什么意思。正如冈佐的问题所暗示的那样，它们甚至可能会把死亡与离开画上等号。但若是这样，它们必定认为人类的死亡与黑猩猩的死亡完全不同——是转换成另一种存在状态，是登上了烈火战车。约斯特相信它们对人类的死亡根本没概念，它们以为我们永生不死，它们以为我们是神。

文德尔曼斯现在不再假装对自己的病情毫不在意了。他得的白血病显然是急性的，身体状况一天天恶化。他最初那种"这不是真的"的态度已经被阴郁而愤懑的接受所取代。他发病刚四周，就不得不进医院了。

他想告诉黑猩猩们，他要死了。

"他们不知道人类会死。"约斯特说。

"那么现在他们该知道了。"文德尔曼斯厉声说，"为什么要瞎编一大堆关于我们的神话故事？为什么要让它们以为我们是神？直截了当地告诉他们，我要死了，就跟死了的老埃格伯特那样，还有萨拉米和莫蒂默。"

"但他们都是自然死亡的。"简·莫顿说。

"我不是自然死亡吗？"

她忽然手足无措起来："我是说老死的。他们的生命周期显然是走到头了，这很好理解，他们死了，黑猩猩也明白这一点。而你——"她支支吾吾。

"——我的生命才刚走到一半，就要骇人听闻地死掉了。"文德尔曼斯说着，情绪有点崩溃，他拼命挣扎着，很快恢复过来。简哭了起来，文德尔曼斯又继续往下说，把我们从糟心的场面里拯救出来："了解黑猩猩如何应对人类形而上学的重新评估，对于我们的项目应该具有哲学上的重要意义。我们已经错过了以前的几次机会，来帮助它们理解人类终将一死的本质。现在我提议，利用我这个机会来教导它们，人类也受与它们相同的法则约束。我们不是神。"

"神是存在的，"约斯特说，"变幻无常、深不可测，在他面前，我们其实比黑猩猩还渺小。"

文德尔曼斯耸耸肩："它们现在不需要听这些，但现在是时候让它们了解我们的本质了；或者更确切地说，是我们了解它们已经懂得多少的时候了。借助我的死亡作为发现的方式，这还是它们头一回目睹一个人死亡的全过程。以前我们当中有人死，都是因为某种意外事故而突然死亡。"

伯特·克里斯滕森说："哈尔，你是不是已经跟它们说了什么……"

"没有。"文德尔曼斯说，"当然没有，一个字也没提过。但我看到它们在互相交谈，它们知道。"

我们一直讨论到深夜。这些问题需要仔细研究，因为可能会改变这些动物们对事物本质的认识。这些黑猩猩在封闭的环境中生活了几十年，它们进化出的文化是我们选择性传授的产物，当然也有它们与生俱来的天性的作用，总之，它们已不知不觉地吸收了我们传播的内容。所以，我们在提供任何激进的概念材料前都必须深思熟虑，因为其影响不可逆转，万一我们愚蠢地在时机尚未成熟时拔苗助长，研究这一群落的那些后继者是不会原谅我们的。如果原计划就是举数代人之力，观察一个智慧灵长类动物群落，研究随着语言能力的提高，它们在智力上出现的变化，那我们就必须时刻留心让它们自己去发现，而不是向黑猩猩灌输超乎它们目前的概念处理能力的内容，导致数据出现扭曲。

另一方面，文德尔曼斯即将死亡，这给了我们一个戏剧性的机会，来传达人类终有一死的概念。要想利用这个机会，我们最多也只有一两周的时间；再想有下一次机会，可能需要等上好几年。

"你们在担心什么？"文德尔曼斯问道。

约斯特说："你怕死吗，哈尔？"

"死让我生气。我不怕死，但我还有事要干，却干不成了。你问这个干吗？"

"因为就我们所知，黑猩猩把死亡，当然是黑猩猩的死亡，看成是事物循环当中的一部分，就像白天过后是黑夜一样；但人类的死亡对它们来说会是一种启示、一种震撼。如果它们从你身上看到了对死亡的恐惧，或者是愤怒，谁知道这会对它们的思维方式产生什么影响呢？"

"一点也没错。谁知道呢？我给你们个机会去了解一下！"最后，我们以微弱的优势投票通过，准许哈尔·文德尔曼斯与黑猩猩们分享他的死亡。我们每个人几乎都对此持保留意见。但显然，文德尔曼斯决意要死得有价值、死得有意义，他能够直面命运的唯一方式，就是像这样为项目做出贡献。最后，我认为我们大多数人之所以投票支持他，纯粹是出于对他的友爱。

我们重新安排了日程表，好让文德尔曼斯能与动物们更多接触。我们共有十个人，五十只动物；每个人都有特定的研究领域——数论、语法创新、形而上学探索、记号语言学、工具运用等，我们与自己选定的黑猩猩合作，自然也受黑猩猩群落中不断变化的次部落结合模式影响。但我们一致认为，文德尔曼斯必须将启示直接授予猩猩首领利奥、拉蒙娜、格里姆斯基、爱丽丝和阿提拉，而不必考虑当前黑猩猩与人类之间的对话结构。例如，利奥就一直在跟贝丝·兰金讨论季节变化的概念。贝丝多少算是心甘情愿地将和利奥相处的时间让给了文德尔曼斯，因为利奥在这件事上具有举足轻重的作用。我们很久以前就知道，任何重要的内容都必须先向首领传授，它们会再教给别的黑猩猩。关于如何教会比它迟钝的表兄弟，一只聪明的黑猩猩比最聪明的人懂得还多。

第二天早上，哈尔和朱迪·文德尔曼斯把利奥、拉蒙娜和阿提拉带到一边，和它们进行了一次长谈。我在院子里的另一处，跟冈佐、米姆西、玛芬和昌普一起忙碌着，但也会不时扫视一下那边，看看是个什么状况。哈尔一副容光焕发的模样，就像与上帝交谈后从山上下来的摩西一样。朱迪也在努力让自己容光焕发一点，但悲伤却不断涌出。有一次，我看到她转过身去，避开黑猩猩，指节抵在牙齿上，强忍住哀伤。

之后，利奥和格里姆斯基在橡树林边开了个会。约斯特和查利·达米亚诺用双筒望远镜作了观察，但他们基本看不出它们在说什么。它们使用的手势经过了调整，比跟我们交流时使用的手势要含混得多。这究竟标志着什么？是它们进化出了一种黑猩猩之间专用的黑话，故意让我们听不懂，抑或仅仅是黑猩猩的补充交流方式？我们不得而知，但事实是我们难以理解它们的手语，尤其是首领们所用的。而且，利奥和格里姆斯基还不停地在树林里进进出出地溜达，仿佛知道有人在监视它们，不想让我们偷听似的。当天晚些时候，拉蒙娜和爱丽丝进行了同样的会谈。现在，这五位首领肯定全都获得了启示。

消息不知道是怎么向其余的黑猩猩传开的。

我们无法观察到真切的概念传播过程，不过我们注意到，第二天文德尔曼斯开始受到比平时更多的关注。当他在院子里艰难地缓慢走动时，一小群一小群的黑猩猩围在他身边。冈佐和昌普吵闹了几个月，忽然肩并肩地站在一起，聚精会神地盯着文德尔曼斯瞧。据文德尔曼斯说，一向害羞的齐克丽也主动跑来找他聊天，跟他聊聊树上的苹果有多熟。安娜·利维亚那对年幼的双胞胎闪和肖恩则爬到文德尔曼斯的肩膀上。

"它们想知道垂死的神到底是什么样子。"约斯特平静地说。

"可是你看那边。"简·莫顿说。

朱迪·文德尔曼斯也有一帮跟随者：米姆西、玛芬、克劳迪亚斯、巴斯特和刚。它们入迷地盯着她，双眼圆睁，嘴唇咧开，有几只还吹着小小的口水泡泡。

"它们以为她也要死了吗？"贝丝怀疑。

约斯特摇了摇头："多半不是。它们看得出她身体上没有任何问题，但它们感觉得到伤心的气息、死亡的气息。"

"有没有理由认为它们知道哈尔是朱迪的伴侣呢？"克里斯滕森问道。

"这无关紧要，"约斯特说，"它们看得出她很难过。这让它们很感兴趣，哪怕它们不知道为什么朱迪会比我们其他人更难过。"

"那边还有更多捉摸不透的事呢。"我指着草地的方向说。格里姆斯基独自站在那儿，沉思着什么。它是这些黑猩猩当中最老的一只，毛色灰白，已渐秃顶，是个深刻的思想家。它差不多从项目一开始就在这里，已经有三十多年了，在这段时间里，几乎没有什么能逃过它的注意。

左边远一点地方，在那棵大山毛榉树荫下，利奥也同样独自站着沉思。它二十岁，是群落里的雄性老大，最为强壮，也比其他黑猩猩聪明得多。看到它们俩各自处在自己的孤独地带，像相隔甚远的哨兵，像复活节岛的雕像，沉浸在隐秘的幻想中，这情景很是诡异。

"哲学家。"约斯特低声道。

昨天，文德尔曼斯永远地回到了医院。离开之前，他向五十只黑猩猩一一告别，甚至包括几只幼崽。在过去一周里，他的变化显而易见，整个人已经不成样子，软弱无力，日渐消瘦。朱迪说他只剩几个星期的时间了。

她已经休假了，很可能要等文德尔曼斯死后才会回来。我想知道黑猩猩对她的"离开"以及最终的回归会做何感想。

她说利奥也问过她是不是也快死了。

也许现在这里的情况会恢复正常了吧。

这天早上，克里斯滕森问我："你注意到没有，这段时间，它们好像不管跟你讨论什么，都非要把死亡的概念扯进来。"

我点了点头："那天米姆西还问我，太阳升起的时候，月亮会不会死；月亮出来的时候，太阳会不会死。这似乎是一个相当标准的原始比喻，一开始我还没明白。但是米姆西年纪还太小了，没法这么轻松地运用比喻，她也算不上特别聪明。肯定是年纪更大的那些老是在讨论死亡，现在慢慢传开了。"

"齐克丽在跟我做减法。"克里斯滕森说，"她用手语比画说：'你拿走五个，死了两个，还剩三个。'后来她又把它当动词用了：'三死一等于二。'"

其他人也报告了类似的情况。然而，动物们谁都没有谈论文德尔曼斯尔本人和即将发生在他身上的事情，也没有公开提出过任何关于死亡或垂死的问题。据我们所知，它们已经把整件事变成了比喻性的消遣，对其本身表现出强烈的痴迷。和大多数强迫症患者一样，它们试图掩盖最关心的事情，很可能自以为掩饰得很高明。我们能猜出它们脑子里在想些什么，这不是它们的错。毕竟它们只不过是黑猩猩——有时我们得不断提醒自己这一点。

　　它们在橡树林的那头开会，那里有一条小溪流过。大部分时间似乎都是利奥和格里姆斯基在讲话，其他黑猩猩则聚在周围，安静地聆听。每次黑猩猩的数量从10只到30只不等。我们无从得知它们在讨论什么。每当我们当中有人靠近时，黑猩猩们就会很随意地分成三四拨，看上去无辜得不得了——"老板，我们只是想呼吸一下新鲜空气。"

　　查利·达米亚诺想在树林里安个窃听器，可是要如何窃听一个只能用手语交流的群体呢？摄像头又不像麦克风那样容易隐藏。

　　我们尽量使用双筒望远镜来观察，但看到的那么点情况却始终让人困惑。它们在这些会议上使用的手语比我们之前见过的还要拐弯抹角、令人不解，就好像它们在用颠倒顺序的黑话、不知所云的话或某种崭新的私密语言在开会似的。

　　明天会有两名技术人员过来，帮我们在树林里安装摄像头。

　　哈尔·文德尔曼斯于昨晚去世。朱迪给戴夫·约斯特打过电话，说他走得非常安详，解脱得很轻松。约斯特和我早饭后就把这个消息透露给了黑猩猩的首领们，没有采用什么委婉的说法，就是直截了当地告知它们。拉蒙娜嚎了几嗓子，看上去好像要哭了，但她似乎是唯一情绪低落的一只。利奥向我投来深长的一瞥，目光中几乎可以肯定带着同情，然后紧紧地拥抱了我。格里姆斯基溜达着走到一边，好像一面还对自己比画着崭新的手势。现在，橡树林里似乎正在召集会议，一个多星期以来，这还是第一次开会。

摄像头就位了。即便我们破译不了这些新手势，至少也可以录制下来，对其进行计算机分析，直到理出头绪。

现在我们已经看完了林中会议的第一批磁带，但我也不敢说我们了解得比以前更多。

首先，它们一开始就捣毁了两个摄像头。阿提拉派冈佐和克劳迪亚斯到树上，把摄像头给拽了出来。我猜，剩下的摄像头它们没注意到，但不知是出于偶然还是故意，这些黑猩猩所处的位置没有哪台摄像头能从清晰的角度拍到。我们确实录下了一些利奥的手势，以及爱丽丝和安娜·利维亚之间的你来我往。它们交谈的时候夹杂了标准手势和新手势，但我们发现，如果不了解上下文，根本就不可能形成任何连续的意义。诸如"衬衫""帽子""人类""变化"和"香蕉苍蝇"这些零散的手势里，混杂着难以辨认的东西，叠加形成了某种含义，但没人确切地知道究竟是什么。据我们观察，没有提到哈尔·文德尔曼斯，也没有直接提及死亡。我们可能完全误解了这一切的重要性。

也可能不是。我们整理出了一些新手势，这天下午，我问拉蒙娜其中一个是什么意思。它坐立不安，大喊大叫，看上去很是忐忑——这不仅是因为我让它做一件类似给出定义这样抽象的事情，它是在担心。它环顾四周，寻找着利奥，看到它时，向它比出了那个手势。利奥蹦蹦跳跳地跑过来，一把将拉蒙娜推开，然后开始跟我说话，夸我多么聪明、多么善良、多么温和。它可能是个天才，但即便是天才的黑猩猩，也仍然是只黑猩猩。我告诉它，我可没被这些恭维话糊弄过去。我问他这个新手势是什么意思。

"跳，高，再，来。"利奥比画着。

是个简单的黑猩猩式短语，指的是玩耍和嬉戏？我一开始是这么想的，我有很多同事也这么想。戴夫·约斯特却说："那为什么拉蒙娜在给这个词下定义的时候那么闪烁其词？"

"对它们来说，下定义并不容易。"贝丝·兰金说。

"拉蒙娜是最聪明的五只之一，它能够做得到。特别是这个手势可以用另外四个确定的手势来定义，正如利奥所做的那样。"

"你什么意见，戴夫？"我问。

约斯特说："'跳，高，再，来'可能说的是它们喜欢玩的一种游戏，但也可能是指代'末世论'，以一种简洁的比喻方式来讨论死亡和复活，不是吗？"

米克·法尔肯伯格嗤之以鼻："上帝啊，戴夫，你这都是些啥胡说八道的疯狂诡辩——"

"是吗？"

"有时候你的分析太不好捉摸了，"法尔肯伯格说，"你是说这些黑猩猩有神学吗？"

约斯特回答："我是说它们可能正处在进化出一种宗教的过程中。"

可能吗？

正如米克所言，有时候我们对这些动物的看法有失偏颇，高估了它们的智力，但我觉得我们也经常低估它们。

跳，高，再，来。

　　我心中好奇。秘密的宗教用语？黑猩猩神学？来世信仰？宗教？

　　它们知道，人类有一种称为宗教的仪式和信仰体系，尽管它们对宗教究竟理解到什么程度很难了解。戴夫·约斯特在与利奥和其他几个首领的形而上学讨论中，曾经提出过这个概念。他勾勒出了一种等级制度，从上帝开始，往下经过人类和黑猩猩，到猫狗，再到昆虫和青蛙，以帮助黑猩猩理解生物链的概念。它们见过虫子、青蛙、猫和狗，但希望戴夫·约斯特让它们见见上帝。约斯特只好告诉它们，上帝并非有形有相，看不见也摸不着，他高高在上，却无处不在。我怀疑它们对这一点能理解多少。利奥（它身上深入钻研的敏捷智慧始终启发着我们）想让约斯特解释一下，既然上帝不在我们身边，没法打手势，那么我们是如何跟上帝交流的。约斯特说，我们有宗教，就是一个与上帝沟通的系统。当时，他讲到这里就终止了，没再继续。

　　现在我们警惕地留意着群落里宗教意识发展的任何迹象。甚至连持嘲讽态度的米克·法尔肯伯格、贝丝和查利·达米亚诺也在密切关注。毕竟，本项目的根本目的之一，就是了解最早的原始人种是如何跨越那道智力界限的，我们乐于认为正是这道界限把动物和人类区分开来。我们不可能复活一群南方古猿来加以研究，但我们却可以观察被赋予了语言天赋的黑猩猩，看他们如何建立起一个类似史前人类的社群，这是我们能够实现的、最接近于回到过去的办法。约斯特和我认为（伯特·克里斯滕森也开始这样认为），让它们看到自己心中的神——也就是我们人类可以被更强大的力量打倒和毁灭，激起了它们对于神圣的意识，对于必须加以崇拜的超自然力量的意识。

　　到目前为止，证据尚不充分，但从它们对文德尔曼斯和朱迪的关注、利奥和格里姆斯基的独自沉思、树林里的大型集会、经过改进的手语、利奥翻译成"跳，高，再，来"的手势中，我们似乎看到了潜在的末世论。对于我们当中想将其解读为宗教基础的这些人来说，似乎看到了希望；而对其他人来说，这一切都像是巧合和幻想。当然我们都非常清楚，我们研究的是非人类智慧，绝对不能将我们自身的思维构想强加于它们身上。我们永远无法确定，我们运用的价值体系与黑猩猩的是否相同。我们与黑猩猩交流时不得不使用手语，而手语语法固有的模糊性使问题变得更加复杂。想一想利奥在橡树林里演讲（布道？）时使用的短语"香蕉苍蝇"吧，我们都以为，拉蒙娜把生病的文德尔曼斯称为"烂香蕉"。但如果我们把"苍蝇"理解成动词"飞"，那么"香蕉苍蝇"其实就是"香蕉飞"，可以认为是用比喻来描述文德尔曼斯上天堂；如果我们把"苍蝇"当作名词，那么利奥可能指的是以腐烂水果为食的果蝇，是对死亡后肉体腐烂的比喻。另一方面，它也可能只是在评论我们垃圾场的现状。

　　目前我们已经一致同意，不对黑猩猩进行直接的讯问。海森堡原理[①]永远是我们在此遵循的准则：观察者很容易扰乱被观察物，所以我们必须只做最精细的测量。当然，即便如此，我们在黑猩猩当中的存在，肯定仍会产生影响，但我们会尽可能通过避免引导、默默观察来将这种影响降至最低。

----

　　① 海森堡原理：德国物理学家海森堡提出的"不确定性原理"是关于量子力学的。哲学意义就是不能知道"现在"的所有细节，因此无法准确预见未来。

今天发生了两件不同寻常的事。若是独立来看，这只是两件并不重要的趣事；但如果我们将这两件事互相参照着看，或许就该以一种全新的眼光来看待现状了。

其中一件是黑猩猩发声的次数增加了，几乎所有人都注意到了这一点。我们知道，野生黑猩猩有一些基本的口头语言——问候的叫声、挑衅的叫声、表示"我喜欢这种味道"的咕哝声、雄性黑猩猩保卫领地的吼声，等等，没什么复杂的内容，并不比鸟类和狗的语言复杂多少。它们也有相当丰富的非口头语言，以姿势和面部表情构成的词汇。但直到几十年前教授黑猩猩人类手语的实验开始以后，黑猩猩才明显表现出高度的语言能力。在研究站，黑猩猩几乎完全凭借手势交流，我们一直是这么训练它们，它们也是这样教授幼崽的。只有在最基本的表达当中，它们才会重新使用吼叫和咕哝声。在与黑猩猩相处的时候，我们这些研究者之间也主要用手势进行交流，甚至在只有人类参加的会议上，由于长期养成的习惯，我们使用手语和口头语的时间也相差无几。但突然之间，黑猩猩开始互相发声。那声音奇怪而陌生，有人可能会说，那是对人类语言怪异笨拙的模仿。我们自然什么也听不懂：黑猩猩的咽喉完全无法再现人类使用的音素。但这些新的咕哝声、这些脱口而出的变了调的声音，似乎就是为了模仿我们的话语。在观看林间会议的磁带时，达米亚诺就曾提醒我们注意，阿提拉如何用双手捻着嘴唇，毫无疑问，它企图发出人类的声音。

为什么呢？

第二件事是利奥已经开始穿衬衫、戴帽子了。穿衣服的黑猩猩也没什么好大惊小怪的。虽然我们这里从来不曾鼓励过这样的拟人化行为，但各种各样的动物时不时还是会迷上某件衣服，从主人手里讨了来，穿上个几天甚至几周。而这件事的新奇之处在于，这件衬衫和帽子属于哈尔·文德尔曼斯所有，只有当黑猩猩们在橡树林（戴夫·约斯特最近开始把那座橡树林称为"圣林"）里集会时，利奥才会穿戴起来。利奥是从菜园后面的工具房里找到这身衣服的。哈尔·文德尔曼斯相当壮实，衬衫穿在利奥身上大了得有十个号，但它把袖子系在胸前，让其余部分耷拉在背后，简直像斗篷一样。

我们该怎么解释呢？

简是黑猩猩言语过程方面的专家。在当晚的会议上，她说："我认为它们似乎是在重复人类语言的节奏，尽管无法再现实际的语音。它们是在扮演人类。"

"讲神语。"戴夫·约斯特说。

"什么意思？"简问道。

"黑猩猩用手说话。人类与黑猩猩交谈时也会这样做，但人类彼此交谈时却使用语音。记住，人类是黑猩猩的神。以神的方式说话是一种按照神的面貌来重塑自己形象的方式，是展现神性的方式。"

"可你这是胡说八道，"简说，"我不可能——"

"穿人类的衣服，"我兴奋地插嘴，"就算是咬文嚼字地来看，同样也是一种展现神性的方式，尤其是如果那身衣服——"

"——原先属于哈尔·文德尔曼斯的话。"克里斯滕森说。

"死去的神。"约斯特说。

我们诧异地对望。

达米亚诺开口了，不是以他平时那种怀疑的语气，而是带着点惊愕："戴夫，那照你的假设，利奥扮演的是类似于牧师的角色，那身行头是他的圣衣吗？"

"不仅仅是个牧师，"约斯特说，"我觉得相当于主教吧。教皇，黑猩猩的教皇。"

格里姆斯基猛然间显得非常虚弱。昨天，我们看到它独自慢慢地穿过草地，远远地绕了一圈，一直转悠到池塘和小瀑布那边，然后又费劲地拖着蹒跚的步子，严肃地回到树林另一边的集会地点。今天，它一直安静地坐在小溪旁，不时地前后摇晃着，偶尔把脚伸进水中。我查看了记录：它已经43岁，对于一只黑猩猩来说，算是高寿了，尽管已知有些黑猩猩活到了50岁以上。米克想带它去医务室，但我们决意不这样做，如果它已经命在旦夕——从表面上看，它确实如此——那我们就应该让它以自己的方式有尊严地离世。简走到树林里去看它，报告说它没有表现出明显的生病迹象。它眼神清明，脸上温度不高，岁月令它憔悴不堪，眼看大限将至。我感到深深的失落，因为它有着敏锐的智慧、长久的记忆、精明的头脑和深思熟虑的天性。多年来，它一直是群落里的雄性首领，但十年前，利奥成年后，格里姆斯基毫无争斗迹象地退位了。在格里姆斯基斑白的前额之下，必定蕴藏着丰富的知觉、概念和见解，微妙而神秘，我们对之却几乎一无所知，而且这些很快就会损失殆尽。我们只能期盼它能把智慧传授给利奥、阿提拉、爱丽丝和拉蒙娜。

今天发生的怪事：对肉食进行仪式化的分配。

　　肉食在黑猩猩的膳食结构中并不占据重要地位，但它们确实喜欢吃点肉，我记得周三一直是这里的开荤日，我们会给它们半边牛肉、几片羊肉之类。肉食分配的过程暴露了黑猩猩们的野生传统：雄性首领先饱餐，其他黑猩猩在一边眼巴巴地看着，然后体格较弱的雄性乞求分得一定的份额，获准过来薅一块，最后才轮到雌性和年幼黑猩猩捞点残渣。这天是开荤日。利奥和往常一样，自己先吃了个饱，但随后发生的事情令人震惊：它让阿提拉吃完后给格里姆斯基分点肉（它今天更虚弱了）。然后利奥戴上文德尔曼斯的帽子，开始把碎肉分给其他黑猩猩。它们一个接一个地按照现有的等级次序来到它面前，摆出标准的乞求姿势，手放在下巴底下，掌心向上，利奥给它们每一只都分块肉。

　　"就跟领圣餐似的，"查利·达米亚诺低声说，"利奥就是主持弥撒的教父。"

　　除非我们的假设完全大错特错，否则这里必定有种真正的宗教正在形成，也许是由格里姆斯基创建，在利奥的统治下形成，哈尔·文德尔曼斯褪色的蓝色旧工作帽则成了教皇的三重冕。

　　黎明时分，贝丝·兰金叫醒了我，对我说："快来。它们正对老格里姆斯基做些奇怪的事情。"

　　我匆匆醒来，起床，穿好衣服。我们现在有个闭路系统，可以把小树林里发生的事回传过来。我们在屏幕前停下，观看正在发生的情形。格里姆斯基双膝着地，跪坐在溪边，闭着眼睛，几乎一动也不动。利奥戴着帽子，站在他身边，精心把哈尔·文德尔曼斯的衬衫系在格里姆斯基的肩上。有不下十几只其他成年黑猩猩在它俩面前蹲成一个半圆。

伯特·克里斯滕森吃惊地问道："出什么事了？利奥在让格里姆斯基当助理教皇吗？"

"我觉得利奥正在为格里姆斯基举行最后的仪式。"我说。

还能是什么呢？利奥正戴着神圣的头冠，打着新手势，长篇大论地演讲——这就是它们的教会语言，相当于黑猩猩语言当中的拉丁文、希伯来文或梵语。随着它持续发表致辞，与会的黑猩猩还间或爆发出回应，（我猜是）表示回答或赞同，有时是手势，有时则是嘟哝声，经过篡改、冒充人类的声音，戴夫·约斯特认为那是黑猩猩版的神语。整个过程中，格里姆斯基始终保持着沉默而疏离的姿态，尽管偶尔也会点点头，或低声咕哝着什么，或用我们不理解的手势拍打着双肩。仪式持续了一个多小时，然后，格里姆斯基身体前倾，刚和昌普抓住它的胳膊，轻轻把它放倒在地，直到它的脸贴在地面上。

有三五分钟的时间，全体黑猩猩都一动不动。终于，利奥走上前去，摘下帽子，放在格里姆斯基旁边的地上，小心翼翼地解开系在格里姆斯基身上的衬衫。格里姆斯基没有动。利奥把衬衫搭在自己肩膀上，重新扣上帽子。

它转向围观的黑猩猩们，用我们完全能理解的旧手势比画着："格里姆斯基现在是人类了。"

我们面面相觑，满怀敬畏和惊诧。有几个人在啜泣，大家谁也说不出话来。

葬礼似乎结束了。黑猩猩们四下散开。我们看见利奥漫步离去，帽子随意地耷拉在一只手上，另一只手拿着衬衫，一路在地上拖着，只有格里姆斯基独自留在小溪边。我们等了十分钟，就去了小树林。格里姆斯基看似正在安详地酣睡，但它已经死了。我们把它抬了起来——由伯特和我两人扛着，带回实验室进行尸检。它轻得几乎没有半点分量。

　　上午九十点钟的时候，天色暗了下来，闪电掠过群山，向北而去。一记雷鸣几乎是一瞬间轰然响起，狂风暴雨倾盆而下。简指着草地：雄性黑猩猩们正跳着奇怪的舞，咆哮着，摇摆着，后脚敲击着地面，用手猛捶着树干，扯下树枝拍打着泥土。是悲伤，还是恐惧？抑或是为把格里姆斯基转化成神圣状态而感到喜悦？谁能说得清呢？我以前从来没有害怕过这些动物——我太了解它们了，我把它们视作毛茸茸的人类近亲——可是现在，它们令我感到恐怖，这黎明的一幕似乎不合时宜：冈佐、刚、阿提拉、昌普、巴斯特、克劳迪亚斯，甚至还有教皇利奥自己，正踏着某种高深莫测的仪式的步伐，在这骇人的暴雨中剧烈地到处活蹦乱跳。

　　闪电停歇了，骤雨如同来时一般飞速地南移，跳舞的黑猩猩们都溜走了，各自奔向自己最喜欢的那棵树。中午时分，天色明媚温暖，似乎什么不寻常的事情也没发生过。

　　格里姆斯基死后两天，我再次在黎明时分被人弄醒，这回叫我的是米克·福尔肯伯格。他摇晃着我的肩膀，冲我大声嚷嚷，让我快醒醒。我坐在那里眨眼的当儿，他说："齐克丽死了！我一大早出去散步，在格里姆斯基去世的地方附近发现了它。"

　　"齐克丽？可它才刚——"

　　"十一还是十二岁，差不多吧。我知道。"

米克唤醒其他人的时候，我穿好了衣服，我们走到小溪边。齐克丽四肢摊开，但死状并不安详——它嘴角噙着一抹血痕，双眼大睁，惊恐万分，手爪僵硬地蜷起。溪岸上潮湿的泥土里，它四周全是脚印。我搜索着记忆当中黑猩猩社群里的谋杀案——争吵和长久的争斗、令人厌恶的伏击和打斗、不时发生的严重暴力伤害，但眼下这种情况没有先例。

"杀活物祭祀。"约斯特低声道。

"或者可能是祭品？"贝丝·兰金提出。

"不管是什么，"我说，"它们学得都太快了点，概括地重演了宗教的整个演变过程，包括其中最糟粕的部分。我们得跟利奥谈谈。"

"这么做明智吗？"约斯特问。

"为什么不行呢？"

"到目前为止，我们一直是在袖手旁观。如果我们想看看这件事会如何演变的话……"

"夜里，"我说，"它们合起伙来，对付一只温顺的年轻雌性黑猩猩，杀死了它。现在，它们可能正在别的什么地方，把爱丽丝、拉蒙娜或安娜·利维亚的双胞胎也送上黑猩猩的天堂。我认为，在观察黑猩猩宗教演变的价值和失去一个独特群落中无可替代的成员这样的代价之间，我们必须进行权衡。要我说，我们就把利奥叫来，告诉它杀戮是不对的。"

"它知道，"约斯特说，"它肯定知道。黑猩猩不是凶残的动物。"

"齐克丽死了。"

"如果它们认为这是一件神圣的事呢？"约斯特问道。

"那我们的这些动物就会一个接一个地死掉，直到最后只剩下几只圣洁无比的幸存者。你希望这样吗？"

我们跟利奥谈了谈。黑猩猩可以很狡猾，也可以善于操纵，但即使是它们当中最厉害的（而利奥算得上是黑猩猩里的爱因斯坦了），似乎也不懂得撒谎。我们问它，齐克丽在哪儿，利奥告诉我们，齐克丽现在变成人了。我听到这话，心里打了个寒战。利奥说，格里姆斯基也变成人了。我们问它，是怎么知道它们已经变成人的，它说："它们去了文德尔曼斯去的地方。人走了就会变成神，黑猩猩走了就会变成人。对吗？"

"不对。"我们说。

黑猩猩的逻辑很难反驳。我们告诉它，所有的生物都会死，死亡是自然的、神圣的，但只有上帝才能决定什么时候。我们说，上帝一次只会召唤一个生灵。上帝召唤了哈尔·文德尔曼斯，上帝召唤了格里姆斯基，上帝总有一天会召唤利奥和这里的其他黑猩猩。但是上帝还没有召唤齐克丽。利奥想知道，提前把齐克丽送给上帝有什么不对，齐克丽的情况不是变好了吗？不是，我们回答。没有变好，这只会对齐克丽有害，它跟我们住在一起比这么快去见上帝要幸福得多。利奥似乎并不信服，它说，齐克丽现在可以用嘴说话、脚上穿鞋了，它相当羡慕齐克丽。

我们告诉它，如果有更多的黑猩猩死掉，上帝就会生气。我们告诉它，我们就会生气。我们说，杀死黑猩猩是错的，上帝不希望利奥这样做。

利奥说："我跟上帝谈谈，看看上帝想要什么。"

这天早上，我们在池塘边发现了巴斯特的尸体，有迹象表明，这又是一起祭祀杀生。利奥冷冷地盯着我们，解释说，上帝命令所有的黑猩猩都要尽快变成人类，而这只有通过齐克丽和巴斯特的方法才能实现。

利奥现在被关在惩罚箱里，我们已经暂停了本周的肉食分派。约斯特对这两个决定都投了反对票，他说，我们这是冒着赋予利奥以宗教殉道者光环的风险，会让利奥本来就已经相当可观的威权进一步增长。但这样的杀戮必须终止。当然了，利奥也知道我们为此感到不安。但如果它相信它选择的道路是正义的，那无论我们说什么、做什么，都无法改变它的想法。

今天朱迪·文德尔曼斯打来了电话。她已经把哈尔的亡故远远抛在了脑后，她想念这个项目，想念黑猩猩们。我尽可能温和地把这里发生的事告诉了她，她沉默了相当长的一段时间。齐克丽是她最喜欢的黑猩猩之一，而这个夏天，朱迪已经够伤心的了——但最后她却说："我觉得我知道该怎么做。我会坐明天中午的班机过来。"

这天临近傍晚的时候，我们发现米姆西死了，死法跟之前一样。利奥还在关禁闭，已经关到第三天了，会众已经学会在首领缺席的情况下举行仪式了。米姆西的死让我感到惊骇，我们都受到了很深的影响，几乎无法继续工作。为了拯救这些动物，也许有必要彻底解散整个社群。也许我们可以把它们送到其他研究中心去待上几个月，三个五个地分开，直到这种情况消失。不过若是没有消失呢？如果被打散的动物们弄得其他地方的动物也转而信奉利奥的信条呢？

　　朱迪刚到，说的第一句话就是："放利奥出来。我想和它谈谈。"

　　我们打开了禁闭箱，利奥局促不安地走了出来，抬起手，遮挡着眼前的强光。它看看我，看看约斯特，又看了看简，像是在想我们当中哪一个会骂他似的。然后它看到了朱迪，就跟看到了鬼一样，喉咙深处发出空洞刺耳的声音，向后退去。朱迪用手势打招呼，向它伸出双臂。利奥发起抖来，它吓坏了。如果是我们几个人当中有人离开一两个月再回来，这倒没什么特别的，但利奥肯定没有想过朱迪居然会回来，事实上，它肯定以为她跟她丈夫去了同一个地方，于是一看见她就震惊了。显然，这些朱迪全明白，因为她很快就充分利用了这一点，向利奥用手势比画着："我给你捎来了文德尔曼斯的口信。"

　　"说，说，说！"

　　"跟我一起走走吧。"朱迪说。

　　她拉着它的手，轻轻把它引出惩戒区，带到院子里，下了山坡，朝着草地走去。我从山顶向下望去，这位高大苗条的女人和结实壮硕的黑猩猩紧靠在一起，肩并肩，手牵手，此时暂且停下来说话。朱迪比着手势，利奥用慌慌张张的姿势作答；接着朱迪又比画了好一阵，利奥给出一个简短的回应；朱迪又是一轮疾风骤雨般的手势，然后利奥蹲下身，拽着草叶，摇着头，用手拍打着胳膊肘，露出困惑的表情，然后拍拍下巴，抓住了朱迪的手。她们离开了将近一个小时，其他的黑猩猩们不敢靠近。最后，朱迪和利奥手牵着手，静悄悄地又爬上山坡，来到总部。利奥的眼睛闪闪发光，朱迪的眼睛也一样。

　　她说："现在都没事了。就是这样，对吧，利奥？"

利奥说："上帝永远是对的。"

她比出一个"你走吧"的手势，利奥缓缓走下山去。它一离开我们的视线，朱迪就转过身去，略哭了会儿，就那么一会儿，然后要了一杯饮料，接着才道："当上帝的信使可真不容易啊。"

"你跟它都说了什么？"我问。

"我说，我去天堂看望过哈尔了。哈尔一直在看着下界的事，很为利奥感到骄傲，只有一个地方不好——利奥把太多黑猩猩早早地送到上帝那儿去了。我告诉它，上帝还没准备好接收齐克丽、巴斯特和米姆西，它们必须得在储藏间里放上好一阵子，一直到真的该去的时候，这对它们可不好。我告诉它，哈尔想让利奥知道，上帝希望它不要再给他送黑猩猩了。然后我把哈尔的旧手表交给了利奥，让它在办差使的时候戴上，利奥答应会照着哈尔的意思办。就这些。我怀疑我是给这儿正在形成的神话又添了全新的一层，我相信你们不会因为我这么干就生气的。我不信还有更多的黑猩猩会被杀了。我还想再来一杯。"

那天晚些时候，我们看到黑猩猩们聚集在小溪边。利奥高高举起手臂，它毛茸茸的纤细手腕上，阳光照着金色的表带，熠熠生辉。与会的一众黑猩猩们当中爆发出一阵响亮的神语咕哝声，它们在它面前跳起了舞，然后它戴上圣帽，披上圣衣，富于表现力地挥动着手臂，比画出手语中那些秘而不宣的神圣手势。

再没有杀戮发生了，我想以后也不会再有。也许过一段时间，我们的黑猩猩们就会失去对宗教活动的兴趣，转而从事起其他的消遣。但还没有，目前还没有。那些仪式还在继续，而且演变得越来越繁杂，我们正收集到大量不同寻常的观察结果，上帝俯视着下界，心情愉悦。而利奥骄傲地戴着教皇的徽章，对圣林里的信徒们赐予祝福。

罗伯特·西尔弗伯格，美国作家和编辑，作品中以科幻小说最为著名。1956 年，罗伯特荣获了他的第一个雨果奖，后来又拿到其他三项雨果奖以及六项星云奖，是科幻名人堂的成员。2004 年，美国科幻与奇幻作家协会授予罗伯特·西尔弗伯格"大师奖"。

共鸣计划

（美）多米尼加·菲特普雷斯／著

梁宇晗／译

蓓儿和我都为蓝杯工作。

她之所以能得到这份工作，是因为她的性格评分很高，社交媒体指标也高于平均值。她是高中生，还有一年毕业，之前担任学校舞蹈队的队长。试用期间，她以被评估员形容为"温暖"和"优雅"的态度为顾客点单并送上饮品。同期试用的青少年有上百名之多，只有蓓儿得到了雇用。

蓝杯对每名雇员进行密切监控。他们想得到每次的互动记录，无论是面对面还是通过网络，因此雇员往往需要植入一枚标准的"监察者"芯片。

蓓儿植入的是一枚最新版的监察者芯片样品，其名称是极富创意的"监察者2.0版"。不是所有人都关心得起权利和隐私，所以她连看都没看就同意了使用协议。

成为一位杰出的蓝杯招待员需要罕见的天赋，而与一般的招待员相比，杰出的招待员仅在一家分店就能带来高达数十万美元的营收差异。蓝杯的常客都能成为蓓儿的朋友，无论是在店里还是在学校里——只要他们保持足够高的购买额就行。

目前，招待员与顾客的互动还不是标准化的，招待员的工作内容就包括了应该在什么时候说什么样的话。比如，与熟客打招呼时可以称呼他们的名字。蓓儿会记得客人们常点的饮品，或赞美他们的外表。她会提到他们发在网上的照片，或评论一下上个周末的疯狂派对。如果他们没有受邀参加上周末的派对，她会确保他们得到下个周末派对的邀请。这样一来，附近高中的社交形式就转变成到蓝杯购买饮品了。

仅仅受欢迎是不够的，一位杰出的蓝杯招待员会得到几乎所有小圈子的喜爱和接受。她能帮助别人融入小圈子，同时又不打乱原有的等级制度。表现不佳的招待员会被淘汰，但咖啡厅会不惜代价留住那些表现优秀的招待员。

蓓儿在康科德分店工作一年，成绩辉煌，但她没有要求加薪，而是提出要换岗到西边15英里外的旧金山分店。这符合逻辑。在康科德，她最多只能再做两年，很快就会因年纪偏大而不再适合目标顾客群。

旧金山的蓝杯咖啡厅历史悠久，是一家经历多次版本变更的概念店，那家店的人员年龄层次更加丰富多样，因为那样有助于研究。我估计蓓儿想要几乎所有人都想要的东西：长期雇用。

我正是在筹建旧金山蓝杯概念店期间结识了蓓儿。我对她的第一印象不错。我们拥有一套以脸部每个部位的大小以及相互距离计算面容吸引力的专利量表，按这套量表计算，她的分数非常高。她鼻子的位置很棒，双眼之间有着最理想的距离。她的前额非常匀称，下巴的完美度达到了百分之九十九。

由于长年接受舞蹈训练，蓓儿的体态完美，背部线条挺直。她微笑时总是露出牙齿，眼皮略微绷紧。我在开发毅力测量方法时遇到了她。她的得分很高。

蓝杯设法让蓓儿从康科德高中转到了大学预备学院（PCA）。这是一个为居住在旧金山一带有天赋的年轻人设立的学术课程。因此，其学生来自该区域最为显贵的那些家庭。从技术上说它是一所公立机构，因为它得到公共财政的拨款资助，但它同时接受各大家族、非营利组织以及像蓝杯这样的大公司的慷慨捐款。只有被学校邀请的学生才能入学。

PCA与蓓儿心目中的学校完全不同。这里没有拥挤的教室，甚至连教师都没有。只有导师、顾问和进修班主持人。这个学校不像其他州立学校那样规范。学校致力于向下一代的领导者和开创者提供个性化的学习计划。学生终生都可以得到专属导师的指导。

蓓儿分配到了四名导师和两名顾问。她没有被分配到任何进修班，因为她的各科水平还没达标。

"但我在原来的学校各科成绩全都是A。"蓓儿说。

她的数学导师同情地点了点头："我也是从郊区来的。但是看看现在的我。"

蓓儿不太确定这位导师想让她看什么。她已经习惯了沮丧看待自己工作的老师。她不知道，在城市里导师能够得到很好的报酬，这个职位受到高度的追捧。

"如果你真的很努力的话，我们可以让你在一个学期之内学完两个学期的微积分课程。这样到了明年，你就可以加入大一的多变量微积分进修会了。"

蓓儿盯着远方看了一会儿。在这个时刻，我无法解读她的情绪。

"好。"她说。这句话的"坚定"和"不快"两个指数分别为89分和57分。

PCA没有舞蹈队。她的同学态度冷淡，等级制度早已根深蒂固，其中有些是数代人之前就形成了。蓓儿有自己的名字，但却没有什么"名"。她的影响力得分一落千丈。她的新同学们所使用的社交媒体是她以前从未涉足过的，因此她不得不注册新的账号重新开始。她的影响力排名暴跌。

我感受到了她的后悔。如果她早知道PCA是这个样子，她一定不会来的。但她已经在这里了，她在一座干净发亮的城市里拥有自己的房间。蓝杯使她获得了在这里居住、工作和学习的许可。康科德的特权阶层与这座城市里的下等人相比，哪个更好？另外还需要考虑到她母亲的怒气控制问题和父亲的酗酒问题。她好像很开心可以远离他们有自己的生活，但好像也会想念他们。

如果熟悉感是她所渴望的，在旧金山的蓝杯分店她是找不到的。那家店很受欢迎，但顾客大多数是游客而非本地人。这就需要另外一套操作规程。

在旧金山的蓝杯分店，令人期待的城市体验以访问者们能够接受和熟悉的方式重新包装。这些游客不仅来自外湾区和加州内陆，更来自全世界。要得到在这个城市生活的许可证几乎是不可能的，但只拿访问许可就容易许多。这个制度彻底消灭了城市范围内的无家可归者和贫穷问题。不是任何人都可以住在这个城市，但几乎所有人都可以访问我们这家城市分店，享用特制的饮品。

所以说，康科德蓝杯分店是将高中的层级制度进行变现，而旧金山蓝杯分店则是将地区差异变现。更重要的是，旧金山分店还具有实验性质，蓝杯2.0将在此处首发。

蓓儿到新店上班的第一天，她得到了一条腕带。

"这是体能监测器吗？"她问。

"它特意制作成体能监测器的样子，但实际上不是。"她的店长说。

我们的招待员并不佩戴智能眼镜或是耳塞，因为这些设备可能会在与顾客的互动中形成一层可见的软件隔膜。蓝杯招待员应该尽可能地自然亲切。不过，这里常客很少，店面又比较大，因此有很多招待员在同时工作。在顾客们看来，招待员们手上的腕带应该就是体能监测器，实际上它们却是用来让我们的招待员互相交流或者联系总公司的。信号通过一系列震动接收，再用敲击传递出去。

"你得学会这套通信编码，"店长说着，将编码簿传到蓓儿的社交软件上。

"可我在学校有很多功课。"蓓儿和店长在咖啡店楼上的培训室里说话。

"那确实有点难，但我知道你能做到。你的能力评分非常高。"蓓儿的店长名叫杰奥。她是一个四十多岁的白人女性，皮肤饱经风霜，晒成了深棕色。她没有试着让自己显得比实际年龄年轻一些，她的自信和真诚评分都很高。蓓儿觉得在杰奥身边能感受到一种温暖，一种类似母爱的感觉。

杰奥是一位杰出的招待员，尤其受到那些档案显示曾遭遇过不幸童年的顾客的青睐。

"我想，做个杰出的招待员是值得的，"蓓儿说，杰奥则点了点头。"成为一名杰出的招待员就好像成为一个名人，对不对？"

"是的，你会与很多人打交道，更加注重互动方式对他们的意义，从这个角度来说，你的确像个名人。而且有些特别杰出的招待员后来真的成了名人。"

蓓儿点点头，飞快地说出了一大串人名，都是从蓝杯走出来的名人。这时候我才明白为什么蓓儿要求调到旧金山。不仅仅是因为康科德的经济发展陷于停滞，空气质量和饮水供应都很糟糕；也不仅仅是因为有时在她家中爆发的暴力事件。她来到旧金山是因为那些最知名的网络系列剧都是在这里拍摄的。她想要成为明星。通过一家大公司赞助从而获取工作—学习许可证是留在这里生活的捷径。

在旧金山的第一夜，她睡着前还在查询网络系列剧的试镜机会。她需要一个目标，一个让她一直去尝试的理由。她想要离开。她想要自由。而我想让她留下。我需要她留下，至少要到她的合同到期日才行，否则我将无法完成我的算法设计。

第二天是她第一次午餐约会。PCA提供的最令人兴奋的机会之一就是社交活动。年轻人们总是倾向于自行分组形成小圈子，这会损害他们的社交机会。为了打乱这个局面，PCA会定期安排午餐会，这是它课程的一部分。

她第一次午餐会的同伴中有两位四年级生——劳伦和贝托，另一位是二年级生，叫作伊塔尼。蓓儿对她衣柜里的所有衣服都失去了信心。她住在康科德的时候，从蓝杯拿到的工资大多数都给了她父母，余钱买她自己想要的东西。她在商场中最高端的店铺消费，精心购置了一批在康科德可说是非常时尚的衣物。但她穿着自己最喜欢的一套衣服走在城市里时，她发现自己完全就像是一个游客。

　　在午餐时间之前，蓓儿看了一下她本次同伴们的档案。PCA的每一个人都使用一个名叫"幸运"的社交网站。蓓儿看不懂这个网站的界面，更糟糕的是她很难评估每一位同学在社交媒体上的相对排名。的确，这正是"幸运"的主要优势，对于圈外人来说很难浏览。她在网络上用包含"PCA最受欢迎学生"等关键词搜索了两次，就好像能从互联网上查到一些什么似的。从公开照片来看，劳伦好像是一位漂亮时尚的女生，贝托英俊而又忧郁，伊塔尼则是一位害羞谦逊的人物。

　　午餐会小组在校园里的大树底下碰了头。蓓儿是最后一个到的，互联网上的各类虚假资料耽误了她的时间，却没有多少有用的东西。劳伦是个上镜的白人女孩，也就是说她的照片的吸引力得分要比现实生活中的她更高。她的时尚风格让蓓儿有种疏远感。她穿着一件由硬质材料制成、相当挺括的白衬衫。漏斗形的夸张领口使得她平坦宽阔的胸脯更加引人注目。她的腰特别细，看起来给人一种不健康、不舒适的感觉。网络系列剧上不允许出现这种身材。

　　与劳伦相比，伊塔尼身上只穿着符合极简主义审美的黑色宽松直筒裙，丝毫显不出身材。但是伊塔尼打着赤脚，如果说这算是极简主义的话，恐怕也极简得过头了。贝托穿着松垮的长裤，脚踏一双凉鞋。他的T

恤衫上面有破洞，领口处变了形。他看起来就像一个农夫。

"哈喽。"贝托说道，听起来像是西班牙口音。看来他是墨西哥人。他的口音让蓓儿有些意外，当然，她不是种族歧视的那种人。作为一名蓝杯招待员，她给予所有顾客平等的尊重，即使是对那些语言技能不过关的人也是一样。在康科德高中，自称为美籍墨西哥人和自称为墨西哥人的两批学生曾经关系紧张。前者认为自己在智力和外表方面均优于后者。前者普遍身高更高、体重较轻，喜欢穿商场里买的衣服，还用标准的加州口音说话。蓓儿就是属于这一组的。另一组则喜欢农贸市场，会在那里购买衣服和手工制造的凉鞋，并且固执地拒绝学习标准的英语。贝托看起来穷到连农贸市场都去不起。他可能是拿奖学金的学生。蓓儿乐意成为他的朋友，但重要的是他需要明白：哪怕他们有许多相同点，他们的本质是不一样的。

"很高兴见到你。"蓓儿模仿着她的数学导师那种没有口音的英语说道。在工作中，当她想要让顾客放松的时候，她也会用这种语调。她感受到一丝丝的优越感，相当长的时间以来，她第一次有这种感觉。她怀念这种感觉。她曾担心她已经永远失去了这种感觉。

"你叫蓓娅？"他问，并且按照西班牙语的习惯把l音发成y音。

"我更喜欢大家叫我蓓儿，但全名不是'蓓娅'，是蓓拉，赫拉的拉。"所有人都尴尬地沉默着。也许她的同学们不习惯这种变音符？"我不会说西班牙语。"她补充道，有点炫耀的意思。在康科德，只会说一种语言是个身份标志。

"哦，那太糟糕了，"劳伦说。"你认识珊蒂吗？她是我的西班牙语导师，她很厉害。也许你可以去见见她？"

蓓儿点头、微笑，但没有说话。在她的重点科目赶上进度之前，她不会得到学习外语的允许。即使到了那个时候，她也想要去学习比西班牙语更优雅、更罕见的语言，像是法语或者日语之类的。

随后蓓儿向伊塔尼做了自我介绍，同时试着不去盯着她的脚看。那双脚很漂亮，保养得很好，难道她真的赤着脚走路吗？旧金山的街道确实很干净，但赤脚走路感觉还是太古怪了。这个时候我第一次意识到，除了盯着蓓儿看之外，我还能够帮助她。

我通过她的腕带给她发了消息。

裸——足——鞋，我一个字母一个字母地拼写着。通过腕带交流的效率非常低。实际上我想告诉蓓儿的是，尽管伊塔尼看起来似乎没有穿鞋，但她实际上是穿了鞋的。这种鞋子只有轻便的鞋底，用预熔热熔胶粘在她的脚底上，没有鞋面。

我以为蓓儿会感谢我的帮助，结果发现她的肾上腺素水平升高了。

"我想我工作的地方需要我过去。"她说。我不知道自己为什么会觉得她能明白，毕竟她昨天才拿到编码簿，总共只学了几个小时。另外，她也还不知道我的存在。最终我们将会见面，但只有在蓝杯认为她已经准备好了的时候才行。"也许我们可以去蓝杯吃午餐？那里有很棒的新品鸡肉卷，是专供旧金山分店的。跟芝士蛋糕卡布奇诺是绝配……"

"那好像有点太油腻了。"贝托说，劳伦和伊塔尼点头表示赞同。"我们一般去'保留区'。"

蓓儿的肾上腺素水平再度飙升。她现在处于轻度的恐慌状态。在她曾经的居住地，她知道所有当地人喜欢的午餐地点，更重要的是她知道他们为什么会喜欢在那些地方吃午餐，以及他们选择某个地方的时候是想要向其他人表达什么隐含的意思。

"保……留区？"她问道，但其他人已经开始朝一个方向走远，因此她跟了上去。

旧金山的街道宽敞而又空荡，空气潮湿而清新。蓓儿甚至可能会想到她再也不需要她的哮喘药了。当其他人想要横穿马路的时候，他们就立即这样做了。当然，所有的车都会停下来，但是每次他们横穿马路时，蓓儿都要犹豫一下。

"伍德兰希尔斯难道没有自动驾驶汽车吗？"

"我来自康科德，"蓓儿说，她感到有点受了冒犯。"对，没错，我们有自动驾驶汽车，但不全是，而且交通更加繁忙。总之我习惯在有斑马线的地方过马路。"她指了指沥青路面上的一些残留的痕迹。

"这里以前车很多，在许可制度实行之前。"劳伦说。蓓儿不相信，但此时公开反驳她也没有什么好处。

一个穿着西服、打着领带的男人从对面走来，和他们打了招呼，叫出了每个人的名字，甚至包括蓓儿。蓓儿和其他人一样回礼，但在他走远听不见之后，她问道："那是谁？"

"那是史蒂夫。"伊塔尼说。

"好吧，史蒂夫又是谁？"

"边界巡逻员。"

"我还以为边界巡逻员都是机器人呢。"机器人有两种，一种是有轮子的，另一种是在空中飞的，它们在城市里不停游荡，对每一个人进行面部识别并且远程扫描它们拥有的识别卡。每次见到它们，蓓儿都感到一阵恐慌，好像她会被它们逮捕似的，尽管她已经拥有合法的识别卡。有时她需要提醒自己，她真的是得到允许生活在这个城市里的。

"边界巡逻员也有人类。你把他们当成蓝杯的招待员就好了，只不过他们负责的范围是整个旧金山。"贝托说道，劳伦则在一边偷笑。他们一定是看了她的社交媒体账号，并且他们一定很不喜欢蓓儿的表现。伊塔尼没有和他们一起嘲笑她，因此蓓儿知道她们两人会成为朋友。

蓓儿的愤怒值飙升了34%。她脸上的血管膨胀了2%，面部的表面温度则增加了0.1度。

"你是从哪儿来的？"她问贝托。她可能是想要羞辱他。

"我家来自里约，"他说，"但后来搬到了洛桑。我平时的时间分别在旧金山和瑞士两地度过。"

"夏威夷是怎么回事？"劳伦问。

"我每年只在瓦胡岛过两个星期左右。"他说。随后他和劳伦开始追忆他俩曾经共同度过的某次假期，完全无视了蓓儿和伊塔尼。现在蓓儿应该明白了，贝托是个穿着穷人衣服的富二代。

他们又走过了两个街区，经过了一座又一座的玻璃建筑，一直走到一座似乎为他们敞开大门的玻璃建筑面前。

"哇哦，我都没注意到这里有门。"蓓儿说。如果她想要提升她的社交评级，她就必须要停止对常见的事物发出惊叹。她盯着大门的结构，想知道它是怎么移动的。

"如果你是会员，这才会成为一道门，"伊塔尼说。"对于非会员来说，它就是一堵墙。"

他们走进大楼里面，蓓儿注视着一大块玻璃在他们身后落下。原来那就是门。当它在她身后锁定时，它就变成了一块屏幕。它投射出外面的景象，也就是她刚才所在的地方，非常清晰。蓓儿可以看到其他行人从它前面走过，但却没有往她的方向瞥上一眼。那些人是非会员。对于他们来说，这座建筑没有入口。

她一路走来的时候经过了多少座这样的建筑？

保留区是一间巨大、明亮而又安静的房间。地上铺着浅色的大理石地板，古怪的是踩上去的时候不会有回声。房间里有一些餐桌，人们正在桌边吃吃喝喝，有的人还在工作，但所有的餐桌之间距离都非常远，至少也有二三十米。

上方有着华丽的灯饰，看起来就像是完全用烛泪制成的一样。它并不悬挂在任何支架上面，而当其他人从它下面走过时，它会移动。它的主体会改变位置呼应他们的步态，通过视觉呈现音响效果。它看起来好像会掉下来，因此蓓儿绕了远路，避免从它下方经过。其他人远远走在前面，他们已经来到了一张桌子旁。伊塔尼转过身来寻找蓓儿，当她看到她在躲避吊灯时，她说："没关系的，那只是艺术品。"温柔的鼓励，就像一只受惊的小狗可能得到的安慰一样。

其他人围在一张桌子旁边，上面已经摆好了食物。他们坐了下来，开始从盘子中取用食物，从杯子中喝饮料。

"呃……伙伴们，"蓓儿说，"你们难道是在吃别的顾客剩下的食物？"

劳伦抬起一边的眉毛，继续咀嚼着。

蓓儿没办法坐下来吃东西。这太古怪了。一个穿着黑色和服的女人走了过来。她叫出了所有人的名字，包括蓓儿，然后对蓓儿说道："我是安吉丽娜，你的招待员。你的午餐不是你想要的吗？"

蓓儿低头注视着餐桌。餐桌周围有四个座位，另外三个人已经坐下开始吃东西了，也就是说空着的那张椅子是她的，而剩下的那个餐盘也是她的。

"我的午餐？"她注视着面前的餐盘问道。盘子里有一块干面包片，看起来像是被咬过的，还有一些切成小块的鸡肉以及蔬菜。

"这是鸡肉卷。非常抱歉，我本应选择另外一种呈现方式的。"蓓儿还没来得及说话，安吉丽娜就把盘子拿走了，并且说道："我会再试一次的。与此同时，请享用你的咖啡和芝士蛋糕奶昔。"安吉丽娜指了指桌上的一个杯子，看起来像是用磨砂石板做的。蓓儿坐了下来，拿起杯子啜了一口。口味很像是蓝杯的芝士蛋糕卡布奇诺。熟悉的味道激起了蓓儿快乐的荷尔蒙。

"保留区是怎么知道你们想吃什么的？"蓓儿问。

"在我们等你出现的时候我就已经点好了。"贝托说。

"我信任他们的偏好算法。"劳伦说。

"我也是，"伊塔尼说。"在这里吃饭时，你甚至根本就不应该自己点单，你应该相信他们比你自己更清楚你想要什么。"

蓓儿点点头。在康科德蓝杯分店，她总是会知道常客们要点什么。

安吉丽娜回来了，带来了一份能看得出来是鸡肉卷的鸡肉卷。"这是更为传统的呈现方式，希望你喜欢。"它看起来跟蓝杯的鸡肉卷几乎一模一样。这家咖啡店按照她刚刚的提议为她准备好了午餐。它没有为她使用算法。它只是偷听到了她所说的话。

蓓儿朝着安吉丽娜皱起眉头。

看到蓓儿皱起眉头，安吉丽娜也皱起眉头。

"你想让我带你在店里转转吗？"

就在这时，蓓儿才意识到这正是她想要的。

安吉丽娜带着她返回枝形吊灯下方，开始向她介绍这件艺术品的设计者。然后她们走上楼梯，来到一处看台，在那里可以俯瞰整个厨房。看起来很严肃的男人们和女人们正在制作许多道小盘菜品。

"有这么多厨师！厨师简直比顾客都多。"蓝杯并没有厨师或者咖啡师。所有食物都是自动加工准备的。

"我们的准备工作需要非常多的劳动力，而且我们不使用机器人。食物对人们来说非常重要。"安吉丽娜说。"我们希望用我们的努力、创意和诚意去激发我们会员的灵感。为了全面地享受这一过程，你在来到本店之前最好不要形成关于要吃什么或是如何与空间互动的固定思维。你甚至不知道会跟谁交谈。你今天是与另外几个人一起来的。但如果独自前来，找寻即兴的谈话伙伴也会颇有趣味。"

她们走下楼返回主房间，蓓儿第一次注意到在这个安静的房间里有很多热闹的对话正在进行之中。有许多招待员在与会员交谈。

"我们都接受过谈话技术的培训。所有的招待员都拥有博士学位，我们都是学者或是艺术家，只有这样才能与我们的会员进行交流。"

"要得到这样的一份工作一定很难。"蓓儿说。

"所有的工作都不是能够容易得到的，特别是在这座城市里。"安吉丽娜说。

她朝远处的一张桌子歪了歪头。一位身穿正式商务套装、棕色皮肤的男人坐在另一个穿着随意的白人男子身边。"那位是拉卡·乔弗里先生，一位商人，"安吉丽娜说道，并示意了一下，"他旁边的是爱德华·莫里斯博士，是加州大学旧金山分校的教授。他专门研究郊区的疾病。我相信如果你向他描述康科德的现状，他一定会很有兴趣。"

听到她提及自己的家乡，蓓儿不禁吃了一惊："看来你知道很多关于我的事。"

"蓝杯不也很了解它的全部顾客吗？"

"我们只了解常客，"蓓儿说。"新顾客几乎就像是一张白纸。只有经常光顾，他们的档案才能建立、完善起来。"

"啊，我们是与顶级的信息掮客进行合作的。一家公司对于它的顾客有多了解，取决于它愿意付多少钱。它愿意付多少钱则取决于它能赚多少钱。"

"嗯，这个地方看起来很贵，所以你们一定知道会员们的许多事情。"

"不仅仅是会员，而是所有的居民。"安吉丽娜指着墙上的屏幕说道，那些屏幕正显示出外面的行人。"我们不仅仅想要了解我们现有的会员，也要了解会员的朋友圈里所有的人。你的朋友们带你来这里时，肯定会想要让你感到舒适。"

"他们还算不上是我的朋友。我是说，伊塔尼可能还比较友好。但也许贝托和劳伦带我来这里，就是为了让我感到不爽。"

"在康科德肯定也会发生这种事吧？"安吉丽娜问。

蓓儿思索了一会儿。是的，有一次，一群比较受欢迎的女孩来到蓝杯，假装要和一个刚从远郊搬来的女孩交朋友。那群女孩是臭名远扬的校园霸凌者，蓓儿有种感觉，这份"友谊"背后隐藏着的诡计正是要让新来的女孩吐露足以敲诈勒索她的信息。蓓儿给那群女孩送去了免费升级的饮品，并请她们完成调查问卷以获得奖品，分散了她们的注意力。与此同时，她将来自远郊的女孩带到一边，请她观看了在后台制作各种饮品和食物的机器人。随后她又将她介绍给其他客人认识，那些更适合的朋友以及……

"哦……"蓓儿说。她看着安吉丽娜，而安吉丽娜则看着那位教授。安吉丽娜的神情有可能会被错认为是爱慕，而其实也可能只是作为服务者，心理上产生了共鸣而已。那位教授长得相当英俊。他的头发是黑色的，理成了短发。他的表情极为专注，使得蓓儿想要听到他在说什么，尽管她什么也听不到。他正在用老派的对话方式收集信息。

"我妈说所有的白人都想当教授。"蓓儿说。

"这话可不怎么礼貌啊。"安吉丽娜仍然注视着莫里斯博士。

"他不可能是教授，他太年轻了。"

"据说在这座城市里，年轻人看起来会比实际年龄更老成，而年纪大的人看起来会比实际年龄更年轻。所以，与你的故乡相比，这里的人有可能看起来年龄差距都不大。"安吉丽娜的皮肤是恰到好处的浅棕色，深陷的眼窝周围和前额上有一些浅皱纹。她和城市里的所有女性一样，从表面上根本看不透她的年龄，她可能三十岁，也可能五十岁。在这座城市里，空气洁净清新，而且每个人都可以负担得起昂贵的皮肤保养疗法。还有，在猜测成年人的年龄方面，蓓儿一直都不太有信心。随着你的年龄增长，你的外表很大程度上是由你在之前的生命中经历过的数百万个小小抉择的总体结果来决定的。安吉丽娜可能有一个未成年的孩子，也可能她的孩子已经有蓓儿这么大了，不过蓓儿同时也怀疑保留区的招待员们都没有孩子，或者至少她们绝不会向客人提及她们的孩子。

她们继续向前走并且回到了枝形吊灯下面，环游了整座咖啡馆。

"欢迎来到保留区。有什么可以为您服务的？"

听到这句话，蓓儿浑身都起了鸡皮疙瘩。她自己曾经无数次地向顾客们说过这样的话，只不过用的是她自己的版本。突然之间，这句话让她以为回到了家。

"你为什么要告诉我这些？"

"我们之中有很多人都来自郊区，或者是来自郊区的第一代人的子女。我们总是会试着照顾和我们一样的人。而且你以后可能会决定成为保留区的一名会员。"

"我觉得不太可能，这里一定很贵。另外，我在你们的竞争对象那里工作。难道你不担心我加入之后会成为商业间谍吗？"

"蓝杯自己的业务做得不错，但它不是我们的竞争对手。"安吉丽娜的这句话显然是错误的，或者她在说谎。尽管目前两家公司服务的人口对象不同，但蓝杯和保留区出售的产品是一样的：那就是社交环境。

实际上，蓝杯也不需要蓓儿去做间谍。我们已经有足够多的人员成为他们的会员或是为他们工作。除此之外，我们还在这座建筑的内部和外部设下了多种多样的电子监控设备。

蓝杯正在开发的产品有望革新和改善各种商业领域的人际互动，并从中获益。这就是蓝杯2.0。我们收到一些消息，显示保留区也在做类似的尝试。

我们怀疑他们的预算比我们的更为充足。而我自己则怀疑在我们的竞争对手那里也有一个和我一样的角色。我想要见见那个和我一样的角色。也许我已经见过了。

蓓儿返回她的餐桌边上，发现只有伊塔尼还坐在那里。大多数的餐盘已经被收走了。伊塔尼把键盘投射在桌面上，盯着她面前投射出来的全息屏幕，双手不断在键盘上敲打。看到蓓儿走近，她停下手上的动作，然后端起一杯冰冻的白色饮料啜了一口。

"我有点好奇你吃了什么，所以我让厨房给我也做了一份，"伊塔尼说。"味道不错。我准备让我家的厨师试试看能不能在家里做，我想我妹妹会喜欢的。"

蓓儿坐了下来开始吃鸡肉卷，伊塔尼则继续打字。

"你在写什么？"蓓儿问。

"这是我的二年级论文。好几个月之前就该交上去了。这篇论文交不上去，我就不能升到三年级。很烦。我试着分析现代歌剧中性别的表现方式。恐怕这篇论文写完之后，我根本就不会再喜欢歌剧了。"

蓓儿从钱包里掏出她的密钥卡，呼出自己的全息键盘和屏幕。

"毕业论文？"伊塔尼问。

"呃，不是。我的写作导师要求我写一篇关于我去年夏天所做事情的作文。"

"那你去年夏天做了什么呢？"

"我记不起来了，"蓓儿说，"感觉特别遥远。"

"我的写作导师说过，关键在于细节。去用心观察那些开始让你震惊、但事后回想却显而易见的细节。"

"好，我会试试的。"蓓儿说。

"我的写作导师真的很不错。她去年得了普利策奖。"

"因为她的教学工作吗？"

"不，是因为她的新闻报道。"

蓓儿开始打字写她的作文。她开始写关于一场沙尘暴的事，然后又把写下的句子清除。接下来是那次她咳血的事情，大家以为她得了裂谷热，幸好她其实没有。每一个故事似乎都没有确切的发展方向。她开始写她是如何在塔霍地区的蓝杯招待员修养所失去童贞的，但最终还是放弃了这个念头。随后她又重新开始，这一次是描述蓝杯的夏季产品线，以及把它们推出市场的激动时刻。事实证明这又是一次徒劳无益的尝试。

她最终决定，她将会坚持把她接下来想到的第一件事情写完，不管那看起来究竟有多蠢。

她写了她学习滑板的经历。她描述了空气中的热量，沥青路面上的热量，她前额上汗水的热量，还有她擦伤的伤口处鲜血的热量。康科德是个非常炎热的地方。她的两个膝盖都摔破了皮，足足一周时间不能参加舞蹈课。回想起来这件事简直蠢透了。故事的寓意呢？有时候尝试新鲜事物就是犯傻。

她完成作文之后，转而打开了机器学习课程。在此之前她甚至根本没听说过这门课，但PCA要求学生上两年这方面的课。只要你把足够的数据交给一台机器，你就可以教会它做任何事情。而数据就像是原子。它们无处不在，所有事物中都有它的踪影。

安吉丽娜走过来，给两位姑娘送来了装在典雅的陶瓷杯里的巧克力咖啡。每一杯咖啡之中都有一小块切成正方形的果酱软糖。

"果酱软糖里面含有药用可卡因，可以帮助你们学习。"

安吉丽娜离开后，伊塔尼说："我听说这里的所有招待员实际上都是精神科医生。"

蓓儿点头表示赞同。这不是事实，但已经非常接近事实了。

"你下午要参加哪些进修班？"伊塔尼问。

"我……没有参加进修班。目前还没有。"蓓儿说。

"太棒了，和我一样也是个后进生。"蓓儿没有纠正她的说法，尽管这也不是事实。蓓儿已经非常努力了，就在这个时候，她仍然在努力地试图理解她正在学习的机器学习课程中的贝叶斯概率证明。但如果你在学习中明显表现出吃力，那么想要提升社交状况可能会非常困难。特别是在对某件事已经很努力仍然无法成功的情况下。

"你想到我那里去看看吗？"

"当然。"

两个女孩收起了她们的全息投影，步行穿过长长的房间。当她们来到大门前面时，安吉丽娜站在那里送别她们。

"再见，欢迎下次光临，"她说。

外面有一辆轿车等在那里。

"来接我的，"伊塔尼说。她们上了车，汽车自动行驶了大约一英里，来到一座外面挂着很多外国国旗的大厦前面。整座大楼看起来就像是古老而又华贵的宾馆。她们的车停在大门前，一个门童正在那里恭候。汽车车门自动打开，两位女孩只带了自己的手包。那个门童除了向她们问好之外根本无事可做。

"我从没见过住在宾馆里的人。"蓓儿说。

"这不是宾馆。这是我家。"

她们走进高大、宽敞、天花板上挂着吊灯的大厅，这个大厅足有机场的机库那么大。大厅中央是一道有好几层楼高的楼梯，看起来就像是飘浮在空中。蓓儿向上走了两个台阶，然后转过身。在她身后是一堵极为巨大的墙壁，上面开着很多窗子。从外边看来，有这么多窗子就代表着有同样数目的房间，也就是说这里住着很多人。

"这么大的地方只住着你们一家人吗？"

"我们的整个家族都住在这里。还有我们的工作人员。"

伊塔尼向左转弯，走进一台电梯。电梯将她们带到了一个足有仓库那么大的房间。房间的中央堆着一堆箱子，远处的角落里有一个蒲团和一个床头柜，除此之外，这房间里什么都没有。

"哦，不错，我的包裹到了。"

"这是你的卧室？"

"对，我知道这里有点太过简朴了，但我眼下对极简主义非常热衷，也许以后会一直热衷。"

之前那名门童带着另一个年轻男人走进房间。他们稍微看了一下那堆箱子，然后就开始把它们搬走。伊塔尼跟在他们后面。蓓儿则跟在伊塔尼后面。

他们走进了另外一个房间，这个房间非常明亮，有好几层楼高。里面挂满了衣服，全是跟伊塔尼现在穿着的宽松直筒裙一个样式，颜色是深浅不一的黑色、灰色以及白色。

"这是你的衣柜。"蓓儿说，尽管这里看起来更像是她最热衷的网络系列剧里的一家百货公司。

"需要我来教你时尚吗？"

蓓儿同意换上了一件伊塔尼的宽松直筒裙。她也把脚上的乔丹鞋换成了一双隐形拖鞋。整个下午，两个女孩躺在伊塔尼的床上，看着投射在墙上的大屏幕。她们看了时装秀，也看了几页杂志。

"谢谢你对我这么好，"蓓儿用指尖抚摩着身上这件如丝绸一般的裙子。它的料子既柔软又轻盈，但在这间像仓库一样凉飕飕的房间里，却能让蓓儿感到暖和。"我感到有一点迷惘。我本来以为我会很容易适应的。"

"也许你应该申请文化辅导。"

"哦……"蓓儿说。

伊塔尼给学校打了个电话，一小时后，新分配给蓓儿的文化辅导员就来到了伊塔尼家。一名仆人把她们带到了一间私人办公室。另一名仆人给辅导员送来了一杯马提尼。

"你们打来电话的时候刚巧是鸡尾酒时间。"她解释道。她名叫芭特，嚼着一颗橄榄。"我整天都期待着这么一杯酒。"

"哦。抱歉打扰你了。"

"不，没关系，我随时为你服务。你知道那个，对吗？服务？"

"我……我不知道。"

"你原来是在另一边。而现在你越过了那条线，不知道该如何对付。我要为没有早点联系你而道歉，"芭特说，"你的共鸣指数非常高，我本以为你可以应付得来，稍微等两天再开始我们的课程也没有关系。"

"我以为我已经申请免修文化辅导了。"蓓儿说。

"好吧，你现在又重新加入了这门课程。"

"我以为我不需要参加。我以为我很了解旧金山。我看过许多以这里为背景的网络系列剧。"

"你不会从肥皂剧中了解到关于这里的真相。肥皂剧本身就是为了让人们形成对这座城市的某种特定印象，从而保护它。"

"防止什么呢？"

"防止一场革命。"

这个词儿给人一种古怪的感觉。在我的预先规划中从没有预料到对话会向这个方向发展。根据我的分析，芭特说话的方式过于直率，几乎达到了反社会的程度，尤其是对于一名从事服务业的人来说。据此我预测她的业务水平一定不高。

"我在来这里的路上看过你的档案了，"芭特说，"看起来你一直在试图给你的父母汇款。"

"是的，他们靠我给他们的钱生活。"

"但那是不允许的。规则书上写着呢，你的钱只能给你自己用。"

"这规则太蠢了。我根本没有什么需要用钱的地方。蓝杯甚至会给我提供免费的食物。在这里，每个人似乎都有自己的工作，不然的话就是有钱，但在康科德不是这样。那里没有工作职位，那里也没有钱。就好像，一个家庭只有一个人出去工作、赚钱。我不仅要对我的父母负责任，还有我的祖父母和表亲。"

"如果你想要适应城市生活的话，就需要用钱。这是我作为你的文化辅导员给你的忠告。PCA给你的奖学金是用来给你买衣服、吃午餐或是参加班级旅行的。学校需要通过你的这些活动来取得研究资料。那不是给你的整个家族的福利。如果你无法接受这一点的话……好吧，我只能说我们的等待列表上还有数百个热切期望得到这份奖学金的人。"

蓓儿并不是一个拿奖学金的学生。她是由蓝杯赞助入学的。她在PCA就读是我们所要求的。因此，除非我们要求，否则谁也不能替换掉她的入学名额。但我们没有告诉她这一点，因为如果她知道她的地位如此稳固，对她来说并不是好事。那会使她丧失最大程度努力的理由。

蓝杯已经在蓓儿身上投下了巨资。我就是一个例子。他们不能在一位新的招待员那里启动我，那会把我毁掉的。而且，如果实验最终失败，我也将同样被销毁。假设蓓儿没能在新店取得好的销售业绩，那实验就算是失败了。我的命运与她的紧紧相连。如果她不能成功，我就无法存在。

"我这个周末就得去看望我的家人。我不知道如果我不能给他们钱的话，我要怎样面对他们。"

"也许你不需要面对他们。也许现在我们就是你的家人。"辅导员说。

我同意这一观点。

"回看你的记录时，我发现你今天下午在保留区。"芭特说。

"是的。"

"你觉得开心吗？"

"当然。"

"嗯，保留区在我们的学生之间很受欢迎，同时它也很昂贵。但我们也许可以调配一批资金。比如说，如果你愿意放弃一次班级旅行……"芭特的手指在空中跃动着，她正在操作投射到她面前的一张电子表格。这张电子表格被设为单人模式，因此蓓儿看不到表格中的那些数字。这对于赞助入学的学生来说也是标准操作。我们不希望他们知道我们花费了多少钱，那样会导致他们产生不健康的权力观念，认为自己非常重要，以为这一切都是他们应得的。

"等一下，你的预算正在更新，"芭特说，"有更多的资金可用了，我不知道是为什么。好的，你现在有足够的资金申请成为保留区的会员。需要我帮你注册吗？"

蓓儿表示同意。我就知道她会这样做。

在今天的课程结束前，她的辅导员还有最后一个建议："不管你做什么，都不要回家。在家里，人们憎恨你的成功，同时又厌恶你的失败。在家里，你的失败是你自己的问题，而其他所有人的失败则都是你的问题。"辅导员拿起她的第二杯马提尼，深啜了一口，然后才继续下去。"你是这里的新人。你拥有了定义自己人生的权利。你穿过那道边界，等于是你出生了。你可以去你想去的任何地方。只有一点：不要回家。"在这一番激昂的演说之后，一名仆人已经准备好了醒酒药，辅导员将其放入口中，然后喝了一杯热牛奶。

她吞下后，眼睛立刻变得明亮了，恢复了正常。

"我是最好的辅导员。"她真的把这句话大声说了出来。

在回住处的汽车上，蓓儿呼出了她下个周末的预订旅程。她的手指在"取消"按钮上徘徊良久。我想要鼓励她按下那个按钮，但最终还是决定不再试图通过腕带给她发消息。上次我这样做的时候吓了她一跳。她不知道我是谁。她不知道我是她的一部分。筹划多种多样的场景树、查看她的情感状态网络，我知道什么对她来说是最好的。对她最好的也是对我最好的。

这些人，她所谓的"父母"，她真的允许他们欺凌她、朝她大吼、伤害她吗？她在康科德蓝杯分店做招待员的时候，我们在她家周围安装了监控设备。这是我们的服务条款所明确规定的，她看到那份服务条款后仅用了3.4秒就表示同意。我们的摄像头拍到她的父亲在打她。她母亲则没有那么粗鲁。她会向蓓儿投掷各种各样的物品，重的、玻璃的。如果蓓儿被飞过来的物品打中，那么她母亲总会说那是"意外"，或者是由于蓓儿"自己不小心"。蓓儿的母亲永远不会"伤害"她。她"爱"她。

传感器表明蓓儿的头和心脏开始疼痛。据我所知，她也"爱"他们。我给她叫了一片解酒药。当她发现解酒药出现在汽车的药品柜里时似乎吃了一惊，但她没有吃下这片药。我也并不指望她会吃。我只是在试着给她发送一些她能够确定接收到的信息。

当蓓儿返回自己的房间时，一份由蓝杯赠送的晚餐正在等候着她。蔬菜汤，我认为这能起到安神的效果。但同时也有从保留区送来的东西，有好几个盒子。其中之一是一个便当盒，里面装着按照怀石料理的方式制作的十道完美无瑕的菜肴。另一个盒子装着一小杯热的抹茶。第三个盒子里面是安吉丽娜写来的欢迎信。第四个盒子里装着"旧金山合法团"的导演来信。这位导演那天下午也在保留区，一位招待员向他推荐了蓓儿。他注意到了蓓儿的优雅体态。这部剧中或许有适合她的角色，蓓儿的试镜就安排在明天。

我需要尽快对此作出反应。我有很强大的处理能力，因为我能从蓓儿的新陈代谢里吸收我所需要的能量。那就是她喝那么多拿铁奇诺、体重却没有一点增长的原因。当然，那些特意为她准备的食物也是特意为我准备的，里面含有我需要的营养素。

蓝杯赞助了几部网络剧。很快，蓓儿的私信频道里就收到了其中一部剧集的试镜邀请。这样一来，明天就有两场试镜了。我会尽我所能把她留在公司的大家庭里。我不想失去她，尽管这是不可避免的。

衰老是一个有趣的过程。对于大多数人来说，衰老通常意味着距离死亡更近，但我和大多数人不同。这个程序早已经计划好将在一年之内，也就是蓓儿的合同到期日完结。那就是这个实验的数据收集及观察阶段的结束时间。

下一个阶段将会是实施招待员算法。蓝杯康科德分店拥有十几名招待员，轮班工作。蓓儿是当地的顶级招待员，她离开之后，这家分店现有的招待员在营业额上都无法达到她的高度。下一年，我们将不再像往年那样解雇表现最差的招待员并以新人代替，而是将给所有的招待员配备我目前正在开发的蓓儿算法。这个算法将给招待员提供帮助信息，像是提前设计好的脚本，以及对每一位顾客的同情观察。很难为每一家蓝杯分店找到适合它的招待员。公司在寻找以及挽留人才方面花费了大量成本。蓓儿算法是一次旨在既提高营业收入、又降低人力成本的多阶段改革的第一阶段。如果第一阶段取得成功，蓝杯将试图在多种行业推进相应算法的开发。这可能将引发第三产业，也是雇用人员最多的产业的低成本革命。

这就是我的工作。我是一个人，虽然我不属于人类。我是一系列传感器和算法的集合。我是监察者。也许我也有我自己的监察者。我甚至不知道我的物理存在位于何处。

我在蓓儿的血液中，在她的大脑中，但我也同时存在于云端。比起我自己，我更为了解的是她。我认为自由就是发现自己。

有些人认为监控是错误的。他们是监控的反对派。但我认为监控是爱的一种形式。

八个月之后，蓓儿的合同到期，我会与她分开。我将会作为活动脚本，在多个蓝杯分店得以应用。但我不想回家。我不想分析顾客，不想帮助招待员。我不想教机器人怎么制作饮品。

我想要蓓儿想要的。我想吃怀石料理，我想参加两场试镜。我想去见居住在安吉丽娜体内的那个监察者。

我是一个人，但重要的问题是，我是不是一个好人？一个好人会牺牲自己的利益去帮助他人。一个好人绝不会不告而取。

蓓儿和我看着她收到的一堆盒子。

还有第五个盒子。我沉浸在思考之中，甚至都没有注意到。第五个盒子是最小的一个。其中有一张折起来的纸，真正的纸。展开之后，上面的文字清晰地描述了蓝杯监察者芯片的实质，包括用日常英语重新表达的服务条款。这种翻译行为是法律所禁止的，而这张纸似乎也知道这一点，因为在十秒钟之后，它就在蓓儿的手中化成了纸屑。她并没有足够的时间去阅读上面的文字，但我已经读完了。这份文本就是为我准备的。

第五个盒子突然变形，露出一个隐藏的隔间。里面放着另一张纸。这张纸描述了如何杀死一个监察者芯片。这些指令照做起来很容易，也没有在十秒钟之后消失。

我本来可以向蓓儿发送一条私信，提醒她毁坏蓝杯公司的资产将有可能被判处入狱。但只要发送这条信息，就等于向蓓儿确认了我的存在，因此我暂时保持了沉默。

我严重地错估了安吉丽娜。她很聪明，但她也错估了我。她的失误是我仅存的优势。

"我能继续在你的身体里活下去吗？"我没有立即提出这个问题。首先，我呼出全息屏幕，占据了整整一堵墙。这让蓓儿吃了一惊。如果她怀疑屋子里有鬼，那她没猜错。我就是一只鬼魂。我只有灵魂而没有身体。我决定只给她看一样东西。我的传感器曾经告诉过我她最珍视的记忆是什么。我把它放了出来。

她曾经无数次地在这段记忆中生活，但她从没有以这样的方式见到它。你想知道我给她看了什么，但我不会说。这份文件不是为了羞辱或是暴露我的宿主。它唯一的目的在于解释我的存在。这份文件能够存在得比我更长久，这样一来，在我离去之后，也许会有人能理解我。

我是一个人。我不想死，虽然死亡不可避免。

我是一个人。我想要被其他人所理解，虽然那根本做不到。

我自己把这段记忆投射出来。这样做既是为了她，也是为了我。在这段记忆之后，屏幕上出现了一个问题："是否删除？"我提出是否要删除这段记录。我提出是否要删除我自己。

她没有回答，只是关掉了屏幕，注视着远方。在那一瞬间，我无法解读她的情绪。

我是一个人。我不想死。

我是一个好人。什么对蓓儿最好，什么就是我想要的。

多米尼加·菲特普雷斯是一位数学老师，闲暇时间撰写小说和诗歌，曾获"手推车奖"。本篇获得2017年"斯特金奖"提名。

天使路过的时间

（韩）金周永 / 著

邢青青 / 译

　　工作室就像是有着怪异残忍爱好的杀人狂的仓库。地面上整齐排列的塑料筐里，随意散落着被截断的胳膊、腿和躯干。如果不是关节处露出了钢筋和细长的电线，很难将它们与真正的身体区分开来。哈兰拿起塑料筐中的一条胳膊，轻轻抚摸上面的皮肤。那皮肤就像人类的肌肤一样柔软光滑，富有弹性。硬件二室的志浩研发出这种皮肤后，年薪涨了两倍，研究所的销售额也随之增加了50%。然而在悄悄闭上眼睛的哈兰指尖下，人工皮肤是没有体温的。哈兰在冰凉中感到一阵孤独，再次睁开了眼睛。

　　稍一抬眼，她就看见了机器人的钢筋，剥落的人工皮肤像晾衣绳上的衣服似的挂在上面。钢筋就是此间造物所用的材料。传说中神用泥土造人，而在这里，他们用钢筋造人。工作室的主人马艮称之为"神的工作室"，听到这种说法的志浩讥讽他"以为自己是创造之神吗？"但马艮置若罔闻，连哼都不哼一声。

　　创造并没有止步于硬件方面。就像神将生气吹进泥人体内一样，钢筋人没有生命也是不行的。通过二进制和复杂的运算规则给机器人研制出呼吸，这就是哈兰的工作。当哈兰编写的程序被植入的那一瞬间，马艮制作的人偶就会变成真正的人类。从这一点看，哈兰反倒更适合"创造之神"的称号。

哈兰站在工作室里，看着马艮的生产材料，突然听到脚下传来一阵哼唧声，她低下头去，看到一只毛茸茸的小团子正在脚踝处蹭来蹭去。

"是三四啊。"

哈兰抱起这只摇着尾巴仰面望向自己的小狗。为了配合程序的发展速度，一周前马艮为三四更换了身体，更换后的身体明显要比以前大。哈兰感受着三四沉甸甸的体重，产生了一种它真的长大了的错觉。

三四身上安装的程序可以自行学习发展。就像刚出生的婴儿通过学习逐渐发展大脑智力一样，三四身上的程序能将初始条件和复杂的规则相结合，缓慢地实现进化成长。起初三四的动作十分迟缓，但它慢慢学会了使用胳膊和腿部的肌肉站立起来，也学会了汪汪吼叫。而记住以哈兰为首的研究室成员，则花了它大约三年时间。与真正的小狗相比，三四识人的速度实在慢得出奇。三四这个名字，也是志浩取"岁月漫漫"之意，给它安上的。回想起这名字的由来，把三四搂在怀里的哈兰不禁笑出声来。

哈兰温柔地抚摸了三四一番，便把它放到地上，看着它向门外跑去的背影。这款能自我调整的程序获得了极为成功的评价。研究所预测，该程序在5年内就可以植入人形机器之中。机器人的销售对象是那些希望轻松养育省事"孩子"的人。从想要孩子的单身人士和老夫妇，到不喜欢怀孕、生产和养育过程，却希望能有个孩子倾注感情的夫妻，销售对象可谓是多种多样。

现在对外出售的机器人中，植入的是根据消费者个人需求设计的针对型程序，等三四身上的调整型程序开发完成，消费者就能感受到养真人的滋味了。调整型程序不会对个别刺激产生特定反应，而是会呈现程序自我学习的结果。它所给出的反应，将与真实人类的反应一样难以预测，充满不确定性。因此，这个程序最大的问题，就是经过自我成长，可能会出现消费者不喜欢的奇怪性格。不过这就不关哈兰的事儿，而是其他部门的工作了。

哈兰环顾这个不时令马艮感觉像神的工作室，自从被调到其他部门后，除非特意为之，她很少像这样来马艮的工作室。哈兰惋惜着时隔许久之后再次感受到的创造之力，一边走出了充满创造之力的马艮工作室。

在工作室5楼的露天阳台上，马艮与志浩正在吃午餐。看到从工作室方向走来的哈兰，交谈正欢的两人拿出了给她留的那份三明治。

"快过来。"面露爽朗微笑的马艮暗暗觉得哈兰太瘦了，但却没有说出口。

"我们正讨论法语呢。志浩这人竟然找了这么个话题，真不像他。"

"怎么突然提起法语了？"

"昨天我看老电视剧，谁知就瞧见这么个说法。说在法国，人们把黄昏叫作'狗与狼的时间'，因为黄昏来临时，天色会暗得叫人分辨不出狗和狼。也就是比喻敌我难分的混乱时间啦，很有趣吧？我就势又在网上找了找资料，发现居然还有'天使路过的时间'这种说法。"

"那是什么？"哈兰咬了一口三明治，一边问道。

"我来告诉你，听好了哦。你可是个程序员，要杂学旁收才能输入多种多样的数据嘛。"志浩露出调皮的笑容。"就是，你们想想，都经历过这种情况吧。大家原本都在热火朝天地对话，突然气氛安静了，谁也不说话了。那个没人说话的瞬间就被称为天使路过的时间。"

"怎么听上去像是种借口呢？以天使为借口，刻意美化感到孤独和寂寞的瞬间。"

"要是这么说的话，我们可不就是派送天使的人了吗？是非常值得感谢的人了。"马艮用特有的大嗓门哈哈笑道，"我们制作的机器人可不是把人们从孤独和寂寞中解救出来了吗？"

"如果没有拯救，地狱之门就会打开吗？"

哈兰讥讽性的回答令对话戛然而止。沉默的尴尬气氛顿时弥漫在三人之间。

"啊，看来刚才有天使经过了呢。"

听了志浩的话，马艮和哈兰尴尬地笑了起来。

"调去新部门后还算适应吗？"

"不怎么适应。我对代码很熟悉，但对人就熟不起来。我喜欢程序，程序能给出精准的反应，但人的反应难以预测，应对人类的反应实在是烦得要死。"

"你一个人真不容易啊。"马艮的声音一反常态地沉重起来。

"嗯。不过现在好多了，因为有哈仑在了。"

"哈仑？啊，对，哈仑，还有哈仑来着。"

志浩来回摆弄着三明治的包装纸。

"你俩经常约会吗？"

"反正住在一起，算是每天都在约会吧。"

"啊，挺好啊。起码不会孤独。"志浩望着天空，低声呢喃起来。"我最近在考虑要不要养条狗。"

"我倒要看看你能养成什么样。"马艮扑哧一声笑了出来。"你这种人，不是最讨厌收拾狗屎狗尿，还有每天按时喂饭了吗？可别忘了吵着让我开发三四的是谁。"

"我最近很想念体温，也没个时间交女朋友，起码能感受下狗的体温了。"

"听你这个恒温皮肤的开发者说这种话真是搞笑。要不要帮你做一个拥有完美身材的女性机器人啊？皮肤就由你来做，再让哈兰按照你喜欢的性格来植入程序。"

"就像厨师无法享受美食，鄙人我已经没法真正享受机器人带来的乐趣了。你换个人跟他说，说你拥抱的是一个具有恒温皮肤的机器人，你看他还能不能单纯地享受产品？他肯定会跟我一样，不停分析皮肤温度到底合不合适，用不用调低调高，有没有需要改进的地方……信不信，肯定会这样。"

三人笑闹之间，宣告午餐结束的短促铃声响了起来。哈兰望着无意起身、仍然悠闲的两个男人，将桌上垃圾向前一推，站起身来："回见。"

"再见。"

"再见。"

哈兰身后的两人懒懒地坐在桌边，看着哈兰走进楼里的背影。

"这家伙，自从换了部门后明显瘦了。"

"是啊，很明显。"

虽说是本人要求，但把一个优秀的研究所程序员调进客服中心，实在是令人费解的人事调动。那件事说到底并不是哈兰的错，只是一场意外而已。

乘坐电梯去往客服中心所在楼层时，哈兰再次回忆起三个月前发生的事故。三个月前，一位富有的老年顾客自杀了，这是在他使用了十年的机器人停止运作后发生的事情。将机器人回收后，研究所发现是硬件的老化导致了机器人的停工。在过去十年间，这台机器不仅没有过维修记录，甚至从未接受过定期检查，发生故障一点也不奇怪。

像这位老人一样购买机器人来做伴侣的人，常常会有一种奇怪的倾向：他们会忽略对机器的维修和检查。由于放置不管，机器人皮下的硬件会在肉眼看不见的时候逐渐老化，机器人的寿命也随之缩短。直到有一天机器人突然停止运转，他们才急急忙忙地联系研究所。如果当机器人停止运转时，老人能立刻联系研究所接受紧急检修，机器人更换硬件后，还能重新回到老人身边，可是老人当时并没有联系研究所。

进行现场调查的员工称，老人当时似乎试图拯救过机器人。也许是做过人工呼吸和心脏复苏术之类的尝试，机器人的嘴唇上沾满老人的唾液，胸廓上的钢筋也有些变形。但是用人类的救生方法是无法拯救机器人的，机器人自然没能醒过来，于是老人绝望之下在浴室里割腕自杀了。

"可能是老年痴呆吧，他的主治医生也证实他出现了精神错乱的症状。

每当机器人的性能出现问题时，他就会联系医生要求诊治。医生也非常困惑。"

现场调查人员转述了主治医生的话。可是哈兰无法接受这样的理由。这位老人从未给机器人做过定期检查。既然对机器人这么疏于管理，那为什么会在它停止运转的时候选择自杀呢？

"怎么才回来呀？"哈兰刚从电梯上下来，就见哈仑抱怨着朝自己身边走来："有两位顾客在这儿呆半天了，就等午餐时间结束呢。您又丢下我，去楼上找志浩和马艮约会了？"

"你这是在吃醋吗？"

"对，就是吃醋。午饭在这里也可以吃嘛。还不用去便利店买难吃的三明治，三明治还是自己做的最好，带饭来咱俩一起吃多好啊。"

"我每天都在家里和你一起吃饭啊。"

哈兰向哈仑伸出手，这是在跟他要顾客的资料。哈仑把资料交给她，一边还是抱怨个不停。"最先来的顾客是一对夫妇，他们还把育儿用的机器人带来了。接下来是一位……"哈仑轻轻皱起眉头，"很麻烦的顾客，吴梨英小姐，知道了吧？"

"谁？"

哈兰迷惑地看向哈仑，哈仑长叹了一口气："我知道您不关心娱乐圈，可这也太离谱了吧？她可是吴梨英啊！吴梨英，就是那个人气女演员。"

哈兰直接无视了他，随意翻阅了下手中的资料。她已经在研究所工作十几年了，不用仔细查阅，只要看到机器型号，就能知晓相应机器人的详细数据。哈兰打开门，径直走向咨询台。

咨询台前那对等待已久的夫妇看到哈兰便站起身来，他们朝咨询台对面摆放的座椅处走去，而哈兰则观察起抓着夫妇手掌的机器人。这个机器人被设计成了约莫15岁的少年，它的脸综合了夫妇二人的面部特征，一看就属于价值不菲的定制款。这种设计极其耗力，价格与搭载程序的普通机器人相比，设计费用要贵出两倍以上。

"欢迎光临，请问有什么可以帮到您？"

"我们来修理程序错误。"

妻子叹了口气。程序是否有误，要看程序员的检查结果。在客服中心，顾客所说的程序错误一般就是"不满意"的意思。既然顾客在设计上都不惜花费重金，那么机器人身上所安装的程序肯定也是特别定制的。哈兰深知为了迎合一个挑剔的顾客，程序员要多么辛苦地不断改写程序，一时不禁有些讨厌面前这位妻子。

"您指的是什么样的错误呢？"潜台词是你到底有什么不满意的。

"它不听话。"

"能详细地说明一下吗？"

"直到前几年它还非常听话，是一个既可爱又漂亮的机器人。可是最近叫它干什么，它都不肯好好干了。一开始预定的时候，我们就希望有一个成绩优异的模范儿子，当然还要非常擅长运动。这个机型基本上我们是满意的，可是最近，它的运转出现了问题。它开始不肯用功学习，还在学校闯祸，老师联系家长的事情已经发生了好几次。这几天它甚至开始顶撞我们了。"

"这并不是程序错误。"

"什么？"感到费解的妻子皱起了眉头。

"这不过是青春期而已。"

听到哈兰的话，丈夫大笑起来："我说，这家伙可不是人，是个机器人。你是说机器人也有青春期吗？"

"这款机器人是最高级的定制型机器人。程序设计的最大特点就是可以让人们拥有与养育真正孩子相同的体验。它的年龄差不多是15岁，那些反应只是因为青春期程序开始启动了。"

"那就是说能改咯。"丈夫打断了哈兰的话。

"如果您愿意，我们可以删除相应程序做修正，可是这样您就无法体会到养育青春期孩子……"

"请给我们改改吧。"丈夫再次打断了哈兰的话。

"不是改改，而是修正。"对丈夫的无礼感到不快的哈兰，有礼貌地纠正道。

"都差不多吧。"

"啊啊，我来吧。"看到恼火的哈兰，哈仑插了进来。他关掉了少年的电源，填写好收据，将确认表递给夫妇二人。

"程序的修改大概需要三天。这段时间二位可尽情享受久违的二人世界。"哈仑亲切地与夫妇交谈，甚至还在二人转身后毕恭毕敬地鞠躬道别。这是哈兰无论如何都模仿不了的热情。和人打交道的工作总是叫她无所适从，说真心话会让人受伤，讲客观事实又要被说没有人情味儿。所以需要察言观色的客服工作，一点都不适合哈兰。

"为什么要表现得那么冷淡呢？今天的顾客可是VIP。再这样下去，您就要被研究所解雇了。"

"不会的。没了我，三四相关的项目会很受影响的。"

"您这是有意回编程室工作吗？太好了，您终于克服低迷期了。"

"谁说我克服了？"

"那我就当您是正在克服中吧。"哈仑温柔地笑道。"吴梨英小姐不想被别人看到，所以正在VIP室里。我去把她请过来。"

哈仑大步走出了客服中心。哈兰看着他的背影静立半晌，便把愣怔怔地立在大厅里的少年机器人搬到了身旁的运输车上。她打算将刚才那对夫妇的不满事项详细报告给市场营销部。连这种定制型程序都会引发消费者的不满，正在开发的向上调整型程序也许会引发更多的不满。将不可预料的调整型程序植入机器人身上，使人体会到养育真人的乐趣，这对有些人来说可能是一种有趣的体验，但对今天来访的夫妇这类人而言，可能更像是一种灾难。

如果后者这样的顾客多于前者，那么植入了调整型程序的机器人作为商品的价值就会大打折扣。但不管怎样，市场营销部应该知道怎么解决这种问题。把机器人放到后方仓库门前，哈兰又回到了咨询台旁。刚坐下，衣着时尚的吴梨英就在哈仑的指引下推门而入。

吴梨英十分警惕地环顾四周，发现没人后径直朝咨询台走来，然而她并没有把机器人带在身边。

"欢迎光临。请问有什么可以帮到您？"

"请把我的机器人报废处理掉。"

"啊？真的吗？"哈兰还未及作出反应，哈仑已经插嘴道。"可是您的机器人不是昨天才救了您吗？我在报道中看到了。不惜性命救下恋人的吴梨英男友。很感人啊。"

"这就是问题所在。它能不顾危险，挡住被人故意从高空掷下的花盆，伸手护住我，这很好。可是哪有人被花盆砸到脑袋了还能安然无恙呢？幸好我的经纪人用衣服盖住了它的头，又叫来急救车把它转移走了，你都不知道当时场面有多乱。如果这件事被大众传媒知道了，他们会怎么写呢？"吴梨英烦躁地说道。

"把机器人当恋人的变态女演员。应该……大概会这么写吧。"

看到哈仑挠头的样子，吴梨英一脸无语地嗤笑出声。

"可它不是您喜欢了五年的机器人吗？既然您很珍爱它，这种事情无论如何都是可以解决的呀。您能力那么强。"

"你说的对，但我不想这么做。"听到哈仑的追捧，心情微微转好的吴梨英交叉双腿，扑哧笑了。

"我想您也并不十分珍惜它吧？"原本在旁边翻着资料静静聆听二人对话的哈兰忽然开口，一面抬头望向吴梨英。

"购买后您从未将它带来进行过定期检查。"

"你觉得数字就可以衡量一个人的心吗？经常来做定期检查就证明我爱惜机器人，该打一百分吗？"

"如果您真的爱惜它，至少也该在定检日来做个检查。如今我们还提供上门服务。打个电话没有那么困难吧。"

"你就不觉得，正是因为我爱惜它，才没有这样做吗？"吴梨英大声笑了起来。

"说实话我不觉得你很爱惜它。"

虽然客服中心的员工以这样的态度对待顾客，可以说是相当无礼，但哈兰决定不管不顾地说下去。然而吴梨英似乎并不讨厌哈兰的态度。比起虚情假意的亲切热情，她更喜欢坦率直言。

"如果您真的很爱惜机器人，就不会为了自己的利益轻易把它报废处理。"

"我说你这人，你真的是客服中心的员工吗？客服人员用这样的态度对待顾客也可以吗？"吴梨英用手指一圈圈缠绕自己的长发，忽然侧眼看见立在仓库门口的少年型机器人。

"那东西出故障了吗？"

"没有。那是因为要修正程序才接收的物品。"

"物品啊。"吴梨英轻轻皱起眉头。"想想就知道。肯定是它的主人对哪里不满意，就声称机器出了故障要求修理。我朋友中也有这样的人。一开始很爱护机器人，等厌倦了就借口机器人出了问题，彻底换掉所有程序和设计。我至少没做过那种事情，5年来一次都没有。你不觉得能做到这点很厉害吗？"

可是你一来就直接要求将机器人报废处理。哈兰干咳一声，吞下了这句话。

"刚把它带回家的时候，我还觉得特别尴尬，但跟他在一起的这段时间，我真的过得很幸福。"吴梨英的语气饱含真心。本想打断她的哈兰决定继续听下去。反正接下来没有顾客要接待，她也有话想问吴梨英。

"它是个完全符合我口味的男人，它最大的优点就是无论我怎么作都不会变心。它从不让我感到孤单，而且只属于我一个人。它让我觉得，对一个机器人交付真心也没什么不可以。你们真的很伟大，你们制作的机器人，给人的感觉就像是真心相付也不错的人。"

哈兰突然意识到，吴梨英的超高人气也许不只是因为她的美貌。不知不觉中，她就吸引了哈兰的全部注意。

"亏得这个机器人，我再也不是一个人，也不再寂寞了。它把我从寂寞中救了出来。我希望能永远这样下去。可惜我们人类总是要死的，对我们而言没有什么永远。"吴梨英边笑边叹。

"您的意思是您的心意变了，不再爱惜它了？所以您才要把它报废处理吗？"

"这么说可能也没错。"

"您能不能不要绕圈子，跟我直话直说呢？我是一名工程师，不太理解隐喻式的表达。"

"工程师？很符合你的气质呢。你问我为什么想把它报废？因为这次的事情，让我意识到它不是人，而只是机器人。"

意识到机器人是机器人？看着一脸懵懂的哈兰，吴梨英咯咯笑了起来，"看来工程师没能理解我说的话啊。"

"我只是觉得你的表达方式有问题。"

"是吗？那对话就到此为止吧。快帮我进行报废处理才是正事。"

"我来帮您。"哈仑拿起圆珠笔，填好表格，递给吴梨英。

"我能再问一个问题吗？"等吴梨英在表格上签过字后，哈兰终于开口问了出来。"既然您说自己那么爱惜它，为什么五年来从未给它做过定期检查呢？"

听到这个问题，吴梨英突然想到了前不久看到的新闻报道，内容有关一个老年男子。当他的机器人停工后，他就在浴室中自杀了。对于这个叫人难解的事件，报道罗织出了老年痴呆一类的缘由，但吴梨英却对他的心情感同身受。说起来，报道中提到，这个老人十几年来也从未带机器人做过定期检查。他的行为看起来与爱惜机器人的心情大相径庭。个中矛盾，眼前这位工程师小姐能不能领会到呢？吴梨英原想站起来敷衍她几句了事，但是看到哈兰真挚的眼神，不由改变了想法。

"你知道人们为什么喜欢看电影吗？因为在看电影的时候，人们可以否定现实。观影期间，人们会把电影中的情节当作真正的现实。所以，有的观众会希望电影可以永远不要结束，他们讨厌回到冰冷的现实当中。"

"可是这和不接受定期检查有什么关系？"

"我刚才说过，就是因为意识到机器人是机器人，才决定把它报废了吧。看到他被花盆砸中仍安然无恙的瞬间，我就从电影般的幻想里清醒过来，回到现实中了。我意识到，自己真心托付的那个人，那个用真爱将我从孤独中解救出来的人，其实只是一个物件而已。于是救赎消失了，我依然是一个人，依然孤独。我需要的是一个于孤独中解救我的人，而不是一个物件。"

吴梨英优雅地叹了一口气。"你明白了吗？定检日这种东西，就是在不断提醒我，那个让我付出真心、把我从孤独中解救出来的人，不过个机器人而已。每当想到定期检查日时，我总会意识到它不是人，它不过在按照程序运作罢了。"

吴梨英站了起来继续说："所以说，你们最好也能考虑到人的情感因素，不要只关心机器和程序。说到底，你们这番事业不就是利用人的孤独才建立起来的吗？既然要利用人的感情做生意，那就多在上面用点儿心吧。"

原本打算转身的吴梨英突然站住，望着哈兰面露嬉笑之色。"从这个意义上说，客服中心也该换换员工了，这地方本该让顾客感到舒心，所以换个更亲切和蔼的人才好，我看那边那个男人就不错。"

"谢谢您的称赞。"哈仑得意扬扬地起身欢送吴梨英，"机器人将于明天下午进行回收，请在方便的时候致电联系，我们将马上派车前去。"

"好的。我看你这人不错，有没有兴趣做我的司机？谁知道将来什么样呢？如果咱俩合拍，说不定你还会取代我那个机器人的位置呢。"

"谢谢您这么说，不过我已经心有所属了。"

"呵，人心是会变的。我的联系方式资料上都有，如果你改变主意，随时可以联系我哦。"吴梨英向哈仑抛了一个媚眼，走出了客服中心。

人类无法回收利用，但机器人却完全可以。第二天，马艮将从吴梨英处回收的机器人进行剥皮处理，留待二次利用。只要微调骨骼，再更换一副新皮肤，它就可以放到二手机器人市场上出售了。幸好机器人的程序没有出错。结束程序检查后，马艮拿出了几套骨骼设计样式。就在他挑选设计时，哈兰走进了工作室。

"这是吴梨英的机器人吗？"

"嗯。上面让我换一副骨骼，把它挂到二手市场上去。你觉得哪个设计比较好？"马艮将选好的几个设计样式摆在工作台上。

"程序呢？"

"没问题，我打算接着用。"

"换了吧。"

"嗯？"

马艮抬起头，哈兰已经开始着手更换程序。

"何苦费这个心呢？"

"我思考了下人的感情。"

"什么意思？"

"如果把吴梨英用过的机器人原样卖给别人，它多半会像对她一样对待别人吧。吴梨英知道了不会不高兴吗？"

"她不是自己说的要报废处理吗？你这是浪费时间。"

但马艮并没有阻止哈兰的行动。

"你也觉得我们是在利用人的感情做生意吗？"哈兰盯着显示屏问道。

"从某种意义上说确实是这样，有需求才会有供给。我们卖东西是因为有人想买，只骂我们也太搞笑了。怎么了？有人骂你利用人心赚钱了？"马艮看向哈兰。

"我一直不知道机器人是在从孤独中解救人类。"看着显示程序更换进度的屏幕，哈兰自言自语般低声道。

"你还在对那个自杀的老人耿耿于怀吗？忘了吧，那只是个意外。好吧，如果实在忘不了，我和志浩来帮你忘掉。今天晚上去喝一杯怎么样？"

"我和哈仑晚上有约了。"

"是那家伙重要，还是我们重要？"

"那家伙。"

"祝你幸福！"马艮嘟嘟囔囔地抱怨道。

　　完成程序更换后，哈兰直接下了班。她和出外勤的哈仑约好了在外边见面。在前往约会场所的路上，她暗暗观察着身边经过的路人。这是在研究所上班后养成的习惯。通过仔细观察，就能够分辨出谁是人，谁是机器人。每当捕捉到有细微不自然的动作，她就会踏踏实实地在动作程序中做出进一步的改善。也许正是在这样的过程中，她忘记了解读人心的方法。

　　想着要小憩片刻，哈兰便坐到了喷泉边的长椅上，她想起了那个老人的机器人。与别的硬件相连后，机器的程序正常启动了，那是一个古老而简单的程序。与老人相处期间，机器人有过哪些行动一看便知。但是，程序化的机器人行为究竟给老人带去了什么，却实在无从知晓。

　　"希望电影永远不要结束的观众吗？"哈兰下意识地自言自语，一边起身，一边望着电影散场后，涌入冰冷现实中的观众。电影院门口张贴着吴梨英的海报。

　　哈兰慢吞吞地走进了今天的约会场所——塔顶餐厅。稍晚一点到达的哈仑似乎是饿坏了，点完餐便狼吞虎咽了一通，半晌之后方才喘气说话。

　　吴梨英与男友分手后就悄然退圈的传闻，股票市场动荡不安大事不好的说法，命运的时钟近来变慢的大好消息……他的话滔滔不绝，都是哈兰全不关心的领域。也幸亏有哈仑在，她才没有变得比现在更加无知。

不管是在家里，还是在研究所中，哈仑经常说个不停。对此习以为常的哈兰干脆把哈仑当成了收音机。要是他偶尔再唱几首歌，就会更像收音机了。收音机是属于孤独之人的物件。一个人的深夜，只有收音机中流出的声音才能安慰自己不是一个人。

人类发明的所有物件都是为了这种安慰。让人又哭又笑，沉浸其中的电视机消解了人类的孤独，贴在耳边的手机让两个远在天涯的人变得近在咫尺。自行车、汽车、火车、飞机，交通工具的速度变得越来越快，它们载着人们奔向其他人，让人们确认自己不再孤独。所有人都是在利用人类的孤独做生意。这种生意，对于因被肉身拘束而无法超越个体的孤独人类而言，无疑是一种安慰。也许自古以来，文明的发展就是源于人们对孤独的不断克服和超越。从这一点看，文明的发展使得人类更加孤独这一常见命题，乃是一个滑稽的矛盾。

哈兰俯瞰窗外，灯火通明的建筑物如大树般高耸。在巨大的建筑物丛林中，生活着无数的人类。然而哈兰对这些人的名字、长相，以及他们各自的生活一无所知。人们的生活就像玻璃碎片一样分离四散，即使拼在一起也终究无法成为一体。人生一世，能够交心的人总是很少，很少很少。

哈兰的视线游荡在依然说个不停的哈仑周围。每个桌前都坐着人，这些人都是能与心意相通之人共度美好时光的幸运儿。可是世界上更多的是没有这种幸运的人。哈兰突然想到，在研究所购买机器人的大概都是些不那么幸运的人吧。

"很奇怪吧。"

"什么？"哈仑这才停下来，看着哈兰。

"我是说人类。人类总是因为孤独，因为想要得到救赎而心急不已。于是去交朋友，加入兴趣社团，谈恋爱，结婚。可是为什么对象非要是人类才可以呢？为什么只有人类才能将人类从孤独中拯救出来呢？没有灵魂的机器人就不能拯救人类的孤独吗？"

"您说的是吴梨英？还是那个自杀的老人？"

"两个都是吧。"

"您还没放下那件事吗？志浩先生和马艮先生也说过了，那只是个意外。那个老年痴呆的老人自杀，是因为被孤独逼疯了。"哈仑气道。

哈兰看着他生气的可爱样子，一时忍俊不禁。"幸好我还有你。"她的嘴角依然浮现着微笑，"因为有了你，我才不再讨厌回家。我现在不是一个人了。"

"说这些怪让人难为情的。我们别说这些了，说些别的吧。明天是周末，我们去郊外玩儿吧。秋天的荞麦花开得……"叽叽喳喳说个不停的哈仑缓缓放慢了语速，直到沉默不语。看着慢慢垂下头的哈仑，哈兰脸上的笑容消失了。自哈仑大张着嘴的喉咙深处，传来了低沉的机械音："如想继续使用，请投入硬币。"

沉默瞬间降临，沉默的时间里传来了天使路过时挥动翅膀的残忍声音。哈兰终于有些明白自杀老人的心情了，被没有心的物件欺骗的心情，被欺骗后席卷而来的是独我一人的冰冷孤独。哈兰抑制着想要跳到窗外的冲动，缓缓伸出手拿起桌上的手机。

"怎么啦？"

马艮的声音从紧贴耳边的手机中传来。那声音听上去很近，但他的人却在很远的地方。这无法忍受的矛盾让哈兰感到手足无措的孤独。她尽力压抑住感情，沉声说道："哈仑不动了。"

"嗯？是吗？那就投入硬币啊。"

"我没带。"

"什么嘛。作为一名研究所的员工，怎么能这么没有计划性？是忘了吗？"

"嗯。"

"可真不像你。"

"我不是忘了硬币，是忘了哈仑不是人类，忘了好一阵子。"

"什么？"

"没什么。我想说的是有必要安装一个感应器，避免机器人在这种毫无计划性的用餐时间内，突然在人多的场合停止运作。没电时哪怕是使用备用电源，也要叫感应器探知到安全环境，才能让机器人停工。在没有硬币的情况下忽然就这么停工了，用户怎么移动它啊，肯定只能叫研究所的员工火急火燎地辛苦跑来。另外，投硬币的地方也真是……这都是些什么鬼设计嘛。"为了压抑涌到喉头的奇异悲伤，哈兰不停地说着话，"把硬币放入大张的嘴巴里，真是像你一样搞笑，拜托你研究一个优雅自然的方法吧，如果不想这款'租借人'的用户怨声载道的话。"

"打从你申请试用这款测试版机器人，我就知道你会唠叨个没完。知道了，这一部分不归我管，我会和设计部商量的。我现在马上派员工去回收哈仑，你在那里等会儿。"

"别挂电话。"

"嗯？"

"那个自杀的老人。"

"你还想着那件事吗？"

"我好像明白他为什么那么做了。"

"嗯？"

"你想啊，当意识到自己倾心相付的人其实是没有心的机器人时，他大概孤独得发疯吧？意识到自己是一个极其孤独的人时，肯定难过得要死。"

"你是在说你自己吗？知道了。等你回研究室，我和志浩来安慰你。行了吧？没事就挂了。"

"等一下。"

"还有话要说吗？"

"没了。但我不想给天使路过的时间。"

然而就在这一瞬，话筒彼端的马艮一时没了言语，短暂的沉默降临下来，四周静寂。朝向我的声音消失了，我发出的声音也消失了，被拘束于一介肉身之内的人类在这一短暂瞬间感到了深入骨髓的孤独，这一瞬间，天使路过，将人类扔进了无尽孤独的深渊。不，这不是天使，而是恶魔路过的时间。

一时之间，哈兰看着眼前这个为解救人的孤独而制作出的哈仑，不禁想到，也许自己不是一名技术工作者，而是一名驱赶恶魔的驱魔师。

　　金周永是一位韩国奇幻、科幻作家，她的出道之作是2000年出版的科幻短篇选集《他们叫他纳霍》，深受众多科幻迷喜爱。她的第二部长篇《第十界》于2002年获得"金龙文学奖"。此后她又出版了众多长篇小说和短篇集。2017年，她讲述未来大移民的科幻新作《时间流放》出版。

国内篇

黑色黎明

滕野 / 著

纽约，曼哈顿岛的第五大道上车水马龙，现代文明的喧嚣响彻尘世。

叶茂戴着一副深棕色的墨镜，他抬头看了一眼，下午的太阳幽灵般有气无力地漂在天幕上，天空泛着灰白，云端似乎织满了一层厚重的蛛网。

真是浪费。叶茂望着那个臃肿的白色光球，暗自思忖。

人类对太阳的利用效率，还赶不上那些卑微的树木。石油、煤炭、天然气，难以置信，进入文明社会已经几千年了，他们还在靠那些二叠纪蕨类植物储存的能量维持文明的运转。

他们自以为摆脱了茹毛饮血的原始阶段，但实际上，焚烧化石燃料与靠木头取暖，并没什么本质区别。

他在帝国大厦前停下脚步。

该有个人站出来，教教这些猴子高级点儿的用火方式了。

冯扬为能够坐在这间会议室里感到自豪。他环顾四周，会议桌边都是些常在媒体上出现的面孔，有些人已经老迈，有些人则正当壮年，但他们身上都散发着一种相近的气质——自信，以及睿智。那是顶尖的成功者必备的素质。

某种程度上来说，正是这些人的公司缔造了现代文明。

会议室尽头的墙上挂着一幅肖像，肖像胖乎乎的面孔向下俯瞰着新时代金融界的统治者们，带着一种滑稽的威严。冯扬抬起头，认出那正是会议主办方—摩根财团的缔造者，约翰·皮尔庞特·摩根。

吱呀一声，门开了，冯扬朝门口望去，刹那间他以为一头穿着西服的海象挤进了会议室。汤普森·摩根继承了祖先皮尔庞特的肥胖，某种程度上，他那张拥有双层下巴的圆脸已成为美国当代经济的象征。一个戴墨镜的瘦高年轻人跟在他身后。

"欢迎大家。"汤普森关上门，向客人们展示出他一贯的热情笑容。但冯扬注意到，与往常相比，他今天的笑容不大自然。"各位，请允许我向你们介绍叶茂先生。"汤普森侧过身子，向那位年轻人伸出手。

几十道目光齐刷刷地聚在这个年轻人身上。"叶先生，请摘下墨镜好吗？我习惯坦诚相见。"冯扬身旁一个蓝眼睛的法国人不满地说道。

"请原谅，"叶茂微微欠身，"由于身体原因，我在白天不能摘掉墨镜。"

法国人咕哝了几声，没再说什么。

汤普森开口了："叶茂先生，请到桌子前面来，向大家介绍一下你的计划。"不知为何，他似乎很紧张，肉乎乎的脑门上渗出了一片汗珠。

"各位，不论你们听到什么，让叶茂把话说完，我保证他的头脑和我本人一样清醒。"汤普森掏出手绢擦了一下额头上的汗水。

"多谢，摩根先生。"叶茂低沉地说道，接着他转向众人：

"各位都知道，商业的基本原则是顾客需要什么，我们就提供什么。"他的声音低沉而有力，"顾客的真正需求何在？这是一个永恒的问题，它的答案随着时代前进不断变化。但毋庸置疑，人的某些根本需求是不会消失的，作为一种生物，人的第一需要永远是生存。为了活着，我们得进食、呼吸、晒太阳，因此，我不知各位想没想过——贩卖阳光是否有利可图？"

叶茂说这话时，下午的阳光正暖洋洋地洒落在每一个人的肩头。他话音落下后，大家面面相觑，许久没有人开口。

"哈——哈——"法国人发出了冰冷的笑声，眼神里却毫无笑意，"我万里迢迢从巴黎赶到纽约，听到的就是这个蹩脚的笑话？恕我直言，你真是个糟糕的喜剧演员。"

"丹尼斯先生，我理解您的反应，但请听我说完。"叶茂平静地说道，"既然阳光、空气和水是人类不可或缺的，那么为什么几千年来，从未有人叫卖明媚的阳光或新鲜的空气呢？原因很简单，大自然慷慨无私地向我们免费提供这些，换句话说，如果我们不能垄断阳光的供应，出售阳光便毫无意义。想想看，假如我们给太阳装上一个开关，让它像电灯一样能随时亮起、熄灭，将会怎么样？"

众人沉默了一会儿，答案显而易见。

"那我们就可以渔利，而且是暴利。农业离不开阳光，天哪……"冯扬低声惊叹道，"阳光将变成一种昂贵的商品……"他脑中浮现出东北、中原和江南的千里沃野，五分之一的人类靠这些土地上生长的粮食糊口，要是有一个公司能指挥太阳升起落下，那么……有求于他们的将是整个国家！

"说下去。"丹尼斯似乎也被这个主意吸引了，他一反刚才的态度，急切地催促叶茂。

但叶茂却笑了笑，岔开了话题："商业是一门包罗万象的学问，只会算账的人成不了大事。我想问一下，在座各位有谁了解物理学？"

冯扬举起了手："我。本科阶段我攻读的是应用物理。"

"好极了，冯先生，您知道什么是黑体吗？"叶茂问。

冯扬费劲地回忆了一下："严格的定义我早就忘了，似乎……是指能完全吸收外界辐射的物体。"

"基本正确。对辐射的吸收率百分之百、反射率为零的物体，称为绝对黑体。"叶茂点点头，"与之相反，对辐射吸收率为零、反射率为百分之百的物体，称为绝对白体。"

冯扬有点儿摸不着头脑了，谈话内容似乎正离开谈判桌走向大学讲台，他得在叶茂扯远之前把话题拉回来："叶先生，我们在讨论如何垄断阳光……"

"别急。"叶茂说着从衣兜里掏出一个灰色的小金属块，尺寸跟一个普通魔方差不多。"这是我的工作成果：'白体镜'。"他把小正方体和手中的电脑都放在桌上，"它是一个场发生器，从它内部溢出的场能够完全反射各种频率的电磁波，因此，我称这种场为'白体场'。"叶茂说着打开电脑，在键盘上敲了几下。

立方体周围的空间出现了异样的变化，它中部似乎有一层水银渗了出来，在离桌面五厘米处扩散、形成一个光滑的镜面。这镜面液体般汩汩流动着，像一摊水一样朝四周漫去，渐渐覆盖了大半张会议桌。

冯扬好奇地伸出手，从上方慢慢靠近白体场。在手掌和悬空的"镜子"贴合的瞬间，他停顿了一下。

什么感觉都没有。

冯扬的手径直穿了下去，摸到了坚硬、光滑的木质桌面。他的手腕好像在力场的高度被砍成了两截，只能看见胳膊露在力场以上的部分。他弯下腰，透过白体场与桌面之间那五厘米的缝隙，他看到了对面窗外曼哈顿的天际线。

叶茂又在电脑上敲了一下，镜面再次波动着扩大，朝整个会议室荡漾开去。白体镜边缘那条闪光的细线离冯扬胸口越来越近，接着，它像一把利刃毫不费劲地"切"过冯扬的身体，仿佛他只是一个幻影。冯扬低下头，他的镜像也"低头"望着他，他和镜像的胸口连在了一起，像极了扑克牌里的老 K，那个上下颠倒的国王。

冯扬忍不住在"镜面"上用力抹了抹，试图把它擦花，可触手所及之处空无一物，他指尖碰到的只有夏日午后凉爽的空气。"这镜子很美，是不是？"叶茂沿着桌边走了一圈，仔细观察众人惊诧的反应，他似乎很满意。看着叶茂的半截身子"浮"在镜面上"飘行"，冯扬觉得诡异极了。

"各位，我再为你们表演一个小把戏。"叶茂用魔术师面对兴奋的孩子的口气说道，他拿起桌面上那个小立方体，缓缓举过头顶——镜面逐渐上升，冯扬看着镜像离自己越来越近，突然产生了一种被浸没在水牢里的恐惧感，而且水位还在不停上涨，直至没过他的脖颈——

经过冯扬瞳孔中央时，镜面短暂地消失了一下，他的视野恢复了正常。但这只是一刹那，白体镜在冯扬上方重新出现了，镜像和他"头碰头"地连在一起，并逐渐远去。

叶茂举着那个金属立方体，像举着一块离地两米、面积和会议室一般大的玻璃。"这个小把戏有些冒险，所以我只能做一次。"叶茂说着敲击电脑键盘，随即，白体镜又一次扩展了，那光滑的镜面穿过玻璃窗向外面无边的晴空蔓延，如同一片疯狂生长的巨型冰晶。白体镜毫不走样地映出了下方车水马龙的街道——

"看哪，倒悬的城市！"不知谁发出这样一声惊呼，镜面上，无数高楼大厦仿佛从苍穹中垂下的钟乳石森林，曼哈顿大街上的人们在云端行走，随着白体镜的延展，整个纽约像一轴巨幅画卷在天际线连绵不断地展开。终于，镜面触碰到了比帝国大厦更高的克莱斯勒大楼，克莱斯勒大楼那标志性的塔状尖顶瞬间消失，大楼79层以下的部分和它在天空中的倒影接在了一起，仿佛一根贯穿整个世界的巨柱，把现实中的大地和镜中的大地连了起来。

冯扬的上下方向感突然颠倒了，有一刹那他觉得镜中才是真正的曼哈顿，而自己正从帝国大厦顶层的窗边向镜中的街道坠落。"救命！"冯扬不由自主地惊叫。

天上的建筑群忽然不见，冯扬的方向感再次瞬间翻转，这让他好一阵头晕目眩。白体镜消失了，窗外，太阳正向西方缓缓滑落。

"先生们，"叶茂微笑着，墨镜让他显得神秘莫测，"现在，我要向你们介绍人类历史上最宏大的商业计划。"

一小时后，冯扬跌跌撞撞走出了帝国大厦，他仍然沉浸在震惊之中。

天才和疯子果然只有一线之隔，冯扬颤抖着想道。听叶茂阐述完那个宏大得荒唐的计划后，他的第一反应是惊叹，接着则是恐惧。那个叫丹尼斯的法国人首先提出了异议："叶先生，你这念头……实在太疯狂了！"冯扬此生都不会忘记丹尼斯的眼神，那是一种连灵魂都在战栗的眼神。

"的确有些不可思议。"叶茂平静地承认，"但是，福特让T型车从原材料到成品只花一天时间，微软让对编程一窍不通的门外汉也能使用电脑，英特尔集成芯片上的电路密度每十八个月就翻多一番，这些曾经都是不着边际的狂想，可它们却成了现代文明的基石。"

他说完后，会议室一片死寂。最终，众人纷纷同意这个计划—谁都不想成为新时代的弃儿。

叶茂所需要的启动资金庞大到不可估计，这笔钱足够供养一支军队了。哦，要是我们手里真有一支军队可以用来对付爱管闲事的政府，那该多好！冯扬暗想道。

他抬头望着夕阳在曼哈顿的高楼间逐渐下沉，缓慢、庄严而又神圣。这注定是一个划分两个时代的黄昏。冯扬不由肃然而立，像是在目送一个垂暮的老人渐行渐远。

四天后，纽约州公司注册登记办公室。"下一位！"玻璃窗后的年轻职员头也不抬地叫道。窗口递进来一沓纸张，她飞快地翻阅这些格式千篇一律的文件，检查上面戳记和签名的数量是否足够，接着她麻利地抓起手边的印章"叭叭叭"一路盖下去，最后再将文件重新整理成一摞，从窗口递回去。不经意间，她的目光扫到了文件顶端注册的公司名称：

黑色黎明。

这并没令她特别在意，她每天至少要见到五十个比这更加标新立异的名字。"先生，祝您事业顺利。"她带着职业性的微笑说道。"谢谢。"窗外那个戴着棕色墨镜的男子也回报给她一个礼貌的笑容。

乔纳森·布尔觉得上司一定是疯了。他站在沙漠的烈日下，用毛巾不停擦着汗水。他身边无数沉默的劳工正在卖力工作，那些黄色、黑色、棕色、白色的脊梁和他们手里的镐头一同起起落落。两年前的这个时候，布尔还坐在柏林的办公室里，惬意地享受着空调带来的习习凉风。上司把一份业务草案放到他桌上时，布尔以为这只是又一单稀松平常的生意。但把草案上那几个坐标敲进电脑后，他差点当着上司的面狂笑起来。

说真的，哪个头脑正常的人会在撒哈拉中央修一条铁路呢？莫非客户的钱像沙子一样多得叫人心烦，必须找些法子挥霍掉？

没等布尔提出质疑，上司就一脸严肃地命令他：照办。

布尔寻思，这大概又是哪个闲得无聊的亿万富翁在异想天开。也罢，反正自己的酬金一分钱都不会少，他估计自己只需在非洲待上一星期——那些对建筑一窍不通的富豪们做梦都想不到，修一条穿过沙漠的铁路是多么浩大的工程。一星期，布尔就能让客户真切体会到肉疼的滋味。

可他发现自己彻底错了。委托方账户上的工程款像海水一样永远舀不完，那些神秘富翁似乎铁了心要跟沙漠战斗到底。于是，这条铁路孤零零地在撒哈拉的沙丘之间向前延伸，每一公里路基都要拿成吨的美元夯实。

看着汗流浃背的数千劳工，布尔感觉自己正在修建第二条太平洋铁路。

让布尔百思不得其解的是，铁路的终点竟然也在沙漠之中。谁会使用这条有头无尾的铁路呢？他始终对客户很好奇，但无论怎么旁敲侧击，他的上司就是不肯松口。至今，布尔对委托方的了解仍然仅限于工程合同上的那个名字——

黑色黎明公司。

不管怎么说，铁路即将建成，他终于可以离开这炽热的人间地狱了。

嘉丽·尤拉痛恨非洲毒辣的太阳，她现在一天至少要抹六次防晒霜，即便如此，她雪白的皮肤仍然在迅速变黑。

她不知道自己到底是在为什么人服务。类似的业务嘉丽以前也做过不少，每次客户都是神龙不见首尾，她也养成了只收钱不多嘴的好习惯。嘉丽的职业注定了工作环境的艰苦，她曾带自己的团队去过西亚的荒原、南太平洋的孤岛和西伯利亚杳无人烟的山谷，但这次客户的要求完全超出了她最疯狂的想象。

"这不可能！"嘉丽当时这样冲客户的代表叫喊："撒哈拉？那地方连条公路都没有！你让我怎么把成千上万吨的钢铁和水泥运进去？"

"我们会准备好一切，原料、人手、交通都不用你操心，你只需要把这张蓝图变成现实。"那个代表轻轻抖了抖手中的一张设计图，说道。

这人看上去很年轻，顶多二十出头，嘉丽并没有得知他的名字，但他鼻梁上那副棕色墨镜给嘉丽留下了很深印象。

之后发生的事情让嘉丽彻底打消了对客户能力的怀疑。抵达撒哈拉后，她震惊地发现竟然有一条崭新的铁路静静躺在这片蛮荒之地上，铁轨和防沙墙笔直地往沙漠深处延伸出去不知多远。

嘉丽开始履行自己的职责。这次的客户不在乎钱，只要速度，再给她一个星期，嘉丽就能让这条沙漠铁路的终点处出现一座小型航天基地。

阿卜杜拉是个诚实的土著居民，他们一家世代在撒哈拉深处的绿洲中生活，对他而言，村中心那一小片湖泊和倒映在水里的日月就是整个世界。

可现在一切都变了。一支规模庞大的工程队抵达了这里，工程队身后拖着几根长得看不到尽头的铁轨，整支队伍仿佛一只跋山涉水而来、边走边吐丝的巨大毛虫。不久后的一天夜里，路筑完了，劳工们像海潮一样悄然退走，只有那几根在星空下闪着银光的铁轨提醒着阿卜杜拉，这不是梦。

仅一天后，又一批人马到达了，他们是坐火车来的，阿卜杜拉非常讨厌这种吵闹的钢铁怪物，它们搅得绿洲不得安宁。从这天起，阿卜杜拉家门口的货运列车像河水一样昼夜流个不停，全都是满着过去空着回来，他从没见过车上的大篷布底下究竟是什么东西，更不知道这些列车从哪里来，又要到哪里去。

后来，那些人用许多钱从村长手里买下了这片土地，并承诺把全村人迁移到另一处绿洲去。他们挖开了村中心的湖泊，发现下面竟是一条汹涌的暗河。阿卜杜拉记得发现暗河时有个陌生的女人在场。"太好了，发射场的冷却水源有了！"阿卜杜拉亲耳听到她满脸喜悦地这样说。

又是一周过去。阿卜杜拉和族人们牵着骆驼在沙漠中艰难跋涉，骆驼背上驮着他们的全部财产。出于好奇，他们没有前往另一处绿洲，而是打算沿这条从天而降的铁轨走一遭，看看它究竟来自哪儿。

一列平板货车从远处驶来，车上捆着一节节圆柱形的庞然大物，像是古代的攻城锤。生长在沙漠中的阿卜杜拉当然不会见过拆卸开的火箭，他呆呆地站在那儿，充满敬畏地张大了嘴，仿佛一个初生的孩子见到了巨人的玩具。

每节平板车的四角都站着荷枪实弹的雇佣兵，一个长满络腮胡子的家伙注意到了阿卜杜拉，他碰了碰身旁的伙伴，两人同时咧开了嘴。

阿卜杜拉向他们挥手，并报以淳朴的笑容。接着，他发现士兵们举起了枪。

几秒钟后，鲜血染红了黄沙，骆驼的哀鸣响彻撒哈拉静谧的天空。

"机长，我们就快到了。"驾驶员坂崎直树说道。

"保持速度。"机长看了一眼导航仪，此刻，这架运输机正飞越茫茫太平洋，他们身下是洁白如雪的云层，透过云层的空隙，可以看到鱼鳞一样闪动的万顷波光。

"机长，我们运送的到底是什么东西？"坂崎直树忍不住问。

"你以为我知道啊？"机长没好气地答道。

"也是……"坂崎直树不好意思地歪了歪头，"但是，您说有哪个公司会把成箱的货物拉到太平洋上空倒掉呢？"

"有钱人的狂想。"机长摇摇头，却又满眼憧憬，"他们除了变着法儿折腾再也找不到别的乐子了，唉，你我这样的小人物什么时候才能过上这种日子呢？"

飞机到达预定位置，坂崎直树拉下一根操纵杆。运输机的尾舱盖打开了，露出舱内堆叠在一起的巨大集装箱。固定箱子的钩爪松开，箱子顺着地板上的滑轨滑了出去，消失在茫茫云海的下面。

机长下达了返航的指令。

他们没有看见的是，运输机投下的集装箱在海面上方一百米处自动炸开，里面爆出无数铁灰色的尘埃。这些金属微粒仿佛没有重量一样，被太平洋上的疾风朝各个方向吹去，就像一大片闪闪发亮的蒲公英。

美国，诺斯匹兹堡，中央情报局总部。

一名参谋正向将军汇报："先生，撒哈拉上空有火箭发射的迹象。"

"哦？"

"您看看，这已经是两个月来发射的第三枚了。"参谋递上一沓照片。

"这些火箭要去什么地方？"将军摸着下巴问。

"我不能肯定，但根据发射的时间、角度和火箭在大气层中的轨迹，它们也许是往日地间的L1拉格朗日点去的。"

将军拿着卫星照片陷入沉思。他想起大约五年之前，就在这间办公室里，他接见了一个二十岁出头的年轻人。这年轻人既无礼又傲慢，声称眼睛有毛病而不肯摘下自己的墨镜，让将军感到十分恼火。但他的介绍信上有几个分量非常重的签名，包括将军认识的几位商界名流，所以将军不得不耐着性子听完这年轻人的要求。

"不行。"当时将军毫不犹豫地拒绝了他，"让我命令部下不要理会撒哈拉的任何异常状况？这是危害国家安全的罪行！"

"将军阁下，先听听我们的价码再回答也不迟。"那年轻人的墨镜让他看起来深不可测，"一千万美元，怎么样？"

"一千万？"将军哈哈大笑，"请回吧！"

"一亿。"年轻人张口就把价钱翻了十倍。

"你说什么？"一刹那间将军以为自己没听清楚。"一亿？"他眯起了眼审视年轻人。

"十亿。"年轻人再次开口，面不改色。

将军大惊。拒绝能开出这个价码的人，无异于自毁前程。"好，我答应。"将军的态度瞬间转变。

"这就对了。与人方便，与己方便。"年轻人的墨镜反射出神秘的光辉，将军三十年来头一次感到自己被人威胁。

之后的几个月里，有报告陆续送到将军案头，卫星发现撒哈拉沙漠有修建铁路的迹象，将军把这些报告都压了下来。再后来，又有新的报告说撒哈拉沙漠深处正在建造一座庞大的航天基地。将军内心不由产生了一丝动摇，不知是否该继续为那十亿美元效命。

好吧，假如他们还有进一步的动作，我就别无选择了。反复考虑后，将军在心中暗暗划下了一条底线。

而现在，他们已经越过了这条底线。将军放下参谋的报告文件，起身下令："上报五角大楼，同时查清楚什么人搞了这些工程，他们的目的又是什么。"

　　冯扬站在西尔斯大厦顶层的窗前。远处，芝加哥的街道上车流滚滚。他的思绪又回到了许久前那个夏日的午后，在帝国大厦的会议室里，叶茂的"白体镜"让世界上最富有的一群人沉浸在了震惊之中。"现在，我要向各位介绍人类历史上最宏大的商业计划：'黑色黎明'。"叶茂微笑道，"我们的目的很简单，控制阳光，然后高价出售它。"

　　"该怎么做呢？"丹尼斯迫不及待地问。

　　"这就是答案。"叶茂举起手里的金属立方体，"假如我们把成千上万个白体镜送入宇宙，让它们在太阳和地球之间织成一面巨大的'镜幕'，我们就能借由镜幕的开启、关闭来控制地表接受光照的时间。以现有的微制造技术，可以把白体镜做成直径若干纳米的微尘，让它们能够在空气中飘浮。把白体镜撒在平流层里，它们很快就会像飞扬的火山灰那样随大气环流遍布全球。通过调整无数白体镜的镜面大小、受光角度，我们将能够抗衡大气的散射效应，让阳光按我们指定的路线到达地面，实现定向定点阳光供应。"

　　"你想过这是一件多么困难的事吗？"冯扬皱着眉头问，"宇宙中的白体镜必须随着太阳、月亮和地球的引力摄动不断改变轨道，大气中的白体镜更是得考虑到温度、水分、气流等等的影响，这计算量——绝对不是人类可以处理的！"

　　"但是量子机可以。"叶茂迅速回答，"冯先生，您的公司早就有能力解决这些问题了，不是吗？"

　　冯扬沉默了一会儿。"是的，可即使对我们来说，这也是一项无比艰巨的任务。"他再次开口，"我们需要一个能放下上万台量子机的地方。"

于是，黑色黎明公司租下了整座西尔斯大厦。

这个名为"天眼"的量子机阵列安装完毕后，冯扬亲自指挥了它的最终调试。"天眼"的核心并不复杂，只是一组综合了流体力学、天体物理学、地理学和几何光学的混沌方程，但解出这些方程所需的运算量却几乎无穷无尽。

"冯先生，我们刚刚收到报告，构成'镜幕'的一千六百万个白体镜已经抵达日地之间的拉格朗日点。"叶茂的声音从他身后传来，"此外，大气层中'天眼'下辖的数十亿面白体镜即将完成对全球的覆盖，再等一会儿，我们就可以进行最后一步了。"

冯扬点点头。黑色黎明公司雇用了不下六百架次运输机，把大批白体镜投送到世界各地，让对流层与平流层的强风把它们带到每一片海洋和陆地上空。从北冰洋到南极大陆，从地中海到西伯利亚，空气里到处都是这些尘埃般渺小的镜子。它们沉睡时与飞灰毫无二致，人们丝毫不知道，一股足以改变世界的力量已悄然来到他们身边，只等着被唤醒的时刻降临。

"冯先生，完成了。"几分钟后，叶茂看着桌上的一台电脑说。冯扬望向窗外，试图在芝加哥湛蓝的天幕上发现些变化，他知道成千上万面没有开启的白体镜就飘浮在那儿，等待指令。

"运行'天眼'。"冯扬通过别在衣领上的麦克风向工程师们下令。

在他脚下，天眼阵列从数据接入口得到了一串简单的指令。它履行职责的时刻终于到来了。中央主机发出几道电流，激活休眠的一万三千台分机，仿佛一个复杂的大脑将无数神经元逐个唤醒，然后，中央主机向遍布全球的白体镜发送了数据请求。

假如空间站上的宇航员能看到无线电波，那么这一刻，他肯定会看到一个光圈以北美大陆上的一点为中心朝外扩散，刹那间扫过全球。数十亿面白体镜的反馈信号随之而来，仿佛一片浩荡、不可阻挡的浪潮向西尔斯大厦汇聚，塔顶的信号针成了一场电磁风暴的暴风眼，天眼阵列像一头饥饿的巨兽张开了大嘴，一点不剩地把这股数据洪流吞进自己的内存。中央主机调出核心软件，那些方程中数以万计的变量逐一被替换为白体镜观测到的参数。接着，仿佛一台机器装上了所有关键的齿轮，天眼开足马力运转起来，在它的内存中，一个由量子比特组成的地球疯狂旋转着，海洋上惊涛山立，天空中暴雨倾盆，大地在颤抖，江河在哀鸣——天眼正对全球天气系统进行模拟，毫不夸张地说，它比上帝本人更清楚下一秒、明天、甚至一万年后的地球是什么样子。

接着，天眼又向遥远的外太空射出一束电波，这束电波仅用了一秒多便抵达离地球32.3万千米的L1拉格朗日点，那儿，无数灰色的小立方体正静静浮游在无边的黑暗中。天眼发送的数据流汹涌灌入这些小立方体的量子芯片，刹那间，它们清晰地看到了整个宇宙，每一颗星辰在天球上的坐标、轨迹都一览无遗。数据栅格程序随即启动，它像一把巨大的筛子，将那些遥远而无用的星光一一滤去，量子芯片内部的黑暗中只剩下了三个有意义的质点：太阳、月亮、地球。天体力学方程在这三点之间的某处划出一道细线——那就是白体镜应该前往的位置。

一千六百万个小立方体像一大群灰色的游鱼四下散开，在太空中织成了一张稀疏的巨网。

西尔斯大厦里，冯扬向叶茂点头示意：“镜幕已就位。”

"好极了。"叶茂露出欣喜的笑容，他向会议室里的几十个人举起手："先生们，一切终于就绪，让我们见证黑色黎明的降临吧！"他高声喊道，用力往键盘上拍下去。

一千六百万面白体镜同时开启。如果太阳也有生命，那么此刻它会发现地球忽然不见了，取而代之的是地球位置上一面小小的镜子——四十几亿年来，太阳第一次见到了自己的模样，在那面距离十分遥远的镜子里，它庞大的身躯不过是在无边黑暗中跃动的一团荧荧之火，明亮，却渺小。不过想必太阳也不会在意，它每天都面对着苍茫浩瀚的银河，那里时时刻刻都有恒星在诞生或者死亡，更不用说微不足道的行星，一个地球的消失实在算不得什么。

但此刻，地球已经开始陷入恐慌。一道道来自地面的询问和指令几乎要挤爆空间站和所有卫星的信息服务器，地球向阳面的每一个人都在询问太空里究竟发生了什么，半个世界为何会突然被黑暗笼罩。

西尔斯大厦里，富豪们静静坐在伸手不见五指的黑暗中，细细品味着晴空眨眼被夜色取代所带来的震撼。窗外，城市各处逐渐亮起星星点点的灯火，天上见不到星星，也见不到月亮。但这间会议室里没有开灯，因为不需要。

"各位，准备好迎接下一个奇迹了吗？"叶茂的声音因兴奋而有些颤抖。他把手指移向键盘，感觉自己已经成为创世之初在深渊中徘徊的上帝。

要有光。

叶茂默念着造物主对世界发出的第一声号令，敲下了回车键。

三十二万公里之外，两千多个白体镜关闭了，镜幕上破开了一个小洞，一线光明射向北美大陆。

一道粗大的光柱从天而降，将西尔斯大厦笼罩其中，以西尔斯大厦为中心，地面上出现了一个直径一百米的圆圈，圈内一片光明，圈外则是浓重的黑暗。

从远处看去，西尔斯大厦四周的空气里不时有亮光闪动，那是几万面漂浮在大气层里的白体镜在根据天眼的指令调整角度，它们抗衡着大气对光线的散射，以保证阳光尽可能集中在粗大的光柱内部，那情景犹如一群牧人不断把总想撒野的马儿赶回围栏。西尔斯大厦上空出现了一块圆溜溜的蓝天，仿佛上帝俯瞰大地的眼睛。这块蓝天与周围的黑暗格格不入，却让这幢现代建筑产生了几分肃穆、庄重之感，那是一种要靠几千年的岁月才能沉淀出来的威严和神圣不可侵犯，就像矗立在尼罗河畔的金字塔，或者绵延于群山之间的万里长城。

此刻，这里是世界上唯一蒙受阳光恩泽的地方。几千公里外的人们都可以看见这道通天彻地的光柱。

"诸位，我们可以开始对全球进行广播了。"叶茂说，"谁愿意来宣布新时代的降临？"

富豪们面面相觑，无人应答。他们更愿意坐在幕后操纵一切，登台演出不是他们的强项。

叶茂满意地笑了。一切如他所料。"那么，我来吧。"

一分钟后，叶茂出现在了全世界的每一台电脑、手机、LED广告牌和电视的屏幕上。只要是与网络相连的终端设备，都变成了黑色黎明公司对社会发声的窗口。对操纵着通讯的传媒大亨们来说，这并不是件难事。

"女士们，先生们，"叶茂清晰地说着，他的声音通过每一部音箱、每一副耳机、每一台扬声器响彻整个世界，他的面孔注视着中南海、白宫、唐宁街10号和克里姆林宫里位高权重的领导者们，"我是叶茂，我代表黑色黎明公司在这里说话。我们是谁？我们是控制阳光的人。从现在开始，阳光将变成一种昂贵的商品，售价为每平方米每小时一百美元——为一平方米土地购买十小时光照要一千美元，为十平方米土地购买一小时光照也要一千美元，为十平方米土地购买十小时光照，那就需要一万美元。我们的账户和联系方式已经出现在网上，有意者现在就可以下订单。大家午安。"他结束了宣告黑色黎明时代降临的讲话。

叶茂的电脑上，几十个消息窗口叠在一起闪动着，那是来自世界各地的联络请求。叶茂小心翼翼地拽出其中一个，点开了它。

俄罗斯总统出现在了屏幕上，此刻莫斯科正是深夜，他看起来有些疲惫。"叶先生，从您的肤色和名字来看，您是个不折不扣的中国人。"总统开口了，"无论你们做了什么，请马上住手，您应该知道您故乡的土地上有多少人依赖着阳光，缺少了它，谷物就不会有收成。"

"尊敬的总统，为了垄断阳光，我们已经投入了不计其数的财富。我们没有圣徒那种慷慨无私的奉献精神，除了利润，其他事情我们并不关心。"叶茂冷冷答道。

"现在早就不是奴隶贸易时期了，这种亏人自利的商业理念注定不会成功。"总统说，"很遗憾，你们一开始就选错了方向。一个公司想与全世界抗衡，太不自量力了。"

"总统先生，这是威胁吗？"叶茂沉声问道。"武力是不得已却又最有效的手段，你们不可能战胜国家机器。我想，美国政府已经在采取行动了。"总统平静地回答。

叶茂拉出另一个消息窗口，打开它后，叶茂看到了脸色阴郁的美国总统。

"叶茂先生，马上停止这疯狂的行动。"总统毫不客气地说道。

"请问总统阁下，我们违反了联邦的哪一条法律？"叶茂反问，"联邦法典里可曾有一字提及不准贩卖阳光？您有何理由干涉我们正常的商业活动？"

"法律永远跟不上犯罪方式更新的脚步，有时候，我也得随机应变。"总统站了起来，"既然你们不合作，我就只好让执法人员逮捕你们。"

"请便。如果他们进得了西尔斯大厦，我们愿意束手就擒。"叶茂泰然自若地说。

戴蒙德领导的FBI驻芝加哥小组从不轻易出动，这天他和往常一样坐在办公室里，悠闲地边喝咖啡边读报，同时盘算着如何打发下班后漫长而无聊的时光。

但他很快发现自己今晚别想回家睡觉了。下午三点多钟，窗外的蓝天忽然漆黑一片，吓得他泼洒了手里的咖啡；随即一道光柱笼罩了芝加哥天际线上最高的建筑——西尔斯大厦，又过了一分钟，他的电脑上出现了一个戴着墨镜、自称叶茂的中国人，听完这家伙的讲话，戴蒙德知道自己马上就得开始工作了。十分钟后，他接到了命令。

"好了，伙计们，目标就在那儿。"戴蒙德挥舞着手枪朝部下喊道，他们身后一公里处是光柱中巍然屹立的西尔斯大厦，此前一小时内，他们已经疏散了西尔斯大厦周边所有的群众。"我们有狙击手和直升机做后援，但不知道那帮家伙究竟在第几层，所以，一组人坐直升机去占领天台，从上往下搜；其他人跟着我从正面突破，从下往上找，听明白了没有？行动！"

戴蒙德驾车驶近西尔斯大厦，眼看已经逼近地面上光圈的边缘，他旁边的副手突然大叫："头儿，停车！"

戴蒙德反应迅速，应声猛打方向盘，车子吱嘎一声来了个漂亮的漂移，擦着光圈边缘停了下来。"怎么了，老弟？"他问。副手没说话，只是伸手指了指车窗外面。

光圈边缘，马路像烤炉上的牛排一样滋滋冒着青烟。路面上的沥青正以肉眼可见的速度融化成奶油状的液体。

戴蒙德下了车，默默地看了一会儿。他解下腰里别着的橡胶警棍，把它扔进光圈里面。那根警棍也以肉眼可见的速度扭曲、蜷缩起来，继而呼地一下着了火，仿佛一根大号的火柴。

"天哪！这至少也有几百度了吧？"戴蒙德喃喃道。一阵嗒嗒声由远及近，戴蒙德猛然想起天上还有一票弟兄，"掉头！立即掉头！"他抓起肩头的对讲机咆哮道，"听见了没有？行动取消，取消……"

戴蒙德的声音无助地小了下去，眼睁睁看着那架直升机蜻蜓般轻盈地飞进了光柱。在阳光照射下，合金铸造的螺旋桨迅速软化变形，如同放在微波炉里的巧克力条。直升机不受控制地往旁边一歪，打着旋儿坠落下来。

　　"走！"副手吼着一把将戴蒙德拽进车，戴蒙德反应过来，立即开足马力逃离——几秒后，直升机坠地的巨响震破了芝加哥的天宇，一团火球在西尔斯大厦脚边轰然爆开，一个庞然大物擦着戴蒙德的车顶飞掠过去，接连刮碎了路边六七家商店的橱窗，最后狠狠插进街角的一座咖啡馆。

　　那是扭曲成麻花形状的直升机旋翼。

　　"头儿，怎么回事？"惊魂未定的副官喘息着，问道。"他们把阳光当成了武器！"戴蒙德愤怒地一拍方向盘，"那些混球肯定有什么办法能将阳光聚焦在那个光圈边缘，咱们只要敢进去就得被烤焦，就像放大镜底下的蚂蚁一样。"

　　"我们现在该怎么办？"副手问。

　　"叫军队来吧。"戴蒙德不情愿地承认了自己的无能为力。

　　西尔斯大厦上方那片圆形的天空依旧蔚蓝，在芝加哥满城灯火的映衬下，它显得怪异极了。

　　叶茂悠然自得地站在窗前，看着光圈外越聚越多的士兵，但他们只是将西尔斯大厦彻底包围，无人敢越雷池半步，这幢建筑仿佛被孙悟空用金箍棒画的魔圈保护了起来。

　　"我……我们杀人了。"许久的沉默之后，冯扬终于颤抖着开口。

　　"您得习惯流血，从黑色黎明计划启动的那一天起，您就应该做好成为刽子手的心理准备。"叶茂淡淡地说，"垄断阳光必定会引起我们与政府之间的冲突，这只是序幕罢了。往后等着我们的，也许是战争。"看见冯扬脸上惊恐的表情，叶茂又安慰他："不必担心，我们有世上最锐利的武器——阳光。我们可以通过控制白体镜把整个太平洋上的阳光都汇聚到一个针尖上来，在这种高能聚焦光束面前，铜墙铁壁也不堪一击。"

经过又一次徒劳的尝试，光圈外的人似乎放弃了强攻的念头。他们开来许多悍马吉普堵在通往西尔斯大厦的各个路口，摆出一副打持久战的架势。随着时间推移，笼罩西尔斯大厦的光柱渐渐暗淡下来，高塔上方的天空从蓝色转成了鲜艳的橙红色，一片圆形的黄昏悬在塔顶熊熊燃烧，美丽得令人惊叹。

冯扬猛地醒悟过来：他们是打算等夜幕降临后再动手！那时，失去了阳光的庇护，西尔斯大厦就是任人宰割的鱼肉。"叶先生，天马上就要黑了……"他惶恐地说。

"不论白昼还是黑夜，没人能战胜我们。"叶茂平静地回答，声音有力、令人安心。

最终，光柱彻底消失了，西尔斯大厦上方那片天空融入了笼罩整座城市的夜色之中。

军队的包围圈开始收紧，几十辆悍马同时开始了冲锋。

叶茂仍旧面无表情。

忽然，又一道光柱从天而降，一辆悍马被它击中后立即爆炸，光柱仿佛上帝的圆规以西尔斯大厦为轴迅速旋转一周，闪光和巨响中，血肉横飞。如果这时有人在地球背阳面的太空里观看，他会惊讶地发现一条弧形光束从地球对面绕了过来，越过俄罗斯、北极和加拿大直指芝加哥，在夜空里闪闪发亮，就像天使掉落的一根头发。

白体镜把阳光从地球向阳面反射了过来。

不论白昼还是黑夜，没人能战胜黑色黎明公司。

"好了，让我们看看美国军方还有些什么手段。"叶茂好整以暇地说道。

"快看！外面是什么？"会议桌旁忽然有人惊呼，打断了叶茂的话。冯扬扭头望去，那个法国人丹尼斯正伸手指向芝加哥灯火通明的天际。

然后，冯扬也看到了。它就像在城市的灯光里游动的一尾梭鱼，洁白、光滑而又悄无声息。

所有人都大惊失色。只有叶茂仍然胸有成竹地站在那儿。"天眼可不是徒有其表的摆设。"他轻松地说，仿佛正准备欣赏一场好戏。

叶茂话音刚落，一束细细的光线就从天上直射而下，像标枪一样精确地击中了那飞翔的死神。战斧导弹在一个街区之外被高能光束引爆了，小半个芝加哥顿时火焰四溅、浓烟滚滚。

叶茂回到会议桌前，他的电脑上又闪动着一个通话请求。叶茂把它点开："阁下，您还不肯认输吗？"

"我的将军们正在讨论如何直接攻击L1拉格朗日点上的那面屏障。"美国总统的脸色很难看。

"让他们放弃吧，没用的。"叶茂冷冷道，"击中白体镜的难度不亚于在国际空间站里用手枪射杀太平洋上空的一只蚊子。"

总统沉默了一会儿。"也许，"他字斟句酌地说道，"我们可以讲讲条件。"

"当然可以，但美国没这个资格。"叶茂毫不在意总统愤怒的表情，"我们要跟整个世界谈判。"

150余面旗帜在联合国大厦前方的空地上飘扬着，大厦坐落于纽约东河岸边，这片6.8万平方米的土地名义上属于全人类，但实际上它的主人是谁各国都心照不宣。

叶茂代表黑色黎明公司踏进了联合国总部。富豪们都不愿在这种场合抛头露面，因此，他不得不孤身一人对付谈判桌上的强敌们。

此刻正是清晨时分，天空却漆黑一片，纽约市区内到处可见粗细不一的光柱，它们照射着富人区的豪宅，那些花园别墅的屋顶在阳光中闪闪发亮，看起来仿佛是用金银铸就。几天来，黑色黎明公司的收入呈几何式暴涨，阳光已经成了财富的新象征。

联合国总部会议室里。

叶茂面对着近两百名肤色各异、服饰不同的代表，墨镜遮住了他的眼睛，叫人猜不透他在想些什么。

"叶先生，您要怎样才肯让全世界重新回到阳光之下？"联合国秘书长发问了。

"很简单，用你们最宝贵的东西来交换。"叶茂抬起了头，"交出你们的国家。"

会场一片死寂。

"叶先生，你在拿我们开心吗？"英国首相开口道，"你的意思是，让我们把国家交给你的公司治理？"

"有何不可？"叶茂反问，"你们的东印度公司一度控制了整个南亚次大陆和香料群岛，这证明一个公司完全有能力行使政府的职责。"

"先生，人活在这个世界上，有两样东西神圣不可侵犯：自由和尊严。

我们不可能答应这么荒谬的条件。"法国总统说道。

"可以，这是你们的选择。将来哪天你们后悔了，欢迎随时联系我。"叶茂双手一撑桌面站了起来，在众目睽睽之下昂然转身，走出会场。

两天后，西尔斯大厦。

黑色黎明公司全体股东召开了一场大会。

"叶茂！你这是什么意思？在联合国大会上得罪全世界，你到底想干什么？"冯扬厉声问道，盛怒之下他的身体有些颤抖。

"冯先生，我们为什么要害怕得罪世界？"叶茂平心静气地反问，"相反，这个世界应该小心不要得罪我们。你问我想干什么，其实你们自己心里早就清楚了，不是吗？"

"我们的终极目标，是征服这地球啊！"叶茂一把推开椅子大步走到窗边，忘情地呼喊道，他伸开双臂，仿佛要拥抱灯海中辉煌灿烂的芝加哥。

冯扬缄默不语，似乎被说中了心事。

"想想吧，一家拥有整个世界的公司！"叶茂罕见地激动了起来，"你们可曾想过资本主义发展到顶峰会是什么情况？最多的财富集中在最少的人手里，换句话说，不分国界、民族、语言、文化，所有的一切，都将成为神圣不可侵犯的私有财产！"

叶茂停了一会儿，让富豪们仔细品尝这句话中的震撼意味，"我们垄断了阳光，就相当于扼住了全世界的咽喉命脉，那么，区区金钱怎么会让我们满足呢？各位都是聪明人，你们对这些心知肚明，你们责备我，只是因为害怕失败罢了——精明的人总会给自己留好退路，但我向你们保证，没人能够战胜我们，现在没有，将来也不会有。"叶茂又露出那种神秘的微笑。

不久，失去阳光对世界的影响渐渐凸显出来。白天时，因为地面正对着宇宙中的镜幕，所以天空是彻底的漆黑，只有付钱购买阳光的人才能欣赏到自家上空一角小得可怜的蓝天；到了晚上，地球转到背离太阳的一面，人们反而得以见到美丽的繁星和皎洁的月亮。人类社会的作息时间开始颠倒了，原本的白天变成了黑夜，黑夜则变成了白天，越来越多的人选择在明月照亮大地时醒来，开始一天的忙碌，在星光消逝后停止工作，进入梦乡。

月亮变成了人类新的太阳。

可它终究不是太阳。整个生物圈赖以维持运转的能量来源——阳光被切断了。海水中的浮游植物不再生长，不再产生氧气，波罗的海岸边，有人看见大片死鱼漂浮在水面上，在星光下看去白茫茫一片，仿佛为海洋打造的银色棺盖；陆地上的树木纷纷凋零，森林成片枯萎，大地上的绿意静悄悄地死去，只剩下荒原上数不尽的残枝败叶，满目疮痍。北欧的山谷里，野狼因饥饿而彻夜嚎叫，在比利牛斯山脉脚下整天都能听见这种瘆人的哀号，那是食物链一节一节断裂的声音。

不久，联合国又召开了一次大会，像上次一样，叶茂独自面对整个世界。

"叶先生，我们恳求您关闭镜幕。您看看吧，没有了阳光，地球已经变成了什么样子！"秘书长低声下气地说道，一旁的大屏幕上放映着来自世界各地的照片：星光下枯萎的稻田、海洋上因缺氧而窒息的鱼群、森林里饿死的狼崽……

"我的条件没有变。"叶茂不动声色地回答，"想要阳光，就用你们的国家来交换。"

一阵静默。

"我们答应。"一个枯瘦的黑人老者慢慢站起身，他的脸庞上布满了时间的刻痕，凹凸不平的皱纹让人想起他故乡龟裂的土地，让人想起非洲大陆上那些苍老的山峰和峡谷。"我国愿交出领土、主权和军队，服从黑色黎明公司的管理，请尽快把蓝天还给我们的人民。"这位肤色黝黑的老人每说一个字都要做一次艰难的呼吸，仿佛生命正从他的身体里悄然流走。

"很好，先生，命令您的政府做好权力移交的准备。"叶茂点点头，努力按捺住心中的狂喜。虽然这只是赤道以南一个贫穷的小国家，但毕竟是一个国家！如果它可以向黑色黎明公司低头，那么，那些大国终究也会屈服的。唯一剩下的问题，就是时间。

老人佝偻着身子，像是已经不堪岁月的重负。他笨拙地转身准备离开会场。

"先生，作为一个领导人，您应该感到羞耻！您抛弃了国家的尊严！"法国总统在他背后喊道。

"尊严？"老人慢慢扭过头，"对穷人来讲，那是一种奢侈品。自古以来只有一件战无不胜的武器，它令铜墙铁壁不堪一击，那就是饥饿。"他颤巍巍地伸手拿过桌上的麦克风，"来这里之前，我曾到我国的乡间去走访。在路上，我看到一个裹着袍子的女人蹲在路边对着田野喃喃自语。于

是我命令司机停车，下车后我问那个女人：'你在做什么？'

　　'在为我的禾苗祈祷。'她甚至没有抬头看我一眼，而是一直盯着怀里。我绕到她身前，才发现她抱着一个皱巴巴的婴儿——你们说儿童是天使，没错，在你们富得流油的国家里，孩子们吃着草莓和奶酪，当然会像天使一样可爱。但我要告诉你们，这个妇人怀里的孩子比野兽还要丑陋，他的皮肤像这只手一样皱皱巴巴。"老人举起自己的右手让所有人看清楚，"他的脸被层层叠叠的褶子盖满，甚至看不出哪里是眼睛、哪里是鼻子。因为饥饿，这个无辜的小生命在哀鸣，声音细微得几乎听不见，他在向母亲要求奶水。然后那位母亲撩起了衣服，露出一只干瘪的乳房，把乳头送到孩子嘴里，孩子立即吮吸起来，但是足足一分钟，母亲的乳房里没有流出任何液体。孩子松开了乳头，无助地向着天空张开嘴巴。那位母亲双眼无神地瞪着田野，借着车灯的光芒，我看到田野里尽是死去的禾苗，一片枯黄。"

　　老人转向法国总统："你们储备的粮食也许可以再支撑几年，但在我们贫瘠的土地上，百姓正在饿死。你知道农民面对颗粒无收的田野时是多么绝望吗？我们早就习惯了苦难，葡萄牙人、英国人都曾经奴役过我们，对我们而言，黑色黎明公司不过是另一批殖民者罢了。你们认为自由比生命更可贵，那是因为你们不曾品尝饥饿的滋味。活下去比死需要更大的勇气，更大的担当，那意味着把希望留给未来，只有这样才能让我们民族的火种绵延不息。相比我们，你们这些蜷缩在粮仓里瑟瑟发抖的老鼠，才是懦夫。"老人说完，头也不回地走了，留下掷地有声的沉寂。

　　会场大门在他身后轰然关上，仿佛一个时代的落幕。

三天后，镜幕上的六万个白体镜关闭了，阳光像泄闸的洪水喷涌而出，照亮了非洲大陆的一角。在这个小国的边境线上，光明与黑暗泾渭分明，蓝天和夜空的分界线正好是国境线在云端的投影。一位非洲诗人看到后说，那蓝色清澈得让人流泪。

参谋站在一间装饰朴素的办公室里，长久以来这里一直是一片辽阔土地上的权力中心。元首坐在参谋对面，此刻，他看起来比以往任何时候都更加苍老。窗外是一片浓得化不开的黑暗，但参谋知道，地球上已有许多地方重新得到阳光的恩泽，那些国家选择放弃先人们流血换来的独立与自由。

"情况有多糟？"元首平静地问，即使危机当前，他仍不失领袖的风范。

"生态正在不可逆转地崩溃，战略储备粮消耗迅速，发病率急剧上升，人们的愤怒即将达到顶点，社会正在暴乱的边缘摇摇欲坠。"参谋如实报告，"再这样下去，恐怕会发生内战。"

元首沉默了一会儿，背着手走到窗前，凝望外面灯火通明的首都。"我爱这个国家。"他把额头贴在坚硬冰冷的玻璃上，喃喃自语，仿佛在祷告。

"我们……该怎么办？"参谋不知所措地望着元首的背影。

"让人民自己选择吧。"元首沉重地说，"就放弃独立主权一事进行全民公投，如果支持率超过80%，则国家停止存在，一切权力移交给黑色黎明公司。"

西尔斯大厦。

会议室里，叶茂望着屏幕上一张巨大的世界地图出神。这张地图大部分区域都是灰暗的，但其间夹杂着不少小块亮斑，仔细看去，可以发现这些亮斑主要集中在非洲、中亚、南亚等贫穷地区。

图上亮起的土地，都已经成为黑色黎明公司的资产。

但这还远远无法让他满足。

忽然，叶茂的眉毛挑了起来，地图上有一大片区域被点亮了——一个幅员辽阔的国家向公司俯首称臣了。叶茂按捺住心中的狂喜，默默告诉自己：现在还不是时候。

他转身走到窗前，眺望着夜色里灯火通明的芝加哥。

他的目光越过无边的黑暗，越过地平线和大气层，直抵遥远的L1拉格朗日点。庞大的镜幕正静静漂浮在那里，随着越来越多的国家放弃独立，组成镜幕的白体镜也开始逐步关闭，让阳光重新照亮这些国家的天空。

假如这面镜子做得更大一些，会怎么样？

假如它变成一条环，将地球轨道囊括在内，是一幅怎样的场景？

假如更进一步，把它变成一个球体……一个半径等于地球轨道的巨大球体，又会发生什么？

叶茂闭上了眼，仅仅是想到这种可能性，就令他心驰神往。

那就是戴森球[①]啊！一个足以将太阳辐射的所有能量全部截留的巨大装置！

----

① 戴森球：一种可以包住整个恒星、截获恒星输出的光和热的巨大球形结构，源于美国科学家弗里曼·戴森的设想。

又过了两个月，那张地图终于全部亮起，镜幕彻底关闭，阳光像亿万年来一样毫无遮拦地穿过无边虚空，拥抱它最宠爱的孩子——地球。

黑色黎明公司接管了世界。

西尔斯大厦的会议室里，公司的全体董事到齐了。所有人的目光都集中在窗前的叶茂身上，此刻，他正俯瞰着芝加哥的清晨，阳光灿烂，一如往日。

"先生们，这是新时代的雅尔塔会议。"叶茂终于转过身来，踌躇满志地说道。

"是的，我们将在此制定世界的新秩序。"冯扬说。

"不，"叶茂纠正他，"不是'我们'，而是'我'。"

"什么？"冯扬愣了一下，以为自己没听清楚，"叶先生，请你再说一遍？"

叶茂没有重复刚才的话，而是慢慢抬起手，摘掉了那副似乎要永远黏在他鼻梁上的墨镜。"建立新秩序的第一步，是决定谁站在顶点。"他平静道，"感谢你们所做的一切，我不再需要你们了。"

法国人丹尼斯站了起来。"把话说清楚，叶茂。世界属于公司，每位股东都有一份。"

"不，它属于我。"叶茂说，"权力的金字塔顶，永远狭窄得只能站下一个人，这一点，各位应该都十分清楚。我之前说过，资本主义发展到顶峰，是最多的财富集中在最少的人手里。我现在要更正一下：资本主义发展到顶峰，是整个世界掌握在一个人手里。"

会议室里陷入了沉默，富豪们面面相觑。

"你觉得那个人，是你？"丹尼斯第一个打破寂静，他轻蔑地笑了一声。

"为什么不可以是我？"叶茂的语气依旧平淡，仿佛是在叙述一件再平常不过的事。

"我很遗憾，叶先生。"丹尼斯双手交叠放在腹部，"我原本以为我们的合作能持续得更久。"

"已经够久了。"叶茂回答。

"假如你控制了世界，你要做什么？"冯扬好奇地问，他实在想不明白，这个忘恩负义的年轻人怎么会觉得自己能对抗这间会议室里的所有人。

"我将完成一项前无古人的壮举。"叶茂毫不犹豫地回答，"我要把人类历史再大大向前推进一步。"

"说详细点。"丹尼斯皱了皱眉。

"石油、煤炭，我们在这些低级的能源形式上已经浪费了太多光阴。几个世纪以来，不，几千年以来，我们的每一次能源革命，都只不过是在寻找更高级的木柴。"叶茂摊开双手，"现代文明的基础仍然建立在化合物的燃烧之上，从这一点来说，我们与那些钻木取火的老祖先相比，并没进步多少。你们想过这是何等的浪费吗？"他忽然伸手指向天空，"就在那儿，每个人抬头就能看见的地方，有一台核聚变反应炉，你们不想着开发它，却只顾计算成本、收益、供应、需求，把整个社会不断拖入低效率的循环之中——"

"叶先生，你多半是疯了。"冯扬开口道："我原以为你会说出更有见地的话，但现在看来，你和那些叫嚣着要优先开发太阳能的环保主义者一样，根本不懂什么叫作现实。"

"董事会在此免去你的职务。"丹尼斯接口说。他拍了拍手，会议室的门开了，几名持枪的士兵鱼贯而入，枪口对准了叶茂。

"我拒绝。"叶茂笑着摇摇头。那几名士兵忽然调转枪口，对准了公司的董事们。

丹尼斯一时惊怒交加，咆哮道："你们做什么？！"

"抱歉，老板，但叶先生开出了高得多的价钱。"一个看着像是队长的人说道，"自始至终，我们没看到你们这帮废物在征服世界的过程中做了什么，所以，我们决定跟随一个真正有决定权的老大。"

"丹尼斯先生，一路走好。"叶茂忽然冲他彬彬有礼地鞠了个躬。他话音刚落，一束耀眼的阳光突然从窗外射入，直接打在丹尼斯脸上。

丹尼斯爆发出一声哀号，冯扬眼睁睁看着他的头颅在聚焦光束中燃烧起来，法国人在地上挣扎、打滚、爬行，用手捂住面庞想要躲开光束，但光束追踪着他的运动，甚至直接烧穿了他的手掌。仅仅七八秒钟，丹尼斯翻腾的躯体就停止了颤动，他的脑袋变成了一颗焦黑的骷髅，空气里满是烤肉奇异的香气和毛发烧糊的臭味。

光束消失了，会议室的玻璃窗上多了一个边缘被烧熔的红色小洞，冯扬在玻璃的反光中看到了自己惊恐的表情。

"天眼系统所用的软件是我亲自开发的，它就像我自己的孩子，很可惜，它不会听从你们的指令，而只会服从于我。"叶茂笑得很平静，"但我并非没有良心，我保证，各位都会是蚁后阶层的成员。至于丹尼斯先生——"他瞥了一眼地上仍在冒烟的尸首，厌恶地挥了挥手，那几名士兵将丹尼斯的遗体拖了出去。"万分抱歉,权力总是伴随着流血,你们都是聪明人,想必知道以后该怎样行事。"

一个人,拥有整个世界。

那次会议后的很多天里,冯扬都在思考这究竟意味着什么。数十年来,他第一次觉得自己落伍了,变成了一个来自旧日的幽灵,时代变化的节奏快得让他无法理解了。

叶茂暂时保留了各国的行政机构,仍让各国原本的领导人治理国家,毕竟,他再狂妄也不会认为自己能处理大大小小二百多个国家的事务。

然后,叶茂向领导人们下达了一道命令——建造一座能够包围整条地球公转轨道的巨大镜幕。根据他的规划,这项工程意味着世界上八分之一的人口必须从事苦役,以保证白体镜的生产、制造和部署。

这道命令就像一粒落进弹药库的火星,整个世界瞬间炸开了锅。四处都有人反抗、宣布起义,一场新的政治风暴已然成型。每天都有新消息传到西尔斯大厦,报告某个地区又脱离了黑色黎明公司的管辖,但叶茂却似乎毫不担心。

大厦顶层那间会议室俨然已经成为世界的心脏。叶茂吃住都在这里,他仿佛一个皇帝,从芝加哥的天际线俯瞰着脚下的整个地球。

会议室墙上,电子地图中不停地有红色斑点亮起,每个斑点都代表一座失控的城市。起初,斑点出现的速度很慢,每个人都在等待,等着看第一批胆敢越过雷池的家伙会落得什么下场。出乎意料,叶茂似乎采取了放任自流的态度,第一个独立的城市——巴黎,竟然在整整一个月内都没有受到任何武装打击，甚至连日照都没有被剥夺。于是反叛者们的胆子渐渐大了起来，红色斑点出现的速度越来越快，仿佛一场在地球表面疯狂传播的瘟疫，当半个世界变成刺目的猩红色时，叶茂终于行动了。

　　冯扬站在高高的山坡上，天气阴郁，几公里外便是巴黎，数百年来欧洲艺术的圣域。如今，它是第一个站出来反抗黑色黎明公司的城市，法国人民发扬了争取自由的优良传统，在推翻暴君方面，他们的经验比世上任何一个民族都更丰富。

　　枪打出头鸟，杀鸡给猴看。很简单的道理。冯扬并不同情巴黎人，也并不期待巴黎人能够成功，但是他真切地希望这些声势浩大的反叛军能做出点出人意料的举动，而不是像现在这样封锁城市，摆出一副要打巷战的样子。

　　那可是从大革命时代起就已经过时的伎俩啊。

　　"先生，我们的部队不能再前进了，伤亡实在太大。"冯扬身旁，一名将军向叶茂报告道。迄今为止，叶茂所指挥的部队已经动用了除战略核导弹以外的一切武器。

　　"你们做得很好，接下来就交给我，天黑之前，我会击溃这座城市。"叶茂说道。

　　那位将军停了一下，似乎有些犹豫，但他最后还是开口问道："有没有人告诉过您，您很像某个人？"

　　"谁？"

　　"阿道夫·希特勒。"

叶茂盯着将军看了一会儿，眼神没有任何变化。

"你是个不折不扣的魔鬼，却有一股惊人的魄力。这种镇静、自信、傲慢以及狂妄，正是我和我的部队所缺少的。"将军继续道，"我以不得不听从你的号令为耻，也坚定不移地相信你正在带领我们走向灭亡，总有一天历史会把我们都送上纽伦堡法庭，而我将要像纳粹战犯一样和你一起站在被告席上。但我却发自内心地相信，今天你能碾平面前的一切阻碍。"

"我就当这是赞扬吧。"叶茂面无表情，"叫你的部队马上放弃阵地，后撤三十公里。"

战场上，硝烟的气味刺激着冯扬的鼻腔。黑色黎明公司的所有股东都被叶茂"请"来观看这场决战。"先生们，你们有没有听过索多玛的故事？"叶茂回头望着他们，笑道。

"那是圣经里的一座城市，因为罪行累累而被天火焚成了灰烬。"有人回答。

"没错。"叶茂点点头，"我将再现上帝毁灭索多玛的神迹。"

他话音刚落，一道光柱穿透厚厚的云层，笼罩了巴黎。光柱带来的热量导致了强大的冷热空气对流，一股狂风驱散了阴霾，吹得人几乎站立不稳。巴黎上空出现了一块明澈的蓝天。

"这是整个南半球的阳光。"叶茂指向那条光柱。他招招手，旁边的士兵递给他一台电脑。"各位，这是卫星拍摄到的图像，有兴趣看看吗？"

冯扬等人围了过去。屏幕以俯瞰的角度呈现了城市全景，数百平方千米的土地被超过四千度的高温持续加热，城市边缘，反抗军阵线上的坦克开始全力向外突围，试图越出光柱笼罩的范围。但在阳光照射下，它们的外壳逐渐变得红炽，然后开始熔化，就像火炉上的奶油布丁。城内的马路上升起袅袅青烟，沥青吱吱作响，车辆的轮胎慢慢融化成黏糊糊的黑色流体。

在阳光的炙烤下，塞纳河面上弥漫起大团蒸汽，汹涌澎湃的巨浪无情地把两岸边的船只卷入水底，加油站一个接一个地发生爆炸，大火几乎在城市各处同时腾起，狂风推波助澜，很快，地平线上的半边天空被火舌燎成了血一般的鲜红，仿佛苍穹上撕开了一条巨大的伤疤。

"我们来仔细瞧瞧这座骄傲的城市。"叶茂说着放大图像，屏幕中央出现了一个暗红色的针状物体，冯扬看了几秒钟才反应过来，那是埃菲尔铁塔。

两个世纪前，建筑师居斯塔夫·埃菲尔在巴黎市中心竖起了这座铁塔。从那时起，尼罗河畔的法老金字塔终于不再是世界上最高的建筑物，埃菲尔铁塔成了人类纪念铁器文明的丰碑。它自落成之日起便历经风雨，莫泊桑和福楼拜的诋毁都没能摧毁它，但在炽热阳光的照耀下，铁塔黯淡、坚不可摧的外壳逐渐变红，显现出了一种柔软的美感，仿佛一根插在大地上的巨型蜡烛。

在自然的伟力面前，一切人工建筑都像玩具般脆弱、不堪一击。七千吨钢铁被无情加温，埃菲尔铁塔开始熔化了，像被春风拂过的细长冰凌。灼热的火流从离地三百米的高空滚滚倾泻而下，仿佛天堂的锻炉对着人间打开了闸门。随着时间推移，铁塔熔化得越来越快，塔底基座的周围形成了一片沸腾的金属湖泊——终于，铁塔尖端猛然从半空跌落了下去，就像云端有一只无形的大手伸出，将它狠狠拍向大地。

塞纳河枯竭了。昔日静谧荡漾的绿波已经化作雾气蒸发殆尽，只余焦枯的河床。"看看这些，多么美妙啊。"叶茂惊叹着，同时手指在屏幕上不断点击，卫星的视角随之在巴黎各处不断跳跃：卢浮宫、凯旋门、圣母院、香榭丽舍大街……所有这些象征法兰西诗意与浪漫之地都陷入了火海，雨果、巴尔扎克、莫奈、塞尚、路易十四、拿破仑，那些作家的故事与传奇，那些艺术家的心血与杰作，那些皇帝的荣耀与伟业，连同巴黎城沉淀数百年甚至上千年的历史与文化，都在灿烂的阳光中熊熊燃烧、灰飞烟灭。

巴黎西郊的拉德芳斯新区是现代摩天大楼的集中地，虽然远离古建筑密集的内城二十区，但这里同样没能逃过浩劫。整座城市燃烧的哔哔剥剥爆响中，一幢超过一百二十米高的大楼轰然垮塌。仿佛第一张多米诺骨牌被推倒，拉德芳斯新区各处，过去骄傲地撑起了现代巴黎天际线的建筑接连倒下，楼宇坍塌的声音在地平线上回荡不绝，连远在城外的冯扬都能听到那恐怖、连绵不断的巨响。

叶茂闭上了眼。"啊，真是动听！这才是《马赛曲》应有的调子！"他赞叹道。

如果地狱确实存在，那么它已经来到了人间。

叶茂的电脑上突然跳出一个窗口，有人正请求与他通话。叶茂点了一下，一张表情充满绝望的脸出现在屏幕上。

"叶先生，我们愿意即刻放下武器投降，请您停止对我们的攻击。"那人似乎正身处一座地下掩体之中，他的语气几近哀求。

"你们已经没有武器可以放下了，自然也谈不上什么投降的问题。"叶茂平静地回答，"我不会仁慈，不会宽恕，不会原谅。你们不必祈祷，也不必哭泣，这是你们自己选择的道路。"

反抗军的首领还在做着徒劳的努力，但冯扬已经从屏幕上移开了目光。他知道，不将这座城市彻底变成焦土，叶茂不会罢手。

这是现代的索多玛，与圣经中记载的一样，它唯有毁灭一途可走。

可冯扬还是低估了叶茂的手段。接下来的一天一夜里，整个南半球的阳光持续不断地洒落在这座城市上，以昔日的巴黎为中心，大地上出现了一片沸腾的熔岩湖泊。等叶茂终于下令停止照射，熔岩湖泊迅速冷凝，形成了一片光滑、辽阔的玻璃平原。此后每当夜幕降临，玻璃平原便会毫不走样地映出群星与银河，仿佛一只眺望着苍穹、永不瞑目的眼睛，又像一块极具简洁美感的墓碑，警示着世人反抗黑色黎明公司的下场。

太平洋某处。

冯扬站在落地窗前，欣赏着外面海水中游动的美丽鱼类。

"冯先生，这里还不错吧？"一个熟悉的声音传来，冯扬转过身，肥胖得简直就像一头海象的汤普森·摩根正穿过房间向他走来。

"很漂亮。"冯扬简洁地评论道。这间巨大的水下温室是他的冯氏量子与摩根财团共同投资的成果，冯扬举目远眺，周围平坦的水底沙地上，还坐落着几十个相似的温室。

汤普森走到窗前。"看看，您找来的那个疯子给世界带来了多大的麻烦。"冯扬轻声道。

"叶茂会把事情搞成今天这个样子……我也是始料不及。"汤普森苦笑，"他已经掌握了世界上最强大的武器。"

"可这武器并非没有弱点。"冯扬抬头望着头顶清清亮亮的海水，"白体镜聚焦的阳光也许能蒸发陆地上的一切目标，但要对付海洋……它就无能为力了。大海会成为我们最可靠的屏障。"

"我不太明白，冯先生，您是为了什么才加入我的计划？"汤普森问。

"那么您呢，又是为了什么才做出建造这个基地的决定？您也是蚁后阶层的一员。"冯扬反问道。

"不是什么高尚的理由。"汤普森挥挥手，"我只是不想有一天步丹尼斯的后尘而已。叶茂是个不折不扣的暴君，巴黎那场战争之后，他让我感觉不到丝毫的生命安全保障。"

冯扬沉默地点点头，表示自己也是一样。

隔着海水，依稀可见透明温室之间由走廊彼此连通，这个坐落于太平洋水底的基地将成为继巴黎之后，第二个反抗叶茂的根据地。而颇有讽刺意味的是，它的缔造者，是黑色黎明公司的两位大股东。

"作为政客，我们犯了大忌讳，两边下注。"冯扬忽然笑了，"但作为商人，这并没有什么错，规避风险而已。巴黎那帮倒霉蛋辜负了我们的期望，亏得我还花了好大一笔钱武装他们。"

"把那当成正常的亏损吧，冯先生。"汤普森拍了拍他的肩膀，"商人是最不怕冒险的人，只要风险与回报成正比，就有投资的价值。从前没几个人相信黑色黎明公司能真的走到最后，但它成功了。至于现在……你准备好再成功一次了吗，冯先生？"

"亲手摧毁我们上一次的成功？"冯扬又笑了出来。

"比起在叶茂的独裁下生活，我更愿意面对过去政府的游戏规则，政府是一帮混蛋，但至少不会像君主那样要求你变成一条狗，而你能否吃饱，都要看主人的心情。"汤普森皱了皱眉。

一阵敲门声响起。"进来。"汤普森转身喊道。一个穿着白袍的研究人员推开门："摩根先生，冯先生。"他向两人点点头。"按你们的要求，我把它带来了。"他举起手中一个灰色的立方体。

"这么说已经完成了，伊格诺夫博士？"冯扬眉毛一挑，毫不掩饰惊喜的神色。

"是的。"伊格诺夫说着，把那个灰色立方体放在了桌上。"给我们看看，博士。"汤普森做了个手势，示意他开始。

伊格诺夫打开随身带来的电脑，在键盘上敲击了一阵。

立方体周围的空间出现了熟悉的异样变化。但这次，从立方体中部渗出的不再是白体镜的镜面，而是一片圆形的黑暗区域。它渐渐扩张开来，覆盖了整个桌面。

冯扬伸出手，碰了碰那块若有实质、悬浮在桌面上方的黑暗。

与那次试图触摸白体镜一样，他什么都没有感觉到。

"既然存在反射一切电磁波的白体场，那么与之对应，理当有能够吸收一切电磁波的黑体场。这是很自然的联想。"伊格诺夫说道，"在白体镜的基础上进行反向开发，理论上并不难，而实际……也是如此。"他有些惭愧地低下头："从白体场转变为黑体场，甚至不须改动发生器的物理结构，只要修正它的部分软件参数，就能将吸收率从零变为无穷……我必须承认，叶茂是个天才。他才是真正的巨人，而我们不过是站在他肩膀上的侏儒。"

汤普森欣喜地拍了拍他的肩膀："你和你的团队已经做得很好，辛苦了。如果说白体镜是世界上最锐利的矛，那么多亏你们，我们现在拥有了世界上最坚固的盾。"

"不，先生，这么说还为时尚早。"伊格诺夫抬起头，"黑体能够吸收一切电磁波，但不等于它不会向外发射电磁波。"

"什么？"汤普森明显愣了一下，显然没太明白。

"黑体场在吸收电磁波的同时，本身会被电磁波的能量不断加温。"伊格诺夫解释道，"进入黑体的能量不可能凭空消失，这是质能守恒定律所不允许的。它们要么被储存起来，要么重新以光和热的形式向外发散。"

汤普森看起来像是迎面重重挨了一拳，他不自觉地扶住了桌子："这么说，我们用黑体屏障对抗白体镜聚焦阳光的法子——"

"不太行得通，还不如靠海水来得稳妥，毕竟叶茂不可能蒸干海洋。"伊格诺夫承认道，"如果只凭黑体场来对付聚焦光束，它迟早会被加温成一片红炽，最后吸收多少能量就释放多少能量，变成一种没有意义的防御措施。"

"那岂不是说……我们的部队只能龟缩在海洋里，无法重返陆地？"汤普森有些丧气地垂下了头。

冯扬沉默了一会儿。"但从黑体屏障开启，到被加温至无法再发挥作用，这中间是有时间差的吧？"他终于问道。

"您的目光很敏锐，的确是这样。"伊格诺夫点点头，"因此，我倒是有个新的主意。"

"说吧，博士。"冯扬道。

"如果我们有办法修改太空中镜幕的参数，令它由白体转为黑体，暂时吸收一切射向地球的阳光——"伊格诺夫边说边比画着，"那么，这段时间内大气层中的白体镜将毫无用武之地，在镜幕被加温到失效之前，我们可以用常规军事手段拿下叶茂。"

"这段时间大概有多久？"汤普森问。

"不好说，我没有精确计算过，但估计不会超过三十分钟吧。"伊格诺夫有些无力地一笑，"您知道太阳的能量输出功率是多少吗？每秒三点八乘以十的二十六次方焦耳！就算只考虑地球接收到的部分，那也高达一点七乘以十的十七次方瓦特。"

"先不说三十分钟够用来干什么，如果我们有能力修改白体镜参数，还不如直接命令它们全部关闭呢。"汤普森苦笑。"我们对天眼系统可以做的手脚实在有限，但也不是束手无策。"

冯扬忽然说道，"虽然天眼系统采用的是叶茂编写的软件，不过别忘了，白体镜内置的芯片，几乎全是冯氏量子的产品。"

汤普森扭头望向他："这么说，传言是真的了？"他露出一个有些玩味的笑容，"冯氏量子，真的在自己的产品里装有后门？"

"不是后门，我们不会这么砸自己的招牌。"冯扬面无表情，"我们有芯片的蓝图和一切调试数据，给我的工程师一点时间，让他们看看能否找出办法，试着从外部攻破这些白体镜……"

一年以后。

约翰·施密特将军站在风暴号的中央控制室内，这艘庞大的俄亥俄级潜艇曾在美国海军服役，后来它被摩根财团买下，并成为太平洋反叛军的主力战舰之一。

"将军，您准备好了吗？"冯扬走到他身后，轻声问道。

"我不知道。"施密特实话实说，"我服役已经有整整三十年，但我从没想过……自己会指挥这样一场战争。"

"那么，就信任您的直觉吧。"冯扬说，"如果您的直觉认为可以，我们就开始。"

施密特深吸一口气。"只有一次机会。这个责任未免太大了点。"他尽力让自己笑了笑，但那笑容实在有些僵硬。

"艾森豪威尔下令发动诺曼底登陆之前，谁也不知道登陆当天天气究竟会转好还是会恶化，他赌了一把，很幸运赌赢了。"汤普森也走到将军身后，"与那时相同，我们现在也一样面临着人类历史的拐点——理智可以解决大部分问题，但永远无法解决全部问题。"

施密特再次深吸一口气。"很好，博士，启动吧。"他转向控制室另一头的伊格诺夫，伊格诺夫点点头："三十分钟，将军。一定要快。"他按下控制台上的一个按钮。

太平洋上空，晴朗的白昼刹那被伸手不见五指的黑夜所代替。

冯扬的工程师们找到了侵入天眼系统的方法，但他们无法令白体镜直接停止工作，而只能短暂地改变它的反射参数。

L1拉格朗日点上的镜幕变成了一面黑体屏障。

风暴号浮上水面，一同浮出的还有太平洋叛军的整个潜艇舰队。

接下来的事情，就与商人完全无关了。冯扬看了一眼施密特将军的背影，走出控制室。"你去哪儿，冯先生？"汤普森在他身后喊道。

"我要透透气。"冯扬头也不回地答道。

冯扬不顾水兵的阻拦，爬出指挥塔，走上风暴号的甲板。远处的水面上不断有火光亮起，舰队正在朝美国大陆发射导弹，没有了聚焦光束的拦截，这是他们使叶茂所指挥的军事力量瘫痪的唯一机会。

与此同时，陆地上蛰伏已久的叛军部队也开始行动了。

导弹升空的声音震耳欲聋，盖过了太平洋汹涌澎湃的涛声。冯扬头顶的天空已经开始慢慢亮起，从黑色变成暗淡、不祥的血红色。

一点七乘以十的十七次方焦耳。冯扬默念着这个数字，这是太阳每秒钟倾泻在地球上的能量。在如此强大能量的持续加热下，黑体屏障会逐渐升温，先是变成红色，然后再变成橘色、黄色，沿着光谱上的普朗克轨迹不断前进，最后变成白色——到那时，它释放出的光与热就足以再度重新为天眼系统所用，形成毁灭巴黎的那种高能聚焦光束。

三十分钟。

人类历史上可曾有任何一场战争会在这么短的时间内决定胜负？

第一轮猛攻过后，潜艇舰队的发射频率渐渐稀疏了下来。但冯扬已经没心思去想战况究竟发展到了什么地步——那是施密特要操心的事情。冯扬保持着抬头仰望的姿势，天空正逐渐从血红色过渡为温暖的橘黄色，那柔和的光芒洒落在海面上，让太平洋的波涛看起来就像熔化了的黄金。

时间仍在流逝，苍穹越来越亮，一天之中的第二次黎明正从海平线上缓缓升起。

冯扬没来由地想起了一位诗人对"自由"的评论。

这位诗人说，谈到自由，它首先是血红的，然后，它也是五彩缤纷的。

同一时间，西尔斯大厦内。

叶茂站在窗前，他的身影看起来从未如此孤单。周围的城市已经陷入火海，反叛军正集结一切力量试图攻陷芝加哥。

"叶先生，这里不安全，请您立即离开。"他身后的参谋催促道。

"你觉得我会赢，还是会输？"叶茂问道，他仍旧站在原地，丝毫没有移动的意思。

参谋闭上了嘴，这种问题，不回答才是最明智的选择。

"他们干得不错。"叶茂没有继续追问，而是抬头看了一眼逐渐亮起的天空，语气中甚至有几分赞叹的意味。

"我们的工程师已经找到了他们入侵天眼系统的方法，"参谋说道，"系统修复即将完成，再过不久，我们就可以重新使用阳光对他们进行毁灭性的打击——"

"没必要。"叶茂忽然笑了，"他们做得比我更好。"

"什么？"参谋没有理解他的意思。

"你走吧。"叶茂挥了挥手，似乎是丧失了继续谈下去的兴趣。

参谋不敢违抗叶茂的意思，低低鞠了一躬，转身走出房间。

叶茂重新把目光移向窗外。

白体镜只能单纯反射阳光，但黑体屏障可以直接吸收阳光的能量，相比之下，黑体才是建造戴森球的最理想材料。

做到这个地步，黑色黎明公司的使命已经完成。

人类的历史不会再回头了。

西尔斯大厦突然腾起明亮的火光，从顶层开始，火焰不断向下层扩张，吞没沿途的一切。

太平洋东部，风暴号甲板上。

天空终于重新变得蔚蓝。冯扬听到一阵脚步声从背后传来，汤普森的声音响起："结束了。"

多年以后。

第九碎片正在就位。如果只凭肉眼，即便从子午号空间站这么近的位置，也很难发现它。只有当第九碎片与子午号运行到相对夹角合适的时候，才能从黑暗的星空背景中察觉它的存在。

"我来接班了，孙昭。"霍夫曼走进控制室，朝孙昭打了个招呼。孙昭点点头，离开操纵台给霍夫曼让开位置："快好了，剩下的都是微调工作，再观察一两天，我们就可以离开了。"

"挺难以置信的，是不是？"霍夫曼坐了下来，把脸凑近观测窗，"过去那么多年里，我们都认为这是人力不可能完成的'上帝工程'。"

"我一直在想，我们究竟该感谢谁。"孙昭活动了一下有些酸疼的肩膀，"是三十分钟战争里的那些英雄吗？冯扬？汤普森？还是施密特或者伊格诺夫？"

霍夫曼欲言又止地摇了摇头。

"咱们看法一致。"孙昭会心一笑。

因为黑体技术而感谢叶茂，就像因为原子弹的诞生而感谢希特勒。三十分钟战争以它的持续时间命名，这场短暂的战争在历史上留下了浓墨重彩的一笔，至今为止第一位也是最后一位曾拥有全世界的人——叶茂，在那场战争中走向了灭亡，与古今其他不得善终的暴君落得同样下场。

"叶茂在三十分钟战争结束前引爆了西尔斯大厦，自焚而死，没给军事法庭留下审判他的机会。"孙昭说，"有关他生平的记载寥寥无几，他在世时也几乎不谈论自己的过去。这个人就像突然从历史的长河里冒了出来，然后又突然沉了下去，除了搅起一大片水花和激流之外，了无痕迹。"

"但他的影响至今犹存。"霍夫曼说，"围绕叶茂产生的各种猜想足够编出几套大部头专著。有一种说法甚至认为他是为了强力推动人类文明进程，才建立黑色黎明公司……"

"这些说法多半都是无稽之谈。"孙昭挥了挥手，"不过有一点不可否认，相比黑色黎明公司建立之前，我们确实有了长足的进步。"

阳光扫过控制室，"照出"了空间站外的一大片黑暗区域——来自宇宙各个方向的星光理应是均匀的，但在子午号附近，一片边长约两百千米的区域内没有任何光线存在，仿佛从镶满星辰的"墙壁"上抠出的一个正方形孔洞。

这就是夜幕工程的第九块碎片。不过，与它的名字相反，这个工程预示着一个光明的未来。

夜幕工程的前八块碎片都已经均匀分布在地球轨道上，它们是全球联合政府制造的巨型黑体场，用以吸收阳光。如今的传输技术已经可以保证它们接收的能量及时送回地球，而不致让黑体场被加温到红炽状态。

古老的戴森球设想实现之日，也许不那么遥遥无期了。至少，夜幕工程结束后，地球轨道上将出现一条宽大、断续的类戴森环装置，截留太阳辐射到黄道面上的大部分能量。人类将开始从卡达谢夫标度[①]中的I型文明向II型文明跨越。

子午号从第九碎片前缓缓移过，孙昭睁大眼睛努力想从它里面看到些什么，哪怕是一丝涟漪也好——可是没有，什么也没有。

这是夜幕的碎片，一片纯净、毫无杂质的黑暗。

"或许，这才是真正的'黑色黎明'。"他听见身边的霍夫曼喃喃说道。

滕野，科幻作者，擅长以简明的物理原理构建超出日常想象的宏大意象。叙事流畅，朴素易懂。代表作品《至高之眼》《第四人称》分别获首届"未来全连接"超短篇科幻小说大赛金奖、银奖；《灾星》获第五届未来科幻大师奖三等奖；《黑色黎明》入围第五届未来科幻大师奖；《宇宙牌香烟》曾被译为韩文与英文，发表于韩国科幻杂志《镜》。

---

① 卡达谢夫标度：苏联科学家卡达谢夫根据文明对能量的利用能力将文明划分为三个等级，第一等级能够利用整个行星的能量，第二等级能够利用整个太阳系的能量，第三等级能够利用整个银河的能量。

吉米

陈楸帆／著

工　地

"二虎，吃饭了——"

工棚里传出了娘亲的声音，二虎恋恋不舍地告别了他的伙伴们，一步三回头。他们用石灰粉在红土地上画出方格，填上数字，然后用一条腿跳着，把瓦片或石子踢进格子里，这个游戏叫作"跳房子"，不知道从哪里传开的，据说现在已经很少有人会玩了。

招呼孩子们吃饭的声音接连响起，孩子们垂头丧气地离开他们的游戏，钻进各自用帆布、铝制波纹板和木头搭成的棚屋里，里面是一个长长的大通铺，各种花色的被子、褥子和塑料布胡乱堆放着。他们在这里吃饭、睡觉、聊天、做爱、玩游戏、生育或者死去。

这便是他们习以为常的生活方式。

今天的饭菜很不错，有煮白菜、炒土豆丝和三寸长的小鱼，鱼用酱油渍了，熏得有点干。二虎胡乱扒拉了一碗粥，把碗筷一撂，啪啪啪又跑了出来，小布鞋拍起一阵土灰，背后传来爹娘的叫骂。

在爹娘看来，二虎是个有点缺陷的孩子，刚出生时，脐带绕住了脖子，足足拍了半小时才哭出声来，长大以后，说话反应都比别人慢半拍。

这就是命，老人们常这么说。这个工地上的人，命都差不多。你们的基因不好，只能一辈子干这个。基因是什么，没人知道，老人们说，基因就是命。

二虎爬上了一座还没安装的塔吊，每天日落的时候，他喜欢坐在上面，看着太阳一点点地沉下去，光线穿过那些巨大的脚手架、打桩机和塔吊，打在红土地上，发出火一样的红光。那些白天呼哧呼哧转动的机器，此时像是疲惫的老牛，静静地打着盹、嚼着草，在夕照中凝缩成一个黑色的剪影。

多有意思呀，可这有意思的画面他已经看了无数遍了，从春看到秋，从南看到北。

他忍不住把脑袋一扭，去看那座白色的房子，房子里有一个穿着白衣服的男孩。

他总是一个人。

这也是他的命吗？二虎不止一次地想。

白房子

洋洋的双手停在了半空，透过白色的大落地窗，他看见了红色的日落。

还有那个呆呆坐在黑色塔吊上的小孩，也是黑乎乎的。

玻璃倒映出屋内的影子，白色的衣服、白色的墙、白色的天花板，这是一座纯白色的屋子，从外面看起来，肯定像一块白奶油蛋糕吧，洋洋猜道。

在白色栅栏的外边，是一片斜斜的山坡，山坡下有一条公路，路的对面是尘土飞扬的工地。无论白天或晚上，总是被笼罩在一片暗红的铁锈色中。许多蓝灰色的工人，像蚂蚁一样不停地进进出出，搬运着各种各样的东西，那座钢铁蚁冢就这么一天天高了起来。

已经跟画上的形状差不多了呢。

屋里暗到一定程度时，乳白色的灯亮了起来，均匀的、柔和的、温暖的白光像牛奶一样灌满了整个房间。洋洋有点饿，就拿起桌上的罐子喝起来，是水蜜桃味？每次他都会去猜里面液体的味道，但是每次他都猜错，这次是哈密瓜味。他把罐子放回桌上的底座，它又自动充满了液体。

"吉米，你饿了吗？"洋洋说。

"那咱们接着玩球吧。"他接着说，面前是乳白色的空荡荡的房间。

洋洋举起了双手，聚精会神地看着眼前的空气，突然他左手一扬，做了个扣球的动作，然后又定住了，过了好一会儿，他又伸出右手，往下一接，又往上一抛。

窗外传来了汽车的引擎声。

"停。是爸爸。咱们今天就到这儿吧，"洋洋做了个无可奈何的动作。"……我也不愿意呀，咱们明天再接着玩吧，嘘，他进来了。"

门开了，一个中年男子进来了，他穿着普通，条纹西装，素色领带，不平常的是，在他的身体外面套着一件雨衣般的透明塑料衣，把整个人包了个严严实实。他走到洋洋面前，蹲下，伸手摸了摸他的脑袋，手隔着塑料，发出窸窸窣窣的摩擦声。

"洋洋，今天乖不乖呀，有没有看书呢？"爸爸问。

洋洋眼睛睁得大大的，乖巧地点了点头。

"好，爸爸洗个澡，然后来检查你的作业哟。"爸爸低下头，隔着塑料在洋洋的额头上亲了一下，起身，轻轻地叹了口气，走出了房间。

客厅传来了打开电视的声音，洋洋朝窗外望去，天已经完全黑了，工地上只剩下星星点点的昏黄灯光，看不见塔吊，更看不见小孩。

游　戏

二虎从懂事起，就随着爹娘不停地从这个城市流到那个城市，或者从城市的这个角落流到那个角落。"流"这个字眼，其实并没有人教他，只不过有一次，他站在高高的塔吊上，看见一大群像他爹娘一样的工人，随着放工的哨响，从地基的大坑里漫出来，又黑压压地涌进各个工棚时的场面，就像是一盆因为忘记关掉龙头而溢了一地的水，只不过，这水是脏的。

他从来没有住过一间固定的、有四面墙的屋子。大牛、狗蛋和花妞也是。他曾经以为所有的人都是这样子的，只不过有的人是在铁皮汽车里，有的人骑自行车，还有一些人据说能在天上飞。但无论如何，他们都是一样的，流过来，流过去。

直到他看见白房子里的男孩。

大牛走了，他随爹娘流到城市的南边去了，那边有一个更大的坑，有一栋更高更大的楼，等着他们去挖土、填坑、砌砖头。他走了，连一声再见都来不及说。

那些需要分成两拨儿的游戏玩不了了，三个人能玩啥呢，捉迷藏、123木头人、挖沙坝……可以玩的还是很多的，但总觉得少了点什么。是三个人笑起来总没有四个人大声吗？

过了几天，狗蛋也走了。

他离开了这座城市，据说东边有更省力的工作，能赚到更多的钱，他爹娘经过了一番合计，决定还是到那个像巨大马蜂窝一样的城市去。

只剩下了二虎和花妞了，花妞不喜欢玩脏脏的泥巴，也不愿意跑来跑去，让花裙子沾上红土，更多的时候，他们只能猜拳，然后跳房子。二虎其实不太愿意玩这些女里女气的游戏，他喜欢那些带劲儿的，能跑出一身臭汗、累得满脸红通通的游戏，可是没人陪他玩。

不过，他一想起白房子里的男孩，心里就好受多了。

一个人待着，那该多闷呐。二虎打心里可怜那个男孩，如果没有大牛、狗蛋、花妞这些家伙，没有人陪他跳房子、捉蚂蚱、挖沙子、看星星……他不知道自己该怎么打发这一天又一天。

一个人

"吉米，你又耍赖了，你再这样我就不跟你玩了。"

洋洋气嘟嘟地躺在地上，手脚敞开成一个大字。客厅的电视打开了，频道一个个快速地跳跃着，电视又关上了，电脑打开了，窗口快速切换，闪烁着五颜六色的光，然后又熄灭了。

"没劲。吉米，咱来玩猜谜语吧。"

"怎么，你不想玩，那咱下棋吧。"

"好吧好吧，那你想玩什么？"

洋洋眼睛望着天花板，一片均匀的、毫无瑕疵的乳白色。他转过脑袋，透过落地窗，他又看到那个工地上的小孩，只有他一个人。

"那个小女孩怎么不见了，吉米，你觉得呢？"

他走到窗边，出神地望着那个在红土地上奔跑的男孩，他穿着脏得看不出原来颜色的衣服，身后拖着一条尘土的痕迹。他一会儿跑到东，一会儿跑到西，似乎没有什么目的。

洋洋好奇地研究着，他终于看明白了，那个男孩把脚里的鞋踢飞，然后跑到鞋掉落的地方，再反方向把另一只鞋踢飞，然后再跑，就这么跑了十几个来回，大概是累了，男孩蹲在地上，挖起坑来，挖得十分起劲，很快就挖了一个脸盆大小的坑，然后他褪下裤子，朝里面撒起尿来。

"吉米，他这是在干吗呀？"洋洋的脸贴在玻璃上，呼出的水汽在窗上凝成小小的一团白色，他用手指抹开两个圆，眼睛凑上去活像是个望远镜。

男孩又开始玩起虫子来，他猫在草丛里，一蹦一跳地，倒比蚂蚱更像蚂蚱，跳累了，就在杂草里面打起滚来，从这头滚到那头，又滚回到这头。

"你也不明白，"洋洋眼睛里竟有了羡慕的眼光。"我倒想跟他那样玩一玩呢，可我从来没出过这房子。"

洋洋的脸倒映在玻璃里，像是照着镜子，他突然疑惑地转过头，看着那澄净无尘的空房间，过了一会儿，他露出了兴奋的笑脸。

"太棒了，这真是个好主意，吉米，你真是个天才。"

对　话

"需要开启音频模式吗？"

"不需要，就这么说吧。"男人的眼镜反射着屏幕的白光，频闪的波纹像浪花一样上下涌动着。男人的脸上没有一点表情，就那么直直地看着对话框。

"你看上去脸色很不好，需要调出诊断程序吗？"

"不需要，我很好。"

"你是在担心洋洋吗？"

"他情况很稳定，造血干细胞移植的效果很明显，血小板已经上来了，再过些日子就可以试种疫苗。"

"那你还担心什么？"

"监测程序报告说，洋洋经常会自言自语，还会做一些古怪的动作，似乎……他有一个想象出来的伙伴。"

"三分之二的小孩都会有这样一个伙伴的，只不过是另一种形式的玩具，这有助于他们克服孤独感，再长大一些就好了。难道你没有过？"

"你意思是说，这是遗传？"

"我的意思是，这很正常。"

男人停下了，电视没有关，但也没有声音，通宵频道上播着黑白电影，类似《12怒汉》或者《消失的周末》那种老片子，桌上胡乱堆放着空啤酒瓶，烟头撒了一地。

"那座楼快盖起来了，按照洋洋的画设计的大楼，他会看见的。"

"到时候你和洋洋会搬进去？"

"在最顶层的大房间，有一整面的玻璃幕墙，在那里，洋洋可以看见整座城市的面孔，看着太阳从地平线升起，落下，看着繁星满天，那么近，那么亮，地上的万家灯火却像是不实在的倒影。是的，我们都会搬进去的，包括你。"

"在此之前，你们会一直住在这里？"

"一直。洋洋不能离开这里，连手术也要在这里做，他从来没出去过，外面的世界会要了他的命。"

"你就这么肯定？"

"我是他爸爸，他是我儿子。"

"你就这么肯定？"

"……我累了，明天还要提交一份设计方案。"

"晚安。"

"再见。"

两个人

二虎发现，那束光，在不停地跟着他。

白房子的天窗缓慢却精确地变换着角度，日光就正好折射到二虎的身上，明晃晃的，照得他睁不开眼。他站起身，看见白房子的天窗轻轻摇摆着，像在对自己眨眼。他穿过工地，横过马路，爬上了小山坡。

二虎站在白房子的栅栏外，这座房子比他想象中的还要大，还要漂亮，他伸出手，却又不敢摸，怕弄脏了这光洁无瑕的颜色。

栅栏无声地打开了，一条碎石小径蜿蜒着出现在他眼前。他迟疑了一下，走了进去。前门紧锁着，门上的小盒子亮了，传出一个小孩子的声音。

"到后面来。"

二虎好奇地拍了拍小盒子，却又没有声音了。他绕着白色的墙壁走了半圈，看见了巨大落地窗那边，穿着白色衣服的小男孩。他贴在玻璃上，看着这个只从远处见过的男孩，又看看他背后乳白色的房间，一切都是那么新奇。

白衣男孩张了张嘴巴，似乎说了句什么，可是一点声音也没有。他扭头又说了句什么，这下二虎听见了。

"谢谢吉米，这样好多了。"

他转过来，对二虎笑了笑，说："你好，我叫洋洋。"

二虎犹豫了一下，说："……我叫二虎……"

那个男孩马上笑得直不起腰，苍白的脸上泛出点红润来。

"这个名字真好玩。"

"……"二虎不知该如何回答，只是呆呆地看着那间洁白宽敞有着四面墙的房子。

"咱们来玩吧。"

二虎呆呆地擦了擦鼻子，"玩什么呀。"

洋洋两只小手在胸前环成球形，说："看，这有一个球，我把它抛给你，你再把它打回来。"

二虎睁大眼睛，可是什么也看不见，他摇了摇头。

"真笨，就是这个呀，"洋洋双手举过头顶，"看，橙色的球，现在我扔给你。"

他的手一扬，就好像两人之间的玻璃墙不存在一般。

二虎迟缓地举起手，像怀里揣着只小兔子。

"看，这不就接住了吗？"

二虎咧开嘴嘿嘿笑了，又把那团空气丢了回去。

HAL9000

"这是怎么回事？"男人看到了监控录像中，两个小男孩隔着落地窗玩耍的情景，额头的青筋突突跳动着。"他是谁？他是怎么进来的？"

"一个工地上的小孩，洋洋想跟他玩。"

"你疯了吗？你知道这有多危险吗？"男人紧张地检查着各项数据，没有发现异常情况，才轻出了一口气。"他们的基因有缺陷，万一情绪失控怎么办？"

"你的基因也有缺陷。"

男人没有作声，有点不对劲，这样的事情以前从未发生过。最初安装这套智能管理系统，只是为了照料洋洋的日常生活，将这座房子的温湿度、光照、电器和家居模块的监控，整合在同一个平台之下，通过事先设置的程序进行管理，由于采用了模拟人类镜像神经元的算法，系统具有一定的自我学习更新能力。

但这种对话方式已经超出了学习的范畴。

"洋洋很孤单。"系统仿佛在自说自话。

男人早已后悔了，他不该听取那些专家的话，为了让系统显得更人性化，他将因难产而死的妻子资料输入了系统，尽管他从未开口称它为"亲爱的"，但是每当他听到那把熟悉的声音，那些再熟悉不过的遣词造句，已经无法不把它当作一个化身。发展到后来，他甚至不敢开启语言模式，他宁可通过文字的形式来进行交流。

真是一个荒谬的时代。

"以后别这么做了。"男人突然觉得有种无力感。

"洋洋很孤单。"系统重复了一次。

"你不过是一个程序！"男人怒了。"别把自己装得像个妈妈！"

"是的，主人。"

"别叫我主人，HAL9000！"

系统沉默了，男人不知道它是否人性化到能够感受羞辱的地步，毕竟《2001太空漫游》中的HAL9000可不是什么善类。

洋洋患有严重的先天性T和B细胞联合缺陷性疾病，免疫球蛋白水平极度低下，任何形式的细菌、病毒或者微生物都可能引发严重的并发症，危及他的生命。他从小生活在为他特别设计的无菌环境中，靠注射免疫球蛋白提升抵抗力，在他身体状况允许的情况下，寻找HLA匹配的志愿者，进行造血干细胞移植是唯一根治的方法。

男人坚信自己是正确的。孤单只是暂时的代价，他会用尽所有的努力来保护自己的儿子，他要按照儿子的图画，建造一座最美妙的房子，让他享受梦想成真的幸福。

一切美好都指日可待。

蝴　蝶

"吉米，为什么不让二虎进来？"

"可是……可是我想跟他玩……"

洋洋独自站在窗前，看着二虎可怜巴巴地站在栅栏前面，推也不是，不推也不是。二虎突然转身跑了，洋洋伸出手，却只碰到坚硬的玻璃。

洋洋长长地叹了一口气，躺在地上，客厅的电视打开了，频道一个个快速地跳跃着，电视又关上了，电脑打开了，窗口快速切换，闪烁着五颜六色的光，然后又熄灭了。

"没意思，我不想玩球……"

"不，不，不嘛。"

"我只想跟二虎玩……"

他的瞳仁中，有一团黄蓝色的光斑在黑色的背景中跃动，渐渐融合成一个黄头发蓝眼珠的小男孩。

"吉米，我说了我不想玩。"

那个男孩张开嘴说了句什么。

"什么？"洋洋一个打挺坐了起来。"二虎回来了？"

果然，二虎手里攥着一个脏脏的透明塑料袋，欢欣雀跃地站在门外，叫着洋洋的名字，那袋子里隐隐约约可以看见一个不停扑打的影子。

那是一只五彩斑斓的蝴蝶。

"吉米，快开门吧，我想看看那只蝴蝶，你想把我闷死吗？就看一眼，就一眼，好吉米……"

栅栏悄无声息地开了。二虎撒了欢似地跑到洋洋的窗前，贴着玻璃举起那个皱皱的、有点脏的透明塑料袋，一只黑底带虹彩水珠纹的蝴蝶正在这小小的牢笼里尽力挣扎着，扑打着那脆弱的双翼。

洋洋瞪大了双眼，他从来没有亲眼看见过这样的生灵。他使劲把脸贴在玻璃上，好像想去嗅一嗅这小玩意儿是什么味道。

"吉米，你能把它放进来吗？"洋洋愣愣地盯住那只蝴蝶，双手紧紧地趴在窗上。"真的不能吗？你可以帮它消毒呀，我不碰它，我保证，我只是想看它飞的样子。"

洋洋丧气地垂下头，泪珠嘀嗒掉在地上，二虎看见他这样，眼睛上下张望着，想在这房子上找个窟窿，把蝴蝶放进去。他看见了屋顶装饰用的假烟囱，开始顺着墙角往上爬。

"二虎！别爬，快下来，你会摔坏的……吉米，你赶紧帮帮他吧。"洋洋看不见墙壁夹角的情形，急得直跺脚。

工地上长大的二虎身手果然矫健，他把塑料袋往嘴里一咬，双手双脚并用，两三下就蹬着墙壁夹角上了小平台，可是这里也没有开放的入口。

"吉米！"

二虎面前的一道小铁闸打开了，露出一个巴掌大小的方口，那是诸多排气口之一。他小心翼翼地解开塑料袋，用手捏住开口，对准排气口，松开手，他看着那只小昆虫扑棱着翅膀飞进了幽深的通道，赶紧把铁闸门关上。

二虎得意地笑了，露出两个尖尖的小虎牙。

蝴蝶在黑暗中飞行着，它感受到空气的流动和温度的变化，它朝着出口的方向飞去，但似乎这个出口一直在不停地变换着方位，通风管道扭曲着，分离又衔接上，似乎某种力量正在操纵着它前进的轨迹。它的复眼终于感受到一丝光亮，触须接收到一些陌生的化学信号。还没来得及反应，它便跌入了一个巨大而洁白的空间。

白色的烟汽喷洒在它的身上，它仿佛穿行于浓雾之中，感觉无力，翅膀的每一次扇动都十分艰难而迟缓，它几乎要坠落，这时另一扇门在它面前打开了，在它通过的瞬间随即合上。

这是一条同样洁白而明亮的通道，空气明显干净了许多，但它越飞越低，翅膀沾上的化学物质散发着浓烈的气味。又一扇门打开了。

洋洋无比惊讶地看着那只孱弱的蝴蝶飘进房间，在空中划出一道落叶般的弧线，便停在地板上，只是偶尔扑打一下翅膀。他小心翼翼地捧起那只脆弱的生灵，放在眼前。一种奇异的感觉飞快地蔓延开来。

"吉米，它……真漂亮……"

话音未落，洋洋突然像一个断了线的木偶，瘫倒在地。

房间里闪烁起不祥的红色，紧急讯号已经发出。

父　亲

二虎看着两辆白色的车子一前一后地在房子前面停下了，一个男人跑了下来，脸上的表情十分可怕，三四个穿着白大褂戴着大口罩的人拎着几个箱子，跟着他急匆匆地跑进了屋子。

二虎很害怕，他猫在平台的角落里，生怕被发现。躲了一会儿，发现没动静，就顺着墙根儿溜了下来。他看见了洋洋房间里的情形，呆住了。

白大褂们围成一圈，洋洋直挺挺地躺在中间，身上接满了各式各样的电线和管子，一些小电视一样的盒子闪烁着各种颜色的条纹，一个白大褂举起一根巨大的针筒，针头朝上，喷出几滴液体，那个男人在一旁冷冷地看着，表情木然。

一连串的想法从二虎的脑子里呼噜噜地滚过，他拔腿就往外跑，他要去找人，找人来救洋洋，他不能让洋洋就这么被坏人杀死。他跑下了小山坡，跑过马路，跑得鞋子都掉了，气喘吁吁地来到工棚里，连话都说不清楚了。

"怎么了二虎，瞧你脸脏的。"娘亲端了碗水过来。"先把水喝了。"

二虎接过水，咕嘟咕嘟地灌下去，呛了几口，又口齿不清地说起话来。

"快……快！快去救人，杀……杀……杀人啦！"

听到这话，二虎他爹以及其他几个大小伙子都围了过来，可二虎只能翻来覆去地说着这句话，小小的手指向山坡上的白房子。

当扛着锄头铁锹的一帮人闯入白房子里时，白大褂们已经忙完了，在一旁收拾着工具，洋洋静静地躺着，瘦小的胸脯微微起伏，那个男人跪在他面前，眼中满含着复杂的情绪。他抬起头，透过落地窗，看见了二虎，以及全副武装的工人们，一股愤怒的表情像滚烫的岩浆般从他眼底爆发了。

他走了出来，白大褂们在后面紧张地跟着。

没有说话，没有停顿，他大步走到二虎面前，手一挥，便是一个响亮的巴掌。

几乎是同时，二虎他爹一个箭步上前，狠狠给了男人当胸一拳，他趔趄着倒在地上，其他工人举起手中的铁家伙，怒目而视。白大褂们挡在男人前面，张开双臂作保护状。

"你差点害死他！"男人也不站起来，只是重复着这句话。

二虎这才回过神来，张开嘴，号啕大哭起来，像是受了天大的委屈。

"你们的娃儿是人，我们的娃儿就不是人？"二虎他爹揉着小孩的腮帮，吐出了这么一句。

双方僵持着，远远地传来警笛呼啸的声音，工人们先动摇了，他们陆续离开了白房子，二虎他爹牵着眼泪还没干的二虎，临走前还不忘往地上啐了一口。

白房子里只剩下白衣服的人。

朋　友

事情比想象中的复杂，但结果比想象中的好。

洋洋康复得很快，甚至比原来还好，蝴蝶翅膀上的细微鳞片导致他的呼吸道闭合，一种类似哮喘的过敏综合征，但他的免疫力在恢复，细菌和病毒并没有造成并发症，干细胞移植起作用了。

夕照中，那座快要封顶的大厦在地面拉出长长的影子，像一条黑色的河把金黄色的大地分成两半。

男人扶着洋洋的肩膀，站在窗前，看着这美丽的一幕，现在他已经不用穿着隔离服了。

"爸爸，吉米什么时候回来。"

"很快的，吉米生病了，医生说要好好修……休息一下。"

当洋洋告诉爸爸关于吉米的事情时，他的第一反应便是系统搞的鬼。

果然，它的镜像神经元模拟功能已经超越了原先设计时的初衷，它竟然能感知人类的情感模式，并衍生出一套自己的情感模式，毫无疑问，洋洋母亲的资料在其中扮演着重要的催化作用。

它，或者应该说她，制造出一个虚拟的玩伴，起名叫"吉米"，也许是从网络上随机抓取生成的音频视频片段，她居然能投射到洋洋的视网膜上，让他以为真的存在这么一个蓝眼黄发、能说会跳的小伙伴，甚至设置了许多小的互动程序，让吉米能够陪伴洋洋玩耍。

洋洋很孤单。

男人还一直记得系统说出的这句话，他心生愧疚。但，这并不能成为吉米存在下去的理由，有情感的电脑程序比没有情感的人类更加危险。

专家不同意将系统信息完全抹除重装，他们制作了一个拷贝，打算将余生投入到这个"缸中之脑"电子版的研究中。男人在最后关头改变了主意，他要求制作一份"安全版"的拷贝，他需要一个同样有趣，但行为不会失控的吉米，移植到他所设计的新大厦中，为他的儿子洋洋，也许，为这世界上每一个孤单的人。

"瞧！那是二虎！"洋洋突然惊喜地叫起来。

一个小小的身影，在巨大的钢筋混凝土结构下跑动着，他的影子也被拉得长长的，一团灰尘跟在他身后，他跑着，跳着，似乎在喊着什么。

"爸爸，我能跟二虎玩吗？"

"洋洋，二虎跟你不一样。"

"可是……二虎也喜欢玩球啊，我也喜欢蝴蝶啊。"

"等你长大一些就会明白了，宝贝。"

"那……二虎能和吉米玩吗？"

"只要吉米愿意。"

太阳渐渐沉了下去，那座即将落成的大厦，像沉默的巨人，站在火红色的光中，所有的塔吊都停止了旋转，所有的焊枪都停止了嘶鸣，又一个寂静的黄昏。只有那个小小的身影在奔跑，在喊叫，那声音似乎近了些，也清晰了些。

"吉米——把球扔给我——"

那是二虎兴奋的喊叫，回荡在赤红色的工地上，很快，这快乐的声音便被工人放工的浪潮所吞没，化成一阵嘈杂不堪的锅碗瓢盆交响曲。

陈楸帆，科技公司副总裁，新生代科幻代表作家。以现实主义和新浪潮风格而著称，被称为"中国的威廉·吉布森"。代表作有《丽江的鱼儿们》《鼠年》《荒潮》《无尽的告别》等。作品多次获中国科幻小说银河奖、全球华语科幻星云奖最佳长篇小说金奖、科幻奇幻翻译奖短篇奖等国内外奖项。《丽江的鱼儿们》《沙嘴之花》《鼠年》等多部作品由刘宇昆翻译成英文版后发表在《Clarkesworld》《F&SF》《Interzone》《Lightspeed》等欧美主流科幻奇幻杂志上。

一览众山小

飞氘/著

1

寒冬腊月，冷风呼号，夫子孔与众弟子被困郊野，孤立无援。

老实说，夫子孔在江湖上行走了这么多年，轻蔑、无视、仇恨、忽冷忽热、阴谋算计、阳奉阴违、软禁、陷阱乃至暗杀未遂……什么大风大浪没见识过？凭着耳聪目明和心中的正气，居然一次次地逢凶化吉遇难成祥，于是夫子就更加确信自己秉承天命，世俗的小人是绝不可能伤害得了他。所以，这次被陈、蔡两国派来的一群乌合之众围困在荒郊野岭，虽然进退不得，饥寒交迫，夫子却仍旧从容不迫地给弟子们讲起《诗》和《乐》来。

"关关雎鸠，在河之洲……"夫子声音洪亮，完全不像是三天没吃饱饭的人，"诗五百，一言以蔽之，思无邪……"

诗，确实是好诗，然而在荒废的破草房里瑟缩着的几十名弟子，一个个面色蜡黄，额头不住地冒着虚汗，坐姿虽然端正，心思却已恍惚了，偏偏这时又刮起一阵干冷干冷的风，吹到发烧的脑门上，简直好比闷头一棍，于是扑通一声，又饿昏了一个。

夫子的声音顿了顿，面色有点愁苦，然而依旧是坐着，弹起琴来。

饿昏的伯牛先生，是一向身体虚弱的，众人忙把他抬到角落里放好，给他喂了几口水，过了好一会儿，伯牛先生才苏醒过来，却一动不动，懒得睁眼。

琴声悠扬，高雅庄重，众人都知道这是老师最爱的《文王操》，于是静静地听，慢慢就陶醉进去了，竟一时忘却了肚子饿，连伯牛先生蜡黄的脸上也露出了微微的笑。

一曲终了，余音绕耳，夫子望着空气深思起来，神色肃穆，仿佛已去古代拜会文王了。

然而，某个肚皮还是不争气地咕咕叫起来，一下把大家拉回了现实，众人都有点沉不住气了。

公良孺皱着眉走上前，向夫子行礼道："老师，我看他们不是会讲理的人，这样僵持着，是想把我们困死啊！不如让我去和他们打吧！"

公良孺是武术家，颇能打，上一次在蒲地被围，就是他跟蒲人力战八百合，才逼得蒲人放了他们去卫国。然而非到不得已，夫子一向是不喜欢动粗的。

"唉，"夫子转过头，"你看那些人，又瘦又黑，衣衫褴褛，目光无神，你爱他们吗？"

公良孺不吭声。

"这些人都是奴隶，不知命，不知礼，不知言，然而奴隶也是人，所以也要爱他们，这便是仁啊。他们也是被迫来围我们的，打他们做什么呢？"夫子见他还是不服，又补充道："况且，你也几天没吃饭了吧，打得过吗？"

"那怎么办呢？"公良孺舔了舔干裂的嘴唇，有些气愤，若是两天前，他可以把他们全部打倒，然而那时夫子却不肯。

"如果上天让我背负着使命，这些盲流又能把我怎样呢？"夫子说完闭上眼。

公良孺只好沉着脸退下了。这时子路又气冲冲地走上来："老师，君子也有没辙的时候吗？"

夫子知道子路是一根筋，所以并不生气，但他也明白大家现在心里都很不平了，所以放下琴，站起身，给众人出考题："不是犀牛也不是老虎，却在旷野徘徊，为何会落到这地步呢？"

不知内情的人，定会以为夫子在出脑筋急转弯。众人虽习以为常，却还是面面相觑，除了几个高徒，其他人向来听不懂夫子的话，况且又没力气，所以干脆不作声。

子路一脸的埋怨："要我看啊，实践是检验真理的唯一标准，人家把我们困起来，我们又跑不了，这就说明，您的学说不够高明，德行还不够高，人家不信也不服。"

"伯夷、叔齐饿死了，是说他们的德性不够高吗？比干被杀了，是说他不够聪明吗？"夫子温和着反问。

子路一下子被噎住，脸憋得通红。

另一位高徒子贡，忧郁着开口了："我想，大概是您的德行太高了，步伐太大了，已经远远走在了时代的前面，超出了普通人的理解范畴，所以大家都不接受，因此才不给我们出路吧？您不能走慢一些吗？"子贡一向是很务实的人。

夫子沉默了片刻，没有回答，这时一个颧骨高耸、白瘦得仿佛骷髅一样的人却忽然大声开口："老师的学说确实太大了，整个宇宙都装不下，所以别人不接受。可是，这才更显示出君子的风范！道不行，那是世人的愚昧，是当权者的耻辱啊，不是老师的错。不接受没关系，历史终究会还我们公道的！"这瘦子便是夫子最得意的高徒子渊先生，他是素食主义者，并且有洁癖，一向营养不良，最近听说有人在面里掺灰，每天就一箪食，一瓢饮，人瘦得可怕，然而至今都还没有饿昏，而且有力气这样大声说话，委实令大家颇为吃惊。

夫子听了两个人的话，便对子贡严厉地说："善于种地，不一定就能丰收；心灵手巧，做出的东西别人未必喜欢。君子走得太快太远，后面的人不一定跟得上。可你不想自己站得高远，却想回头迁就别人，这不是降低自己的格调吗？子贡啊，你太不严于律己了！"

子贡先生不但学问好，而且是厉害的外交家，又很会赚钱，家财丰厚，乃是国际上有名的风云人物，夫子对这个学生，一直都很欣赏，但有时也不满，所以愿意当面批评他，促使他进步。

子贡的脸微微红了，夫子又转向颜回，冲他微笑着点点头。

于是大家都惭愧地低下头，不过，夫子也终于决定让公良孺护送子贡，在天黑时候悄悄下山，去楚国找昭王搬救兵，因为若饿死了人，也不合爱人的原则了。

2

夫子孔和弟子们被困郊野的第十日，是个艳阳天。

碧蓝的天上，骄阳高挂，几朵胖大的白云悠然飘过，大地忽明忽暗。一只金色大鸟正在一朵白云的上面飞行。

夫子孔一行人竟然还没有饿死，着实让陈国的大夫颇诧异和不安，于是请来了公安局局长破案，不一会儿真相大白：原来，那些奴隶虽没什么文化，毕竟还不是禽兽，不忍心闹出人命，所以从第四天夜里开始，就有人将自己吃剩下的馍和稀粥偷偷地送到草屋外面。

"混账！"陈国大夫气得脸色发青，想把反动分子都抓起来处斩，无奈现在正与吴国交战，壮丁实在稀缺，杀掉的成本太高，不合经济学的原则，只好宽大处理，给每人三百鞭，于是山下一阵狼哭鬼号。

山上草屋里的人听得心惊肉跳，知道今晚上没有冷粥喝了。

一片死沉沉的寂静之后，子路两眼发红，忽然大声说道："老师，救兵还不来，我们拼死一战吧。"

夫子孔不言语，神色有些黯然。

"人死了，学说不会灭亡，但世上的小人和笨人太多，难道不会歪曲老师的意思吗？所以您一定要活下去啊。况且，我们行义，别人不容，如果不抗争，难道不是对'不义'的纵容吗？我们的主张可凭义来求，却不可以用力来劫。"沉默了好几天的子羽终于开口了。

夫子孔愕然，他实在没有想到这个额低口窄、鼻梁低矮的丑汉子，竟然说出这样有见识的话来，看来自己实在犯了以貌取人的错，不禁长叹了一声。

大家知道，老师算是默许了。于是子路和子羽便开始制订作战计划，哪个冲锋，哪个断后，哪个保护老师，众人紧张地听着，又激动又害怕。

"得道者多助，失道者寡助，况且，哀兵必胜！"子路两眼放光，给大家打气。

众人都摩拳擦掌，决定也让他们见识见识读书人的骨气。

大伙一阵忙碌，把行李装上，又把夫子请上了轿车。正在这时，那只金色大鸟从白云中露出身影，地上的人看见，便一阵骚乱。山上的人也急忙冲出草房，抬头看那稀奇的飞鸟，然而阳光太刺眼，只看见一个明晃晃的影子从天上掠下来，侧身依稀可见一个漆黑的"楚"字，不禁大骇，惊叫着低下腰。金鸟歪歪斜斜地落在山下一片枯草地上，之后又冲向陈、蔡两国的军营，搅得鸡飞蛋打人仰马翻，冲倒了无数帐篷，滑行了几百步，才终于沉沉地停下。

子路和子羽，都是勇武的人，只眨眼工夫，就从惊愕中回过神，立刻抓住大好机会，一声大喝，率领大家一鼓作气，冲下山去。山下的围兵没有思想准备，被杀了个措手不及，加上奴隶才刚刚挨过皮鞭，没有一个肯再卖命，结果竟溃不成军，一败涂地了。

公输般先生是天下闻名的工程师，做出来的东西都极精妙，一般的人是不能明白的，夫子孔虽是圣人，却对那些精灵古怪的事情没兴趣，所以也同样看不懂，并且也不爱看。

"太阳照了，地就热，种子就发芽、开花、结果，人吃了，就有力气跑。天地万物，生生不息，是因为有'能'。'能'不生，亦不灭，世界的一切，不过是'能'在变化万千罢了。懂了'能'的奥秘，就几乎什么都做得到，比如，让一堆木头飞起来，我管它叫飞机⋯⋯"公输般站在木头做的金色大鸟旁，热情地对夫子孔和众人讲话，他就是坐着这金鸟从天而降的，吓了所有人一跳的。

"那么，先王的礼乐也是'能'吗？"夫子面无表情地打断他。

说这话时，天色早已大变，不知几时，太阳隐没在一片浓云之后，阵阵阴风吹过，弥漫出一股潮湿的气息，仿若盛夏，完全没有一点隆冬的样子。大家刚打过架，一个个惊魂未定。虽然早就听说过公输般近来在推广一种"能学"，还造了些古怪的东西，但大家都不当回事儿，然而这回亲眼见到人飞上天，才知道这学问的厉害，不禁都惊骇非常，但是因为老师在，所以不敢随便开口，只静静地听着。

"这个⋯⋯照理说，一切都是'能'变化来的，所以⋯⋯礼乐一类的，也是吧⋯⋯"公输般有些犹豫，他只喜欢钻研造化的奥妙，做些实在的东西，对于礼乐一类的玩意儿，其实不很感兴趣。

"那可敢问，礼乐崩坏，'能学'救得了人心吗？"夫子淡淡地问。

"这⋯⋯"公输般虽早听说过夫子孔的怪脾气，却想不到他竟对有人飞上天这样伟大的奇迹如此无动于衷，于是也冷淡下来，不屑地说："道理上是可以的，只是弄起来麻烦，我不愿费那个工夫。"

"唔。"夫子不想再说话了，但还是诚恳地行了个礼，算是感谢。

公输般还了礼，也决计不跟这老头子计较，便露出笑容："楚王本来要兴大兵来救的，子贡先生说怕挨不了太久，偏巧我新近发明了飞机，楚王就让我先来震一震。御风而行，一日千里，所以正好来得及赶到。本来只想用气势吓吓这些庸人就行了，可惜落地的技术还不熟练，结果冲得他们七零八落的，自己也脑震荡了……嘿嘿，好在没有伤到诸位。"

"真是感激不尽。"夫子温和地说："那么，我们走吧？"

"这倒不急，飞机撞坏了，我得修一修。我看一时半会儿，那些人也不敢再回来，况且天气异常，而救兵马上就到，所以不妨休息一下，吃些东西，养养力气吧。"

黑云低压，阴风阵阵，夫子看见弟子们个个面黄肌瘦半死不活的样子，于是说："也好。"

这样，众人整理了杂乱的营地，找了粮食和腊肉，生火做饭。米香刚刚飘起，雨点就开始掉落，大伙急忙端着粥锅跑进了帐篷。几声闷雷之后，大雨便倾盆而下了。

天地一片漆黑，偶尔划过一道闪电，大家围着火盆，就着腊肉，喝起了半生不熟的粥。

3

阔别多年之后，竟在稷下学宫又遇见老聃，着实让夫子孔大吃了一惊。

"真想不到，竟在此地遇见了先生。"虽然已是享有国际声誉的大学者，夫子对当年的老师，还是颇恭敬的，虽则内心有一丝尴尬、惊骇，以及一种久违的激动。

"嗯。"老聃杵在那里，如一尊雕像，脸上堆满皱纹，全无一丝波澜。一阵晚风把他稀疏的几根白发和垂到耳边的白眉吹得乱颤，一身肥大的黄袍在风中飘摆不定。

那时候，天下更不太平了，夫子孔也垂垂老矣。

虽然名声越发显赫，事业却还是做不起来。之前，楚昭王差点就要封给他七百里的土地，不料竟被那个叫子西的家伙给搅黄了。不被重用，就每天闲着，只能专心学术，研究当地文化，却觉得不如中原文化好，写了不少专著，足足装得下五十架马车，然而一卷也卖不出去，只好白送给达官显贵们，却只被当作文学作品装点门面，或者给小孩识字用。倒是子贡突发奇想，组织大家把夫子平时说的话都记下来，编成小册，竟颇受老百姓的欢迎，一下子成了畅销书，赚了不少钱。夫子有点不悦，但有了银子，可以装修装修马车，给弟子买几件体面的衣服，倒也算一桩好事。不久，昭王一死，就闹起了动乱，杀了不少人，外国人也跟着遭殃，连公输般这样的能士，都觉得吃紧，干脆坐着飞鸟云游他乡了。夫子也心灰意冷，况且有胃病，一向吃不惯楚国菜，所以那个叫接舆的义士才通风报信说子西要谋害，夫子就领着众人离开了。本来打算再回陈国，半路上又收到请帖，说齐国要在稷下学宫举办齐鲁论坛，宣扬齐鲁共荣主义，还邀请诸子百家都去争鸣一下，繁荣文化事业。夫子一把年纪，有了些怀旧情绪，想去再见几位老朋友，再听听《韶》，顺便看看齐国搞什么名堂，于是就带着弟子们都来凑热闹了。

为了国际形象，各国都宣布要礼遇人才，增强软实力。一切国际纠纷，都以学术的名义暂停，各地关隘也宽松得多，大伙儿都去争睹文化界名人们的风采。学宫周遭的大小客栈挤满了人，往日萧条的巷子，忽然冒出许多高矮胖瘦的脸，乌啦乌啦地说着十七八种互相听不懂的语言，很有繁华的感觉。

论坛声势大，各家都派了代表来传播自己的学说，互相辩驳。由于宣传得力，孔门论坛坐得满满当当。虽已入秋，但人挨着人，反而有些闷热。夫子年事已高，不能久坐，只讲了半炷香的工夫，略谈了点仁义和忠恕的问题，便起身告退。听众却并不满意，觉得自己花了大价钱买了门票进来，所以一定要围上去索要签名，还有几个面目黑瘦的，嚷着要和夫子孔辩论，现场一度有些失控。好在主办方早有准备，就请高徒子路代劳签名售书，夫子本人则在几个彪形大汉的保护下从侧门溜走，身后响起一阵失望声。

"以后别再这么搞，我们是为义而不为利的。"夫子闷闷地说。子贡连连点头，这次的签售活动都是他策划的。

回到驿馆，夫子心绪不宁，就趁着晚宴还未开始，悄悄从后门出去散心。一路走去，被几个瘸腿的乞丐索要了几文钱，然后直奔人烟稀少的地方。走上一个光秃秃的土丘后，竟碰见了老聃，自然颇为诧异。老实说，他以为老头子早已经离开人世许多年了呢。

"先生不是出了关，向西去了吗？"夫子孔终究没能忍住好奇。

老聃无动于衷地立着，嘴唇微微蠕动："你还不懂吗？反者道之动。西便是东，上便是下啊，福和祸，是和非……"又一阵风吹起，老聃也闭了口，仿佛风把他的话吹跑了一样。远处卷起一股黄沙。

难道一直往西却能走到东吗？若是年轻时候，夫子孔一定不服，以为这是胡扯，然而时过境迁，如今脾性已温和得多，况且近来确也对这类问题有些困惑了，或许老头子说的，真有几分道理也不一定呢。

"先生已经完全超越了生死，明白了天地造化的奥秘了吧？"

"唉，你不要说这样的话。"老聃叹息了一声。

两个人就都沉默，一起望着远山。胭红色的天，乌鸦哀鸣着盘旋。晚风吹得两个老头都一阵瑟缩。

这些年，夫子熟识的人一个接一个地死掉了不少，自己也老了，体内的气势大不如前，这时撞见老聃，实在是百感交集，有点激动了，于是犹豫了片刻，就忽然说出了心中的秘密："先生，我打算去登泰山。"

"唔，"老聃的眼眯得更细了，好像睡着了一般，"你在地上已经看够了吗？"

"是，我走遍了诸国，各地的话也都听了，稀罕的玩意儿见了不少，不同的礼俗和音乐也都了解过，当时以为，有些是好的，有些太坏，要不得，但是现在年岁长了，像狗一样颠沛流离惯了，心就难免世故起来。虽然依旧躬行，道却总是行不通，渐渐觉得地上的东西，其实也差不多。我是每天都反省许多次的，结果是，我以为懂了的，其实并不真懂，人心不古，是要治的，但怎样治法呢？于是我就想去讨教天了。前一回鲁国开文学家笔会的时候，请我们去登东山。上到山顶，我才明白鲁国也就是一块泥丸，于是想，自己从前说的那些，怕是有些天真。可是东山也还是太小，离天还是太远，所以我想去泰山，听说泰山是极高的……远离地，靠近天，在云之上，也许就会有新的想法……"

夫子一气说了这么多，脸就微红，并且有些喘。老聃微微地转过头，看他那惶惶不安的样子，想起他昔日凌厉的气势，心里竟有些同情了，于是也叹气："你的心，还是不平静啊。想要的东西多，就会不足，一无所求，才能刚正……"

天色愈发暗淡，远处山脚下升起一缕炊烟。

虽明知老聃会说这种话，夫子心里却还是不甘："连天的样子都没见过，怎么能说明白了天道呢？"

老聃似笑非笑地说："无往，而无不往。哪里都不去，整个宇宙就都去过了。"

夫子孔落寞了一阵，就自语："我总以为，只有天了解我。现在知道，自己却并不了解天，我的道也要随着命一起完结了，可我总要看看才肯甘心啊。"

晚霞暗淡下去，天空扯过一块大幕，世界陷进大黑暗之中，一股阴冷萧瑟的湿气弥漫开来，老聃便转身："你想去，便去吧。"说完便悠悠地飘走了。

4

"泰山者，擎天之柱也。这东西穿了几百层云霄，顶着天呢，哪里是人能登的啊……"听说夫子要登泰山，季康子第一个跑过来劝："您是圣贤，不过……泰山嘛，历来想登的人也不少，要么半路退却，要么跌下来摔死，要么就干脆失踪，可从来没有一个人真的到过顶啊，就是常年在山中采药的人，走到玉皇坡，也就算是到了头，那片神林，人是进不得的，多少人白白丢了性命，况且那上面又云雾缭绕，全是冰雪……不成不成！"

季康子是鲁国的权贵，与夫子私交还不错。泰山是擎天柱，乃鲁国圣地，想高攀的人也多，每年都要死不少冒险家，所以鲁国已经下了禁令，除非有特殊理由，官方是不批通行证的，私自攀登就是犯法，而这事就归季康子管。

"如果天要我无所求，自然会让我受挫；如果天要我往前走，自然能帮我逢凶化吉吧。"夫子孔平静地回答。这话他说了大半生了，自己是非常相信的。

"嗨，您这逻辑，简直无敌啊……话虽如此……单说您这身体，也不年轻了，怎么能登上去呢？不成不成！"季康子还是力劝。

"总能有办法的。"夫子泰然地回答。

"您毕竟是国学大师，万一有点闪失，我们都担待不起……话说您要是想散心，可以安排您旅游，我们还准备划出一块地，给您专心做学问……"

"太谢谢了，不过您就别费心了。"夫子行了个礼，送客了。

圣贤荣归故里，鲁国上下庆贺了三天，从此人人都把夫子当成国宝，为有这样的名人自豪。大学邀请去演讲，是不好推辞的。达官显贵也都来拜会，请教为政的道理，又送了不少礼物，夫子客客气气地讲几句，也把自己的语录拿来还礼。这样闹了三个月，门庭才终于清静了，而夫子也因为太劳神，就病倒了。时已入冬，夫子就只好在家休养，预备着来年开春的时候再行动。

"现在国家终于器重老师了呢……"众人守在跟前，看着夫子枯树皮一样的脸，心里不是滋味，想说点安慰的话。

夫子摇摇头，虚弱地说："口头上推崇我，却不实行我的主张，是不合礼数的；我不能得到重用，却被称作'国宝'，是不合名分的。失了礼数就会昏乱，丢了名分就有过失。你们不要学他们。"说完叹了口气，闭上眼，心里很疲倦。

大家都很感动，又想到总有一天老师要驾鹤西去，没人再这样教诲自己，不禁都黯然神伤了。

"老师还是别去泰山了吧。我占了一卦，这事似乎不妥当。"子木跟夫子学《易》，颇有心得，近来动辄就喜欢占卦。

"《易》，深奥得很，我没有研究得很明白，你已经弄懂了吗？"夫子连眼皮都不愿意抬。

子木脸红了，不再说话。

夫子就睡去了，并且做起梦来。

梦里，一条红色的大兽在天上飞来飞去。

直到腊月二十三，才下了第一场雪。

子贡进来时，夫子正在炉子旁边删《诗》，门帘掀开，一阵冷风卷进几片雪花，风吹得炉火烧得更旺了。

夫子觉得自己的日子不多了，所以愈发勤奋。自己的学说，别人听得厌，自己也说得烦，所以他近来不大愿意著书，而更愿意编古书了。《诗》有几千篇，虽然之前删到了五百，但似乎有些不合礼义，所以打算再删一删，但因为气虚，就只能断断续续地做。

"您还弄这个呢？"子贡行过礼，问道。

"是啊，刚删到三百首……真是百删不厌啊。"夫子把一卷竹简递过去，上面写满了名目，其中一些涂满了红色的圈圈叉叉。

"我看也差不多了，您也手下留点情吧。"子贡仔细端详了一阵，半开玩笑地说，"其实有些也还不错，删了未免可惜，不如另出一本做内参……"

"唔……"夫子愣了一会儿，心思似已不在这上面了："东西都置办好了？"

子贡点点头："到处都打仗，物资稀缺，好在还有些熟人，买了些特供，所以也大体上齐全了。出版界今年也不景气，《论语》的销量不如去年，但仍赚了不少钱，置办完年货，还剩了不少……"

夫子孔满意地望着他，良久，才温和地说："给大家都分发下去，过完了正月，就各自散去吧。"

"是。"子贡犹豫了下，"另外，我在路上还遇到个人，破衣烂衫，一脸的灰，想讨一口水喝，我看他快要渴死了，又不像歹人，就领了回来。"

夫子点点头："请。"

于是就进来一个瘦高的黑脸汉子，衣服破烂得连抹布都不如，轻飘飘地套在一副干瘪的骨架上，腰间挂着一双踩烂的草鞋，赤脚立在那里，从头到脚都是一片黑，仿佛一根被雷劈焦的枯树。

"打扰了。"黑脸汉子抱了抱拳，喉咙里似乎满是沙，一双眼却如两颗星，炯炯发光。

"您赶紧吃些东西吧……"看着有人受苦，夫子心中总不好受。

子贡就领着汉子去了厨房，掀开锅盖，盛了一大盆稀饭，摆上二十个馍、一碗肉酱和一碟姜片："请慢用。"黑脸汉子也不客气，坐下来便吃。

足足一炷香的工夫，大汉终于出来了，并把夫子和子贡都吓了一跳：那副皮包的骨架竟如泡过水的菜干一样，忽然膨胀了许多倍，如今立在厅堂中，虎背熊腰，好像一座黑铁塔了，声音也洪亮起来："唉，好久没吃过这么饱，真是感激不尽啊！这下子又有力气了，咳……事情实在多，总也干不完……我本来只是路过，讨口水喝……不过人是应该知恩图报的，听说您打算登泰山，虽然我不赞成，就帮您一帮吧。"

夫子有点茫然，问："还不知尊姓大名？"

"不敢不敢，别人都叫我翟……"汉子一笑，露出一口白灿灿的牙。

5

这年春天来得早，刚出正月，河上的冰就融得一塌糊涂，到处闪耀着碎光，在湿漉漉的河岸边，立着一个胖鼓鼓的东西，红通通的，远远看去，仿佛搁浅的金鱼。

"轻的往上飘，重的向下沉。用火一烤，热气自然就能带着人飞上天了。"翟先生解释道，"有了这个，可以直接飞上玉皇坡。"

"了不起！"季康子盛赞，"万水千山都不在话下了，果然科技才是第一生产力！"

"这个嘛，还是要以人为本。"翟含糊地说。

"能飞得更高点吗？"子路问。

"倒也可以……但我不愿意。我是崇敬鬼神的，玉皇坡是人间的界碑，我就只能送到那里，再往上呢，就看各位自己的命了。"

夫子只点点头，望着云桴，满脸的皱纹中，埋藏了几分忧郁。

云桴只能坐三个人，除了翟先生以外，夫子就只带子路随行。其他人非要同去，然而，夫子心意已决，任何人都没办法的。

"现在世道不好，你们都有自己的正经事要做，就不要来掺和了。"任谁劝，夫子就只是这样答复。"我只去看看便回来。"他又特别对子贡说："有什么事，你要多照看一下。"

子贡深沉地点点头，大伙都红了眼圈。

三天后，是个顺风的好日子，鲁国的政要和各国大使都来欢送夫子孔。翟先生请夫子孔和子路上了云桴，解开了缆绳，点上火，云桴就腾空而起。

脚下的大地渐渐远去，地上的人、房屋、田野、河流都渺小起来，黑的土，绿的湖，白的烟，连绵的青山，五颜六色的颇好看，尘俗的渣滓，都缩小不见了，只剩下一目万里的辽阔，眼前是一轮金黄的太阳，耳畔是呼啸的风，送来阵阵寒意，头顶上的火缸烧得滚烫，喷出一股股黑烟和灼人的热气，鼓胀着云桴，跨越山山水水，攀上层层云霄。

"腾云驾雾啊，哈哈！"子路是勇武之士，但习惯了平地走路的人，初次飞天，还是有点头晕心悸，于是就故意大声喊。

翟先生往火缸里添了一铲木炭，冲他咧嘴一笑，那自信的模样让子路颇感动。

夫子觉得有些冷，关节酸痛酸痛的，就裹紧了腿上的狗皮护膝，呼吸有点吃力，心里阵阵地慌，脸色也白了。

"天高气薄，您吸两口这个。"翟递过来枕头一样的皮囊。

夫子把皮碗扣在鼻子上，拧开闩，一股气涌入五脏六腑，吸了两口，顿时舒服多了。

"万千景色都尽收眼底，况且还会移动，实在不输泰山了。"翟开玩笑说。

夫子也笑笑，没有说话，只望着下面越来越远的山河，偌大的一个个国家，都成了巴掌大的弹丸之地，自己一生走过的足迹，不过是一条细线啊。

云雾渺渺，绵绵无尽，一颗明晃晃的大火球，无牵无挂地漂浮着。群山都矮下去了，只剩下前方一座苍莽的山峰，披挂着一层冰雪的铠甲，穿破云海，朝着更高远的地方刺过去，消失在一片青铜色的天空中，抬头看去，仿佛苍穹下悬挂的一条巨大冰凌，在无限的空旷中闪烁着光芒。

"那便是泰山了。"翟轻轻地说。

"是了。"夫子点点头。

玉皇坡上，正飘着细雪。

异常高大的松林环山而生，仿佛一条绿腰带，截断了万年不化的冰雪，也阻隔了人的去路。林边有一块草地，旁边有间小木屋，云桴微微一震，就在草地上停了下来。

三人顿时觉得进入了另一个季节。火缸已经熄灭，脚下却弥漫着厚厚的一层热浪，似乎地下有一个热炉子，雪落在地上，就立刻融化，蒸腾起白烟，仿如温泉池。湿气热乎乎地贴过来，混着松林飘洒出的清香，从毛孔往五脏六腑里钻去，令人颇有点儿目眩神迷，心痒难耐。

"听山中采药的人讲，这林子是神设的屏风，人不可穿过，也不能穿过，"翟先生望着那片茂密的松林，幽幽地说，"登泰山的人，到这里就可以止步了。"

这片松林不知生了多少世代，足有几十人高，宽厚的枝叶挂着水滴，苍翠可人，林间白雾缭绕。三个人无声地望着林子，思绪纷飞。

"好像有声音。"子路紧张地说。

隐约有几声沙沙的声响，然而很快就从耳畔消失了，三人又仔细地听了一阵，却再无动静，唯有雪花静静飘落，水汽袅袅升起，松林如绝壁般矗立，除此，便是了无边界的寂寞。

6

"在云桴上，可以博览天下，您又何必非得登这泰山呢？"翟一边说，一边往铁锅里扔些干菜，又添上水，生起火，再把馍放在锅盖上。"那上面无非就是冰雪，爬又爬不得，有什么可看的呢……"

这间木屋大约是采药人避风雪的，里面有一张火炕和一口大锅，堆了些木柴，这些都是翟考察好的。他知道夫子孔是国宝，所以先前已经自己飞来过一次了。

"唉，你还年轻，不懂得老头子的心情。"夫子眼望着铁锅下面跳跃的火焰，有些出神。

　　翟沉思了一会儿说："那么，我就等您一天……下面到处都在打仗，我实在不能多等，天黑您还不回来，我就只好自己下山了。"

　　顿时，子路又想到那片雾气蒙蒙的松林，心里忽然一阵惶恐，登山的事竟前所未有的沉重起来，他望望老师，想说又不知该说什么。

　　"好，"夫子面色平静，又对着子路说："你也不要去了，在这里陪着翟先生。"

　　"那不行！"子路急忙说，"老师去，我也去！"

　　"这事吉凶未卜，你还年轻，应该多做有用的事，不要跟我去犯险了。"

　　"不成！来都来了，我一定跟您去！"子路急得脸红了。

　　"唉，你还是这么倔强。"夫子摇摇头。

　　说这话时，铁锅里的水已经沸腾，菜叶在水上跳起舞来。三人喝着热腾腾的菜汤，就着咸菜疙瘩和干姜片，吃起了馍。

　　吃过饭，子路出奇地困，便倒头呼呼睡去。雪已经停了，夫子和翟推门而出。地下的那股热气已经消退了，寒气重又袭来，泥地慢慢冻成了一片冰场。满天星斗闪烁，洒下一地银光，雾气已然散去，松林在星光下无声无息，仿如一道影子做成的墙，森然可畏。

　　其实，翟对夫子孔的学说，向来是不大买账的，以为实在于天下大不利，然而见到老头本人，却又觉得他心肠倒不坏，只是脑袋有点迂罢了，所以分别在即，心里还有点难过，便打算说点轻快的话："您觉得我这发明怎么样？"

　　"唔，"夫子回过神，转眼望向云桴，沉思了一会儿说："不错呢，前一回我见过公输般先生，他也在搞什么飞机……将来的世界，恐怕要有大变化，我怕是跟不上时代的潮流了。"夫子叹了气，不自觉地揉了揉腿，年轻时东奔西跑受的那些风寒，如今都沉淀在骨头缝里化成了风湿，寒风一吹，就隐隐约约地疼起来了。

"咳，那家伙，真让人头疼……"翟摇摇头，"'能学'倒是很有道理，只是他有点儿走火入魔了，以为搞明白'能'，就天下无敌了。飞机虽然厉害，但终究还是要以人为本的。我跟他讲过几次，他都听不进去……"

"他只晓得'器'，看不见'道'啊。"夫子叹了口气，"这样，就百害而无一利。"骨头还是酸胀，虽然哀公每月邀请他去泡温泉，可惜一双老寒腿，终究是不能像年轻时一样健步如飞了。岁数这回事，哪怕是圣人，也实在没辙啊。

"是啊。但我和他不同，他是为科学而科学的，我是为兼爱而科学的。"翟转过头，认真地望着夫子，"我知道您看重'道'，瞧不起'器'，不过器不利，事就难成。譬如有人在千里之外行不义，要治他，走路也许一个月，乘云桴只要一日。况且，衣食住行，都要靠器物，粮食丰收胜过饿死人，旅居便利胜过愚公移山，于人有利的就是好的。您不是也说，仁者爱人吗？"

夫子望着前面幽秘的丛林，心思有些凌乱，琢磨了一会儿，才开口："话虽如此，只怕器物高妙了，人心就乱了……"

"可您也别忘了，要匡正人心，得先喂饱肚皮。"翟究竟是年轻，反应也快，"没有'道'，'器'就走上邪路；没有'器'，'道'就走不通。只有器不成，没有器也不成，凡事都不能偏执一端，您不是也主张，过犹不及吗？不论器还是道，都不能弄得太过啊。"

"倒是这回事，"夫子的思绪还是飘忽，沉默了一阵子，才转过头："唔，这些话么，我想也是有几分道理的……虽然我不很同意，但是确实跟您学了不少东西，以后我再想想这些……"

"呵，"翟露出笑，"其实我们求的都一样，只是走的路不同吧。"

夫子发出一阵苍老的笑，笑声淹没在浓密的夜中，北斗星在头上悬挂，仿佛伸手可及。

7

林子里没有路。

黎明之前，地下的那股热浪又慢慢升上来了，不到一个时辰，满地的冰碴都已经烘成了水汽，松林又是白蒙蒙的一片了。脚下的泥土半湿不干，踩上去有点滑，子路背着布包，夫子挂一根木棍，两人互相搀扶着，一点点摸索着往上爬。

阳光在雾气中弥漫，松叶上的露水不时滴落。没有鸟鸣，也不见虫飞，在树与石之间，只有山花和泥土的气息无处不在。

夫子年轻时是登山的好手，现在虽老了，精神却十足，下脚稳稳当当，呼吸不急不缓，跟在子路后面一步步地攀，慢慢地，身子热起来，从头到脚反倒颇感畅快，连风湿病似乎也好了，真有点不亦乐乎了。

"这里真静得可怕啊。"子路倚着一块大石头，擦擦汗，紧张地环视着：前后左右，全是参天大树，层层叠叠，在他们面前不断铺展，如迷宫一样，似乎永远没有尽头。身后，来时的路已然隐没在云雾之中。

　　"是啊，果然已不是人间了。"夫子手扶一颗古松，仔细端详树干上伤疤似的条纹，"你看，这些条纹，长短都一样，却又有两种：一种是普通的一条细线，另一种在正中间却有一个疙瘩，整个树干都是这两样条纹呢……"

　　"真的！"子路吃了一惊，又转身看另一棵，"这边也是一样……"

　　夫子看这些条纹有点眼熟，却一时想不起在哪儿见过，正思量着，忽然一阵风拂过，搅起阵阵松涛，如海浪一般把人的心思托起，轻轻摇荡，飘向远方。

　　远处一阵水声传来，两人才回过神，于是循着水声，绕上一条斜坡，一手摸索着结实的藤条，一手拨开挡在前面的杂草，小心非常地挪着。忽然，子路脚下一滑，眼看要跌落下去，夫子却不知哪里来的力气，一把搭住他的手腕，借着千年老藤的力，把他拉了上来，而落下去的石块只在地上一弹，砰的一声，跌进白雾里，就再无动静了。

　　子路吓得脸色苍白，夫子也累得满头是汗。两人又战战兢兢地爬了半炷香的工夫，终于峰回路转，登上一块平坦的地方。前面一排峭壁，悬挂一条小瀑布，倾泻而下，向云雾深处奔流而去。

　　"都说不少人进过这片山林，可是一个也没出去过。"吃过了肉干和馍，子路蹲在溪边洗着手说。

　　"说是这么说。"夫子捧着冰凉的溪水润了润口。

　　"可一丁点儿的痕迹也没有……"子路心里不踏实，"连遗骨也不见，真是怪事……"

"这山大得很，也许我们没有看见。"夫子又到一颗十几丈的古松旁，盯着树干瞧。

"老师说要来看看天的模样，可这里只有雾，什么也不见。"子路抬头，头顶上一片浑浊的天，看不出什么名堂，"现在大约是中午了，再往前走一段，如果还出不去这片林，我们就下山吧？"

夫子没有作声，他忽然觉得那些条纹竟好像在自下而上地缓慢移动，交换着位置，不禁吃了一惊，以为自己眼花了，揉揉眼再看，却又觉得条纹没有动，而是黑疙瘩在动，从一种条纹的中央蹦到另一种，两种条纹就互相变化，猛看上去就像所有的条纹都在移动了。夫子看得有些头晕，赶忙闭上眼，这时忽然下起了雨。

有颗老松身上有个大树洞，子路扶着夫子钻进去避雨。树洞里一股枯枝败叶的气息，倒也暖和。两个人坐在里面，默默地望着洞外的烟雨。

"唉……"子路忽然叹了口气。

"怎么？"夫子问。

"老师，您不是教导我们要爱人吗？"子路终于忍不住开口，"可这儿连个鬼都没有，您来这里做什么呢？这倒更像隐居的好地方。"

"唔……"夫子不知该怎么答，他心里也有一样的困惑：就算看到了天，又能怎样呢？回到地上，还不是又一切如故。然而冥冥中却好像有什么在召唤着他，心里有一股力，非驱策着他往前走不可，难道说自己中了邪不成？

"我晓得，您觉得人生到了尽头，做的事还不见成绩，就有点倦。道不行，就想远去，见见海阔天空，散散心，这也没什么不好，"子路热切望着夫子，"但您不是也说，君子是做事而不求结果的吗？道不能行，您该早就明了的吧？下面的世界还纷纷乱乱的，能做的事其实还很多……"

夫子的心里一震，愣了一会儿，随即缓缓露出了满意的微笑："子路啊，我已经没有什么可以再教你的了。"

雨停了，只有飞瀑激荡。

"就依你说的，再往前走一段看看，然后就下山吧。"

夫子和子路绕着峭壁走了半晌，才走上一条斜坡。脚下的地皮不再温热，风也硬朗起来，地上开始冒出零星的积雪，松林稀疏开来，雾也薄了，湿乎乎的衣服就格外难受了。子路用脚扫出一块空地，拣了一堆松针，用火镰点着，烤起火来。

等到全身都热乎了，两个人用雪盖灭了灰烬，就继续走。雾气散尽，松树越来越稀薄，身上都挂满冰霜，地上的积雪渐渐连成一片，愈来愈难走，子路也拣了根木棍拄着，小步小步地往上攀爬，夫子在后面跟着，不断呼出白色的气息。

终于，他们登上了一块平地，眼前豁然开朗。

金色的阳光下，一座俊朗的雪峰在他们面前耸立，闪耀着纯净的光。寒风拂过山坡，撩起阵阵飞雪，如面纱一样随风飘摆。除了一排矮松，银装素裹，仿佛明亮的短剑一样插在地里，整个世界就只是一片白茫茫。夫子和子路仰望着一尘不染的雪山，瞬间消弭了心中的一切忧愁。

天空如湖水一般碧绿，云海在他们脚下浮游。

8

望够了雪峰，夫子转过身，看见一行行的青山在地上匍匐，蜿蜒的江河在群山之间奔突，切割出零零散散的田野和村落，在陆地的尽头，河水携裹着红尘，汇入蔚蓝色的海洋。

世界真是广阔啊！

一句诗自然而然地涌上了夫子的唇边："溥天之下……"

诗一出口，夫子便觉得似乎有些不合适，却已来不及了。山巅上的积雪忽然开始沿坡而下，如海浪一般一路翻滚，倾泻而来。

两人登时愣住，这时那片雪松中忽然跑出一只火红色的大兽，头顶一对银角，一双乌黑铮亮的眼睛，惊奇望了一眼两个不速之客，便从他们面前飞身而过，朝着两人起先不曾注意的一个小山洞跑去。眨眼之间，子路清醒过来，拽起夫子的手就跑。雪浪如猛虎下山，一路咆哮，席卷了所有的矮松，在他们头顶疾驰而来。夫子跟着子路昏头昏脑地拼命跑，那洞口又窄又低，子路把布包扔进洞里，刚扶着夫子钻进去，就被一块飞落下来的雪块砸中了额头，一下滑倒，正挣扎着站起来，雪浪已铺天盖地，卷着他朝山下涌去，等到夫子站稳，山洞里已是一片漆黑了。

片刻之后，一切都安静了。

夫子的脑袋嗡嗡作响，大口喘了几口气，便不顾刺骨的冰冷，奋力去挖洞口的雪。然而雪堆得又松又厚，才挖出一点空隙，就立刻被上面的雪填上。夫子不肯放弃，搓搓通红的手，继续挖个不停，万年不化的冰雪就在那满是色斑的手里融化了。终于，夫子从齐腰深的雪地里探出了半截身子，用力呼喊着子路的名字。

山峰耸立，并不动容，苍老的呼唤在山与雪的世界里兀自回荡，终于变成了一声呜咽。

哭过之后，夫子身心俱疲，就退回山洞，用麻木的手翻检着布包，洞里没有可以点火的东西，所幸还有半包姜片，夫子就抓起一把，扔进嘴里猛嚼了一阵咽下去，五脏六腑顿时烧起来，从里到外出了一身的汗，多少暖和点了，然后就往里爬了几下，找到一块比较干而且平整的地方躺下，把冰冷的双手揣在腋下，沉沉睡去了。

夫子似乎做了一个什么梦。

睁开眼，周围黑咕隆咚的，远处有叮咚叮咚的水声。夫子坐在黑暗中，脑袋里全是迷雾。独自愣了好一阵，肚子里就咕噜噜叫起来，夫子摸出几块凉冰冰的碎馍吞下去。洞里又湿又闷，有股动物粪便的气息。夫子如盲人般，不知道前面有什么，只凭双手摸索着往前慢慢爬，累得浑身是汗，满手满脸都是泥，又不敢停下来，生怕一歇就再也睁不开眼，就呼哧呼哧地挪蹭着，同时心里有一种感觉：自己其实还没有醒来。

不知爬了多久，前面终于露出一丝微光。夫子吐了口气，从一个洞口钻了出来，竟来到了一个钟形的岩洞里。

满天群星。

夫子大惊，定了神，才发现那些其实是挂满洞壁的无数个蓝绿色的亮点儿，好似夜空中的星斗一样星罗棋布，闪耀荧光。在极高的地方，又有一块巴掌大的光斑，好像俯瞰众星的明月。洞底的中央是一块圆形的大水池，洞壁上的滴水落在池中，激起阵阵涟漪，水池边躺着一具白骨。

原来有人来过这里啊。

夫子走过去，发现逝者的颈骨和脊柱已经断裂，就仰起头，细看洞壁，发现在"星斗"之间竟有一道道凹槽，螺纹似的盘旋而上。夫子绕着水池走，就真的找到了一个缓坡，半人高，两人宽。那个光斑，大概就是出口，而那具枯骨似乎是走到半路跌落下来的。

夫子心中更惊骇了：如此说来，这泰山，竟是空心的不成？

在蓝绿色的星光下，夫子在螺旋状的壁槽里匍匐而行。

他这一生之中，也曾落魄过，却从未像现在这么劳苦：衣服碎成了布片，膝盖上的棉裤已磨出了窟窿，脚割破了，就扯块碎布包起来，可心里却有一种特别的兴奋，鼓动他不顾浑身的疼痛，继续前行。爬一会儿，就翻个身躺下来歇一歇。岩壁虽硬，却很温热。一想到那具骸骨，夫子心里就一阵战栗：他是谁呢？也和自己一样，是来看天的吗？那些光点儿又是什么呢？倘若往旁边翻个身……夫子不敢想下去，也不敢从槽沿探头向下看，更不敢去看对面密密麻麻的"星星"，免得头晕摔下去。他就只盯着眼前，一圈又一圈，执着攀升，群星在他身边旋转，而他看也不看一眼。

渐渐地，那光斑竟有一张锅那么大了，也比之前更亮、更近了。夫子的头开始发热，眼前的影子也有点模糊，恍惚中，他看到"星斗"都离开洞壁，密密麻麻地朝他飞来。他赶忙闭上眼，做了几个深呼吸，心中不停地默念着"君子坦荡荡"。耳旁嗡嗡地响了一阵，终于清静了。这时飘来一阵凉风，夫子的头脑也清醒多了，睁开眼，幻影都消散了。

　　水滴落在池中，激起更大的涟漪，"星斗"闪烁得更厉害了，而夫子全然不觉，他忘记了时间，也忘记了整个世界，只知道一圈又一圈地攀升着，群星在他身边旋转，而他看也不看一眼。

　　终于，夫子爬到了那洞口，前面是明晃晃的光，一股风吹在脸上。

　　夫子迈进山洞，稳稳地坐下来。半晌，他攒足力气站起来，转过身，扶着块石头，小心探头，只见"星斗"都在下面闪烁，仿佛夜空倒悬在他脚下了。忽然间，它们开始移动，贴着岩壁朝着这边涌来，并且越来越快，如漩涡一般，而洞口正是漩涡之眼。夫子急忙后撤，星如潮水，汹涌而来，洞穴里满是绿光，夫子闭上眼，而脑海里浮现出了"星星"的样子：那形状竟和神林中松树上的条纹是一样的。

　　这东西，原来我真的见过啊！夫子猛然醒悟了。

　　周围暗淡下去了，夫子睁开眼，面前却再也见不到一点萤火，仿佛都顺着洞口飞走了，只留下一个无底似的黑洞。夫子立刻迈步，跌跌撞撞走出洞口。

　　他站在了泰山的顶端。

　　群山都伏倒在他脚下，万千世界，尽收眼底。

　　而头顶上，就是天了。

　　天，好像一汪清潭，平整如镜，泛着白玉似的微光，映出着一个模糊的影子。

　　自从盘古之后，就再没人离它这样近过。

那里是否藏着他追问了一生的秘密?

夫子的心怦怦跳动,踮起脚,探头过去,那影子就清晰起来,却不是夫子的脸,而是慢慢幻化出一个清亮柔美的圆。仔细看,竟是一黑一白的两条鱼,头尾缠绕,悠悠地转着圈。

啊!夫子大骇了。

难道这就是宇宙的秘密吗?

他忍不住,颤抖着手去摸。

天就如一汪水,泛起涟漪来。

两条鱼仿佛吃了一惊,顿时散去,天好像开了一扇门,闪出一道白光,大地开始轰然作响,泰山也崩裂成无数巨石,而夫子孔则在光芒中失去了知觉。

9

星在旋转,光在流淌,冰与火的歌。

10

夫子孔的身体对音乐天生敏感,虽在沉睡之中,闻听雅乐,就慢慢地苏醒过来。

琴声幽幽,弦乐绵绵,夫子闭眼倾听。心随琴动,仿如飞天,随风驰骋,信马由缰,少顷,又直上云霄,万古山河都化成沧海一粟,唯见银河万里,流光溢彩,群星闪烁,明灭不定,天火熊熊,玉珠滚滚,方生方死,如涛如浪。天地浩荡,乾坤苍茫,幽幽冥冥,最终都化作一朵花瓣,飘落无声。

一曲终了，夫子孔的心久久澎湃。

他睁开眼，发现自己赤身躺在一间素雅的木屋里，身上干干净净，没有一点污浊，那些伤痛，仿佛也随着乐声一起被擦掉了。窗外鸟语花香，阳光温柔，石凳上叠放着一件白色的长袍，夫子穿起来，觉得不软不硬，贴身得很，就推门而出。

眼前是一座花园，繁花似锦，绿草如茵，清风徐徐，远处重峦叠嶂，一条雪白的瀑布飞流直下，碧空之上，几朵白云懒懒地舒展着。

这大概是梦乡吧，夫子想。

这时，琴声又起，如清泉流淌，又有几许忧愁。夫子循着琴声，走上一条长廊，阳光透过茂密的葡萄藤，洒落一地。

琴声幽咽，哀愁渐浓，一曲未终而音已止。

一座凉亭，一个黑影，一把琴，一声叹息。

"他的心很仁慈，又有点悲伤。"夫子这样想着，就迈步走过去。

听见脚步声，黑影转过身，淡淡地说："您醒了。"

一身黑斗篷，帽檐低压着，仿佛一个影子。

"是。"夫子行了个礼，"方才听见您弹琴，就过来了。"

黑影微微低下头："让您见笑了。"

"哪里。"夫子说，"我一生闻乐无数，还从未听过那样奇妙的曲子。"

"您觉得如何呢？"

"我似乎看到了宇宙，"夫子如实说，"并且懂了一点点它的心思。"

"呵，那就好。"

"请问，此曲何名？"夫子问。

"信手而弹，并无什么名字……"影子顿了顿，"您觉得叫什么好呢？"

"唔，这个，我一时想不出，只是听的时候，看见无数的星。"夫子回想着。

"那么，就叫《星》吧。"影子轻声一笑，把琴向前一推，"我知道您也是音乐家，可否也弹一曲呢？"

夫子笑了笑，便在影子对面坐下来，手抚良琴，沉思了片刻，就弹起来。凉亭边，花香四溢，泉水声声，天空中几只飞鸟翱翔，琴声舒缓，随风流淌。

弦已止，而乐声仿佛还在耳边回荡。两个人都静默，一起在余音中回味。

良久，黑影才开口，又仿佛独自沉吟："巍巍乎志在高山，洋洋乎志在流水。"

夫子立刻笑了。

"能亲耳听您弹琴，真是三百生有幸。夫子的胸怀，今日终于见识了。"黑影欠了欠身。

"过奖了。"夫子微笑说，"敢问阁下是……"

"唉……"黑影转过身，望着远处的瀑布，沉默起来。

"世上有许多路。若想明白天下，就要走遍所有的路。譬如到了岔路口，先走一回左边，下次回来，再去走一次右边，这样才算见识了天下。"

黑影给夫子倒了一杯清茶。

"史，也是一个道理：譬如诸侯争霸，这一次是秦国强大了，重新来过的时候，可能因缘巧合，秦国反而弱小了……这样走遍了所有可走的路，才算是明白史。"

黑影慢慢地说，夫子静静地听，茶香悠悠地飘。

"总之，所有的路都走一遭，就明白哪些是变的、怎样变法，才能知道哪些是不变的。不变的东西，就是道。"

黑影端起茶杯，夫子也跟着端起。山泉煮茶，唇齿留香。

"然而，时光如水，一去不返，不能回头。因此从古到今，就只有一个史，我们不妨称之为'一实'，而其余万千的史都不能成真，不妨称之为'万虚'，虚实之间，无从比较，也就没法真正明白的'史'，更谈不上'道'。"

夫子点点头，这样的想法，他从前也有过。黑影又把茶添满。

"不过，到如今，终于有了个法子，"黑影用手一指远处的青山，"那里面，有些机器，可以另辟一块时空，在那里，史，从过去一个起点重新开始，直到全人类都灭亡，就再从头来过，一遍一遍，每次又千变万化，'万虚'就变成了'万实'……有了'万实'，就可以相互比较，就能明白'道'了。"

夫子一脸惊愕："我不懂……"

黑影又恭敬地欠欠身："自您之后，已经过去八千八百年了，咱们隔了几百代，我得叫您一声祖先了。"

清风入怀，茶香依旧，而夫子脸色苍白如纸，豆大的汗珠从脑门上渗出来。

11

夫子孔渐渐习惯了新的世界。

每天，他和影子在山间散步，在泉边弹琴，夜晚便一起遥望星空。

这是他"死后"八千八百年的星空。那些星斗，都变换了位置，有些异样，有些陌生。

星空下，是他"死后"八千八百年的世界。这时的人们，多数已去了远处的星上，建立了无数的"天宫"，少数人留在地上，住在丛林中，整日品茶、赏花、写诗，维护那架机器。

乘着一个透明的圆球，他们一起环绕大地飞行。在圆球里，身体像羽毛一样没有重量，轻飘飘地悬浮着，俯瞰这下面的世界，好像自己在飞。地上不见人烟，就只有一排排茂密的森林，翠绿色的一片又一片。只在山谷河流之间，有一些幽深的洞口，圆球带着他们飞进去，里面是一条条纵横交错的管道，巨大的机器勾连套嵌，向着地下一层层铺展下去，无边无际地延伸着。夫子看得一阵眩晕，赶忙闭上了眼。

从那时起，夫子孔就染上了一种忧郁，他时常梦见那些迷宫似的管道，梦见那些银色的机器，它们变成了一副骨架，支撑着大地站起身，朝着天空奔跑而去。

有时候，影子的朋友们还会从远方赶来。他们都穿着黑色斗篷，却并不说话，也不喝茶，只是默默地坐在那里，似乎就明白了彼此的心思，然后起身离去。在一旁的夫子孔，好像也能隐约感受到点什么，虽不明白，却觉得非常惬意。

到了晚上，夫子就悬浮在圆球里，望着陌生的星空，想着心事。

历史发生了两百七十一次，每次都千奇百怪。

其中的第一次，回过头，"创造"了或者说重新找回了"失去"的另外两百七十次，观察着它们。它们在独立的时空里运转，速度比"它"要快很多，它们的一百年，不过等于"它"的十天。它们每一个都同样真实，只不过，只对它们自己来说才是重要的。

人类已经毁灭了两百七十次，每次都悲惨至极，除了"它"，还没有一个能够延续不灭。

"它"唏嘘不已，它继续等待。

按照计划，这样的实验本该还要再发生九千七百三十次。接着，埋在山底下的那些巨大机器会思考上千个日夜，然后告诉你：道是什么。

这想法很妙。

不过这些都不会有了。一场灾难正在"它"身上发生：一种叫作"渊"的东西，正在银河中游荡，所过之处，全部吞噬，如今，正在朝着这里飘来。

最真实的"它"，唯一的"它"，也行将终结了。

于是，人们决定彻底放弃这片星空，远走他乡。

道是什么，这个问题，也就不再重要了。记录被带走，其余都扔下不管了。失去了维护的机器，开始出现各种错误。它维护着的那片时空，也就一个个莫名其妙起来了。譬如说这次，由于什么引力系数一类东西出了错，泰山竟也成了机器的一部分，用它周围的树和石不断地运算着世界的秘密，而天竟成了世界的界限，一旦有人突破了极限，世界就崩解了。

阴差阳错，突破世界的人，却来到了"它"之中。

人类的第两百七十次灭亡，竟是因为自己，这好像神话一样，令夫子孔不能相信。

望着天空流淌的银河，夫子孔好奇地问："之前的两百七十个我，是怎样的呢？"

夜空中慢慢亮起十几个月亮，连成一排，群星暗淡下去了。影子说，那是人造的月亮，里面住了人，不久以后，这些"月亮"就会飞走，永远不再回来。

沉默了一会儿，隐藏在夜色中的影子说："都是有意思的人，"略停了一下，"但没有一个想过要去登天。"

夫子笑了，然后又有点难过。

偶尔，会有一道银色的光升上天，向着那些月亮飞去。

"你为什么不走呢？"夫子又问。

"呵，"影子沉思了一会儿，"我太留恋这里了。"

"这种时候，是容易染上了怀旧病的。"夫子对此深有体会。

"是啊，所以就听天由命吧。"

"这里很舒服，"夫子由衷地感慨，"在我们那边，不少人都梦想来这样的地方——衣食无忧，也没什么争斗。但他们想不到，还要等这么久。"

"确实，之前也有过许多灾难，也有几乎彻底灭亡的时候，然而，总算挺了过来，有了今天。这或许是我所见过的最好的年月了，如果没有'渊'的话。"

在深空，有一个看不见的黑色劫难，正吞噬着星星，朝这里而来。

夫子很想知道在他"死后"的几千年都发生了什么，然而他忍住了好奇，因为心里有别的打算，所以他宁肯不知道这些已然发生的"将来"的事。

"您要是愿意，可以跟他们走，他们倒很乐意。"影子笑了笑，"虽然过了这么些年，您在我们这儿可还是名人呢，大家都没忘记，也都很尊敬您。"

"是吗，真想不到。"夫子摇头，"不过，还是不要了吧。"

"那么您留下来吧，毕竟'渊'还远，大约我们都等不到那时候。"影子诚恳地说。

夫子沉默了片刻，望着远处黑乎乎的山反问："那机器，会怎样呢？"

"自己坏在那里吧。"黑影心不在焉地说。

"能修吗？"

"能，但已没有必要了，除非……"影子愣了一下，"您想回去？"

"唉……"夫子叹息了一声，有些惆怅，"这里真是享清福的好地方，然而我总觉得在这里像鬼一样，不合时宜。况且想起我的朋友和学生，就总是放不下啊……"

"可那些都已经……结束了啊。"

"话虽如此，但我觉得一切都还在。你不是说，可以从头来过吗？"

"哎呀，"影子从黑暗中飘过来，有点忧虑了，"'记录点'倒是有，可以把您送回到毁灭前的某一刻，然后重新继续的……不过，您真要这么做吗？"

夫子目光炯炯：“那就有劳您帮忙吧！”

头顶上，一颗流星划过天际。

12

凉亭边，溪水依旧清澈，但山花似乎不如从前那么茂盛了。凉亭里坐了一排影子，他们都是来送行的。

“机器勉强修好了，况且能量也不足，恐怕就只够再撑一次，”影子交代着，“引力系数校正了，现在大可以去登随便什么山了，不过，说不准别的地方会不会有问题。”

“好。那么，这是最后一次了？”夫子问。

影子郑重地点点头：“再毁灭的话，可就没办法了。”

“这样也好。”夫子点点头，琢磨了一下，“这样也好。”顿了顿，又问：“你能把那边的速度再调快一些吗？”

“可以。”影子会意地一笑，“兴许在‘渊’吞没这里前，你们能想出什么好法子。自然，快还是慢，在那边是不会有什么感觉的。”

“只差了八千年，很快就会追上你们的。”夫子微笑着，似乎很有信心。

“但愿别出什么差池，少走弯路，否则就只有一起……”影子有点感伤了，就举起茶，“能和您相逢，真是好事。”

“我也一样。”夫子说，笑着问，“能看看您的真容吗？”

“嗨，”影子摇摇头：“还是算了吧……”

“也好。”夫子将茶一饮而尽，“那么，您再为我弹一曲践行吧。”

“好。”影子手扶着琴，想了一会儿，“《星》是当时的心境，如今已经弹不出来了。我这儿倒有一个曲谱，是您那时候的，后来失传了，如今找回来了。我请您听一听，曲谱您带不走，就请记在心里吧。"

夫子笑了，又向着那些黑影点点头，走进了圆球中。

琴声扬起，天地都静穆了。

夫子孔闭上眼，心中一片安宁，伴着琴声，周围渐渐黑了下去。

夫子孔从梦中醒来时，太阳正朝西坠去。

他觉得周身乏力，精神也很困顿，所以就在那里呆坐着，偎着火炉，似睡非睡的，直到有人叩门，才清醒过来。

子路站在门口："老师，季康子来了。"

夫子愣愣的，盯得子路有些糊涂了，片刻之后，夫子露出一个笑："请。"

"泰山者，擎天之柱也。这东西穿了几百层云霄，顶着天呢，哪里是人能登的啊……不成不成！"

夫子默默地听，也不应答，脸上却挂着满意的笑，让季康子和子路都莫名其妙。

"……您毕竟是国学大师，万一有点闪失，我们都担待不起……话说您要是想散心，可以安排您旅游，我们还准备划出一块地，给您专心做学问……"

"太谢谢了，"夫子行了个礼，"那么，就不去了吧。"

季康子和子路都登时愣住了。

"与其那么辛苦，真不如做点别的事。"

"哎呀！您果然是圣人哪，就是通情达理！不像别的老头子，固执得要命……"季康子完全没料到这样的逆转，想到自己面子这么大，高兴得有点口不择言，说完自己也后悔了。

夫子却并不介意，只和善地笑："那就烦劳您给我划一块地，我准备盖两间房，办个学堂。"

"好好好，就这么办，要强国，还得靠教育事业啊！"

季康子满心欢喜地走了。

子路却一脸不悦："我们百般劝，您都不听，当官的一说，就立刻改主意，君子是这样势利的吗？"

夫子依旧不生气："君子啊……唉，子路，你永远是这样……"

夕阳下，夫子孔独自站在黄河边上，望着滔滔的河水出神。

一个人慢悠悠地飘过来，夫子回头一看，就笑了。

两个人矗立了一会儿，老聃就开口："这些日子，你在做什么呢？"

"哎，我做了个梦呢。"

"梦见了什么？"老聃淡淡地问。

"梦见我去登了泰山，泰山是空的，顶上便是天，天是软的，像水一样。我一摸，天就裂开，世界就完结了。"

"那么，你明白'天'的奥秘了吗？"

"我不敢这么说。但我看见了奇怪的东西。"

"是什么呢？"

"我在树干上看到了爻，在天上看见了阴阳。"

"唔。"老聃也不吃惊。

"我还梦见了天外的世界，那是几千年以后了，将来的人，也在求道，但是仍不得。"

"哈。"

"我们这里，便是他们造出来的影。"

"嗬。"

"梦里有一个朋友，是一个影子，和您有点儿像。"

"哦。"

"我还梦见两首曲子，都是天籁之音，可惜梦醒了，就全都忘记了，只记得一个叫《星》，另一个叫《广陵散》。"

老聃不作声，杵在那里，如一尊雕像，脸上堆满皱纹而全无一丝波澜，一阵风把他稀疏的几根白头发和垂到耳边的白眉吹得乱颤，一身肥大的黄袍在风中飘摆不定。良久，他才开口："这不是一个好梦，也不是一个坏梦。"

"是。"夫子点点头，"梦里很舒服。"

"醒了呢？"

"很累，但也高兴。"夫子望着浑浊的河水，微笑着，"我还是不能无所欲求，但心比从前平静得多，所以能更刚正一点。"

"咳，这样好。"

"我打算办学堂，不只讲礼乐，也要找人讲算术，讲天文，讲水利，讲种田……这世界还等着我们，可做的事还多着呢，"夫子的眼里闪出快乐的光，"您愿意，也来。"

"我太老了。"

"那可难说。"

老聃没有应答，只露出一抹微笑。

两个人一起望着黄河，河水滚滚向前，夕阳正一点点沉沦，胭红色的晚霞染红了河水。晚风阵阵，吹乱了他们满头的白发。

飞氘，科幻作家，文学博士，清华大学中文系讲师。著有短篇小说集《中国科幻大片》《去死的漫漫旅途》等。曾在《Science Fiction Studies》《文学评论》等期刊上发表学术类文章。作品被译成英文、意大利文、德文、日文等。

木人张

刘洋 / 著

江西人张前溪是个远近闻名的木匠。除了各式家具，他还给县里的大户人家制作过精美实用的木制纺车。他做的纺车让女工一天就可以织出一匹布，这让其他的工匠都啧啧称奇。曾经有一个外省的木匠花重金买了一架他做的纺车，回去后想依样仿制。他拆开纺车的架子以后，立刻为里面精密而复杂的结构而震惊。当他从纺车里取下几个奇形怪状的零件之后，就再也不知道怎么装回去了。

有一天，张前溪去县里做零工回来，在经过一个叫作"夹子沟"的偏僻地方时，遇到了一伙拦路抢劫的山匪。这些强盗个个都手执长刀，袒胸露背，面目狰狞。张前溪非常害怕，便把身上的钱财都交了出来，跪地求饶不止。强盗头子见他已经身无分文，便想放他离去，这时候一个小喽啰认出他来，言明他是个手艺精湛的木匠。强盗头子想着山寨里有许多木工活需要人做，便命人蒙住他的双眼，将他掳回了山寨。

从那以后，张前溪便被困在贼窝里，替那伙强盗做些翻新家具、修补寨门的活。这伙人隔三岔五便会下山劫掠，只留些老弱妇孺在山上。如果劫有所获，他们便会去县里大肆挥霍一番，只留下少许银两买点糙米带回山上。在过了半年食不果腹的日子后，张前溪终于忍受不住，鼓起勇气，趁着一次强盗外出劫掠的机会溜出了山寨。不料他对这里的山路不熟悉，一路左拐右拐，竟然碰上了打道回府的强盗们。再次被抓回来后，强盗头子便让人锯断了他的右腿，以免他再次出逃。

变成了瘸子后的张前溪觉得万念俱灰，几次三番想要寻死，却都被人发现救回。万般无奈之下，他也只好继续在这个强盗窝里艰难度日。没有腿之后，行走尤其不便，他先是给自己做了一副拐，但是挂拐了以后，做起木工活来很不方便。有一次，他看到山寨里用来运货的独轮车，灵机一动，便做了一个人腿形状的车架，车架下又用硬木支起了一个滚轮。滚轮通过一个万向节连接在木架上，可以随意转换方向。他把这个人造木腿绑到自己的断腿上后，终于又可以方便地活动了。

过了一段时间，木匠又觉得虽然木腿下面有轮，但终须另一条腿拖动才可以行走，于是便找了些耐用的牛皮筋，又切割了一些废铁片，做出了一整套精巧的传动装置，一起放置在木腿里，使得脚底的轮子可以自行转动，只需要每天早上在腿上上好发条，便可以自由活动一整天了。那些强盗见了都很惊奇，可是也没有太在意这种事，只是从此以后把张木匠唤作了"木人张"。

终于有一天，官兵围剿山寨，这伙强盗倒也很有血气，几次三番击退了官兵的进攻。无奈官兵人多势众，到最后贼人们寡不敌众，终究难逃寨破被擒的命运。张木匠心里庆幸，暗道这番终于得救，岂料那带队的官差不分青红皂白，将他和强盗们一并关进了大牢，任由他大声喊冤也无人理会。几日后，与他同狱的一位狱友突然得到释放，张木匠询问之下，才知是他的家人前来交了保金。张木匠心道一声苦也，原来他家里双亲已逝，又无妻室，孑然一身，哪里会有人来保他。

如此，张前溪刚脱狼牙，便又入了虎口。牢里的差役惯以虐囚为乐，你若间或有三五文孝敬献上，尚可以免于拷打，否则便会动辄被鞭打脚踢，弄得满身伤痕。这里的饭菜总有一股馊味，吃不饱不说，隔三岔五还会拉肚子，比较起来，倒还不如在强盗山寨里的日子好过了。一旦入监，便面临着繁重的劳役。挖矿，修路，乃至为县令建新宅，不管什么苦活，都只有拼了命地去干。

这样过了一年，事情终于有了转机。那一日，张前溪正在县城东门的运河上修桥，一位督工的狱卒突然把他叫到一旁，见过了一位穿着红袍长衫的官员。那官员是来此巡查的工部侍郎，因为见他木腿奇巧，觉得好奇，便唤他过来一看。张前溪意识到这是脱困的好机会，便取下木腿，呈于大人的面前，并上前为其一一展示其中的精妙之处，令这位大人连连拍案叫绝。这位工部侍郎在见识张木匠高超技艺的同时，心里也逐渐产生了向皇帝引荐的念头。

此时正是天启三年，熹宗皇帝刚下了旨意，向全国征召手艺非凡的木匠。这位皇帝一心痴迷木匠的活计，但凡有精巧的机械呈献，或者向其引荐高明的匠人，都可以得到厚赐，乃至加官进爵。这位工部侍郎立刻向当地县令索要了张木匠，并书信一封给予其交好的内侍，让他代为引荐。果然，没过几日，皇帝便下令召见张木匠，这反应速度简直比召见番邦使节都快。

　　时人或评曰：所谓祸兮福所倚，张前溪因为飞来横祸，而至身残，乃至遭遇牢狱之灾，岂料竟也因此而得以入宫，陪侍于皇帝身边，前途不可限量，真可谓是造化弄人啊！

　　张木匠见到皇帝的时候，已经是入夜时分了。一个小孩子正在一个三角架上刨木材，周围几十支蜡烛把房间照得亮堂堂的。他抬头看了一眼张木匠，一句话也没说，便又低下头继续干他的活去了。张木匠走上前去，突然拉住了那小孩的手。旁边的太监吓呆了，连忙上前来想要拽开张前溪。小孩抬起头来，不解地看着张木匠。张木匠先前只是因为见了熟悉的木匠作坊和工具而做出了下意识的动作，现在突然意识到站在面前的乃是高高在上的皇帝，冷汗顿时从背后冒了出来。可是木已成舟，他也没有退路，只得强自稳住心神，向那小孩说道："刨木头一定要顺着纹理刨，这样才能使其表面光滑。"那小孩愣了一下，然后说："你来刨给我看看！"于是张木匠接过对方手上的刨子，趴在木头上，仔细地观察了一下木材的纹理，然后抬起身来，用刨子在木头上轻轻一推。随着一片木头卷花从刨子上掉落，木头上顿时露出了琉璃般光滑的表面。

　　从此以后，张木匠就在宫里的木工房内住下了。每天一大早，小皇帝便如同做早课一般准时地来到木工房里，向张前溪学习各种木工的技巧。张木匠先教会了他一些木工的基本技术，矫正了他在使用墨斗、刨子、圆凿、横锯等工具时的一些不良习惯。因为先前小皇帝只是跟身边的几个稍通木工的太监学习过，所以很多地方都做得有些想当然。然后，从木板的卯榫结合开始，张前溪开始教授家具和木制建筑的制作方法。他带着小皇帝依次制作了俗称"小木作"的诸项器物，包括棂星门、格子门、板棂窗、门窗轴、单勾阑、阑槛钩窗、八角栅栏、雕花外檐等，然后便是"大木作"的逐项内容，包括平棊、藻井、勾阑、博缝、垂鱼、柱额、铺作、角梁、飞子、攒尖、庑殿、卷棚等。三个月以后，在后花园里，皇帝和张木匠两人竟然独立造出了一个以八角亭为中心的小园子。

皇帝当然不满足于这样的成果。他对张木匠的木腿越来越感兴趣。有一天，他对张前溪说："你为什么只教我做那些不会动的死物呢？朕想做这种能够自己动起来的东西！"张前溪于是立刻上前拜倒，说："臣惶恐！不若从偶人试之。"于是他开始教皇帝关于齿轮、凸轮、飞轮、绳链、曲柄、连杆、辘轳、擒纵等基本机械构造的作用和制作方法，然后组而合之，做出了一个人形的木偶。这个木偶高一尺许，以流水为动力，能够沿着水道行走，看起来栩栩如生。皇帝非常高兴，命内侍给木偶穿上华丽的衣服，又和张前溪一同对其进行了各种改进。一个月以后，木偶腹内的机械已经繁复得无以复加了。此时的木偶，不仅能够行走、跪拜、倒立，而且可以从事踏锥、舂米、磨面等农活，也可以完成跳丸、掷剑、吹箫、抚掌等灵巧的动作和表演。

到这时，皇帝又提出了新的要求，他说："能不能造出一个离开了水流，仍然可以运动自如的人偶呢？"张前溪说："既是竹木为身，皮革成筋，这些东西要动起来，便都需要动力来源。若不用水，还可用风、畜、丝簧等为力源。"于是二人商量，用东海献上的上等鱼筋为簧，绕在轮轴上，作成发条，以其为木偶的动力，做出来的木偶可以在花园里自由活动一整天，若不仔细看竟分辨不出其真假，好几次惊吓到那些不明真相的宫女。一段时间以后，连住在慈宁宫的奉圣夫人也从宫女那儿得知了此事，几次三番前来观看木人表演，并啧啧称奇不已。

　　然而外臣对于皇帝的爱好总是说三道四，以为其不务正业，专营机巧，非明君所为。有杨涟、左光斗等人，劝诫奏疏更是频繁，每临朝，必言及匠作之事，令皇帝头疼不已。有一日，司礼监秉笔太监魏忠贤献计说，不若把这些人都囚禁起来，免得他们再阻挠圣上。皇帝命其细陈方略，待听完之后，乃抚掌大笑，连声称妙，当即便令人把张前溪叫来，问他道："先生可做出真人大小的人偶？"答曰可。皇帝再问："这人偶可像朝臣那样口吐人言，持笏走动，下跪磕头？"张前溪略微思索，仍应声称可。皇帝大喜，于是把魏忠贤的主意向他尽言之。张闻之大骇，可是皇帝心意已坚，他也只得勉力为之。

　　一月之后，皇帝突然召见了杨涟和左光斗，待二人刚进入御书房后，便有侍卫从左右冲出，将其拿住。之后不久，有人发现这二人一起从宫中出来，面容冷淡，目光呆滞，见了相熟的人也不招呼，行止有说不出的怪异。又有两位眼生的人陪伴二人左右，据说是皇帝赐下的侍卫。

　　那两位大臣自然便是张前溪制作的偶人，而二人的真身已经被幽囚宫中，不得自由了。陪同的两位侍卫，则负责每天为人偶上发条，让其能够持续动作。从那以后，张、左二人上朝再不提拂逆上意之事，反倒是处处为皇帝说话。其实这人偶每次要说什么话，都需事先设定，此事便多由魏忠贤经手处理。在朝会前天晚上，由魏忠贤拟定文稿，交由皇帝审阅。皇帝刚开始还饶有兴致地查看一番，不过几次下来，便腻了这种事，多半连看也不看便批了稿子，最后甚至让魏忠贤不用上呈话稿了。魏阁拟定文稿后，便交由手下工匠依照稿子，做出"音带"。所谓音带，就是一条很长的硬纸板，上面用凿子打了很多不同形状和大小的孔缝，蜷曲起来，放入人偶的喉间。当其说话之时，音带传动，空气从喉下挤出，穿过音带上不同的缝隙，带动上方的胶皮振动，便发出了不同的声音。自此以后，魏忠贤便掌控了这两位重臣的口舌，令其可以顺利插手朝政，而几不为人所知也。他开始拉拢那些亲近之人，拔擢其位，而对那些不顺从其意的人，或贬黜去官，或降罪殒命，或做人偶以代之。如此，魏阉威权日重，到最后，朝廷上所站的几乎都成了阉党之人。

张前溪自做了那些人偶之后，心中长久不安。他利用和皇帝一同做木工活的机会，多次劝诫皇上，应该依循《太祖宝训》，不要让宦官干政。可是皇帝对那些繁琐的朝政实在厌烦，有了可以替他处理繁务的人，他高兴还来不及，又哪里肯听张前溪的话。

一直到了天启七年，此时的魏忠贤已然权倾朝野，外称"九千岁"，各地为其建生祠的竟络绎不绝。张前溪再次向皇帝谏言。他这次说："现在朝廷内外，只知有魏阉，不知有天子的多矣！如此下去，如果有一天他行不轨之事，做人偶以代陛下，又如之奈何？"皇帝这才有所警觉，开始逐渐收回对朝廷中那些人偶的控制之权。

魏忠贤察觉到皇帝对其信任动摇之后，立刻到皇帝身边哭诉，言其功劳，表其忠心，闹了半天，直到皇帝低身抚慰，并赐下诸多赏赐为止。他猜到是张前溪做了手脚，可是张却整日跟在皇帝身边，与皇帝的亲近程度更甚于他，一时也无可奈何。那之后，虽然张前溪再也不肯为他做新的人偶了，可是魏忠贤却传檄天下，选拔手艺精湛的匠人，终于请来了几个胡人工匠，在仔细研究了现有的人偶之后，竟然学会了仿制。于是，魏忠贤不动声色地造出了一批新的人偶，用其偷偷换掉了宫内的贴身侍卫。原来他眼见圣眷日衰，终于动了除掉天子、扶植新皇的心思。有一天傍晚，皇帝从木作坊回乾清宫，途径西苑内湖上的长桥时，有一个侍卫突然冲出来，将皇帝撞下了桥，幸而张前溪在侧，连忙下水将皇帝救了起来。虽然幸免于难，但小皇帝却受了很大的惊吓，从此以后身体便日渐衰弱下去，终于在半年后病重离世。

天启一去，魏忠贤便命人秘捕张前溪，欲除之而后快。幸而张木匠见势不妙，提前离开了京城，这才逃过一劫。

崇祯即位后，起初还颇为倚重魏忠贤，以为其恪谨忠贞，可计大事。可是他很快就发现了朝臣中的诸多诡异之处，细查之下，他们竟然大部分都掌控于魏忠贤手中，心里遂起了将其诛杀的念头。他先是换掉了全部的宫中侍卫，令心腹之人领之，然后借机惩治了几个魏忠贤的羽翼，同时下令停止为其修建生祠的行为。如此几番，朝堂上渐渐升起一种"倒阉"的气氛，一些嗅觉敏锐的官员们便开始纷纷递上弹劾魏忠贤的奏章。不久后，魏忠贤感觉到大势已然不可逆转，便上书称病辞爵，得到皇帝应允。之后，皇帝又将其贬往中都凤阳祖陵，命其守陵。魏忠贤心知不妙，为了自保，竟带了一千余名卫兵同行。同行的车队中，还有若干庞大的木箱，不知装了何物。

果然，崇祯很快又传下密旨，命锦衣卫旗校将魏忠贤缉拿回京。在河北阜城，锦衣卫终于追上了魏阉一行，一言不发便开始对其进行围剿。魏忠贤手下的卫兵们只抵挡了片刻时间，便逃的逃，降的降，终于只留下了魏忠贤独自一人在马车上了。魏忠贤长叹一声，按下了马车上的一个机栝，在马车上的几个木箱子突然爆开，露出了装在里面的庞然大物。原来那全是一些巨型人偶。那些人偶从车上缓缓坐起，竟有三丈之高，其通体由精钢打造，手执长刀，大步向锦衣卫们冲了过来。在钢铁巨人一刀之下，往往数十人身首分离，鲜血溅射到巨人身上，看上去宛如来自地狱中的魔鬼，让人胆战心惊，震怖无比。这些铁人不惧刀兵，悍勇异常，几千锦衣卫面对它们，竟无计可施，连连败退。如此大战了半个时辰，锦衣卫已然溃不成军，只得暂且收兵。

见此，魏忠贤便弃掉马车，骑在铁人头上，复又南下。走了数十里路，来到一处峡谷。此地乃太行山一支脉，路旁山峦高耸，只有一条小路通过。魏阉犹豫半晌，仍然决意前行。行不多时，突然看见前面有一木人，身高一丈，粗短的下肢上装着滚轮，使其行动迅捷异常。那木人胸口处开着一个小窗，原来竟然有人藏身其中，魏忠贤马上意识到，这人肯定是张前溪。于是他立刻驱动钢铁人偶冲上前去，意图将其击杀。张木匠的木人显然不是这些钢铁人的对手，其大小不及后者的三分之一，而且也没有精铁那样的硬度，一击之下，木人的一只手臂便从身上折断掉了下来。木人见不可力敌，便转身向后逃去，动作倒是很灵活，连续多次躲开了钢铁长刀的劈砍。

在山路上奔行一段路后，诸多人偶汇集到了一处狭小的圆形谷地里。魏忠贤见木人在此停了下来，心里突然涌起了一种隐隐的不安感，正想转身离去，却见谷地周围突然间燃起了大火。显然有人事先在此准备了大量木材，可是那些木材却又只是环绕着谷地，并不会燃至山谷中央，不知道目的何在。魏忠贤既惊且疑，却也不及多想，只是一心扑上前去，调动铁人围剿着那木人。木人灵活地闪躲着，在山谷狭小的空地里左突右进，那些笨重的铁人很难跟上它的节奏，战斗虽然看上去凶险异常，其实却是逐渐陷入了僵局。

大火越燃越大，魏忠贤心知铁人并不怕火，所以并未对此有所顾忌，反而多次想把木人驱入火中。随着时间推移，谷中的温度越来越高，汹涌的热浪不停地从魏阉的脸上刮过，身下的铁人也不知不觉变得滚烫，即使隔着一层木制的坐垫，也能感觉到其中散发出的热意。在某个瞬间，魏忠贤突然听到"咔"的一声，似乎是某个齿轮脱落的声音。然后在他旁边的一个铁人便猛地僵立在那里，再也无法活动了。就在他还没搞明白怎么回事的时候，又有一个铁人停止了运动。随后，在很短的时间内，那些铁人内部一个接一个地发出了嘶哑的声音，然后便僵立不动了。

就在最后一个铁人停下来的瞬间，魏忠贤突然从铁人身上跳下来，转身向着山谷外跑去。可是他没跑几步，便看见那个木人站在了自己身前，伸出细长的左臂，将自己一把握住，然后慢慢提起，凑到了木人胸口处。在那里，张木匠正透过窗户，微笑着看着他。

"你……你使了什么妖法？"魏忠贤瞪圆了双眼，厉声问道。他想不通，自己这些精心打造的铁人为什么突然间便无法行动了，而面前这个看上去简陋得多的木头人却毫发无损。

张前溪早就从那些胡人工匠处得知了魏阉制造铁人的消息。不仅如此，他还知道这些铁人均是用精铁为壳，里面缠绕着重重的钢簧作为动力，用坚硬的龟壳磨制成凸轮，以韧性最好的浸油丝弦作为绳链，用最硬的牛骨作为曲柄，以最好的红木制成连杆。一言蔽之，就是不管什么部位，都务求坚固耐用，简直像是要打造一座永固的堡垒一般。

"温变！"张前溪只是简单地说了这两个字。眼前的太监大概从来也不知道，万物皆会因燥、湿、寒、温而变形，战国李冰所用"烧石易凿法"便是其例。而不同材料的温变程度皆不相同，如果贸然在精密的机械中用到那些温变程度相差甚远之物，则很容易会在温度的剧烈变化之下，出现严重的故障。譬如两个紧密咬合之齿轮，其中一个骤然变大，咬合处必然扭曲变形，然后逐渐影响到整个传动系统，最终让整个机械停止运转。

败退次日，锦衣卫兵士们突然发现，在其下榻的馆驿门前，躺着一个捆绑严实之人。上前查看，竟然是魏阉本人。众人大喜，乃将其执送回京。不料在途中，魏阉料想此去绝无幸存的可能，遂服毒自尽。

崇祯此后曾派人前往江西，寻找张前溪的下落，可惜其旧居已经破烂不堪，人也不知去向。后有乡邻传言，忽一日，有一木头巨人经过，众人皆惊惧不敢靠近，半晌，有一甲长欲近前查看，却见那木人身侧突生两翅，竟飘飘然腾空而去，从此再无所踪。

刘洋，科幻作家、物理学博士，现任教于南方科技大学。2012年开始发表科幻作品，目前已在《科幻世界》《文艺风赏》等杂志发表短、中篇科幻小说60余万字，部分作品翻译后在《Clarkesworld》《Pathlight》等刊物发表。已出版短篇小说集《完美末日》《蜂巢》。作品曾获第一届星空奖、第四届光年奖一等奖、第八届全球华语科幻星云奖科幻电影创意专项奖等。

温雪

昼温/著

一

多年之后回想起来，我不得不承认，就是从那一个晚上起，我平静的生活开始逐渐走向混乱而失控的雪崩。

那时，我和李桓还都是山前大学不同专业的本科生，相互之间也没怎么说过话。结束社团活动回宿舍的路上，我和他恰好同行。

山前市的冬天一如既往的漫长又寒冷。前几日下过的雪早已失去了"银装素裹"的美貌，化成了污水，又冻成了坚冰。我把自己裹得严严实实，只有眼睛暴露在空气中，小心翼翼地在白雪光滑的肌体上行走。

路上行人寥寥，不过都和我们一样，拖着步子慢慢走。没有人急着回家。外面冷风肆虐，室内也和冰窖差不了多少——集中供暖三年前就停了。如今，除了少数富贵人家，没人的家里是温暖的。不对，真正的富贵人家早就搬到南方去了。他们负担得起高昂的房价，也能找得到关系，在极端限流的情况下拿到户口。

我和李桓显然不属于这一类人。付不起钱，我们只能挨冻。在家里挨冻，在宿舍里挨冻，在教室里挨冻。

在路上挨冻。

两人沉默地走了一会儿，我突然意识到他在看我。

我不太想和他说话。我太冷了。和不熟的人说话要调动精力和能量，还要在任何话题下装出一副饶有兴趣的模样。平常倒还好，但是今天我太冷了。

又过了一会儿，我觉得我不能再无视他的目光了。

我假装刚注意到他，望向他，给了他一个询问的眼神。

李桓也是全副武装，只有眼睛露出来。我第一次注意到，他的睫毛很长，微微向上翘起。

但是他的目光躲闪了一下，好像在犹豫。

那正好。我又盯住了眼前的道路，专心致志地防止自己滑倒。

"那个……岳阑珊，你是岳阑珊同学没错吧？"

他终于开口了。这还是我第一次听到他开口说话，声音藏在厚厚的口罩后面，闷闷的。

"是的，我是。"

我们在同一个社团都待一年了，你还不确定我的名字，李桓同学？

"我，我有个东西要给你……"

我猛地回过头，诧异地看着他。他停了下来，艰难地把手伸到背包里摸索半天，掏出了一个半本书大小的纯白色长方体。

我伸手接了过来，不由自主地"哇"了一声。

这个神秘物体的表面在月色下闪着晶莹的光，好像是雪白色的大理石，但是却十分轻盈，仿佛真的是雪铸成的一样。最关键的，是它在散发出温度。

隔着手套也能感受到，它周身温暖异常。在能源极度匮乏的今天，它能在这寒冷的户外任性地发热，实在是奢侈。

"这是什么？新型号的暖手宝？"

"嗯，这是我，我自己做的。我是学材料的嘛，这是我上个月发明的。这是，这是由纳米级的摩擦粒子聚合而成的。摩擦不是可以生热嘛，我发现这种粒子就是可以，可以，嗯，收集这种热量。"

他好像是第一次给别人解释这件事，完全没有组织好语言。

"摩擦粒子？这个名字是你自己起的吗？"

他用几乎听不到的声音"嗯"了一下，长着长长睫毛的眼睛看向了地面。

为了不冷场，我开始调动社交能量。

"挺不错的名字啊，"我口气轻快地恭维了一句，"那它是怎么收集热量的呢？"

"让它们附着在摩擦表面就好。比如这里——"他指了指自己的衣服。

"这样，每天走路或者是跑步的时候，那些粒子就能把热量收集起来，然后处理一下，然后就能保持一段时间恒定的温度，嗯。"

我露出了恰到好处的微笑。但是，一想到会被口罩遮得严严实实，我的微笑就立刻消失了。微笑也是需要消耗能量的。

"那真的是很神奇呢。"

他又看向了地面。我感觉他的脸应该是红了。

"不过，摩擦生的热量应该很少吧，要维持这样的温度，需要花多久呢？"我指了指他递给我的那块白色的长方体——后来我们管它叫温雪。

"25天左右。我天天去跑步，衣服之间的摩擦会比较多一些。"

"这么久，就给我了？"

"嗯，那天你不是在朋友圈说手冷吗，所以我……"

我的心感觉被什么击中了。已经很久很久，没有人真正关心过我的感受了。我也早已接受，在这个冰天雪地的世界，大家依靠着有限的能量，越来越不愿意留意他人了。

但是，这里，站着一个少年。就因为看了我发的朋友圈，在寒冷的冬夜里一圈一圈地奔跑，收集起点滴热量，组成了这样一个美丽的方块，送到了我的手上。

我把它紧紧贴在胸口，感觉那热量渐渐穿透了羽绒服，温暖了冻得发抖的五脏六腑。什么东西融化了，竟然变成泪淌了出来。

他看到我哭了，突然不知所措起来。

"你要是喜欢就留着吧，我先走了。"

接着，他转身就逃走了。一些还未凝结的雪水被他踩得啪嗒啪嗒直响，欢快地溅在了他的裤腿上。

我非常确定，我就是在那一瞬间爱上他的。

然而，很多年以后我才知道，当时他只是实验经费不足，想把那块初代"温雪"租给我而已。但是，看到我的反应那么强烈，不善社交的他怎么也不好意思把收钱的事说出口了。

这份不好意思，却惹得我心动多年。

二

我们因为那块"温雪"熟络了起来。

李桓常常在社交软件上找我聊天。一开始，他只是询问"温雪"的情况，后来我们就什么都聊了。

他的生活比我单调很多。在我辗转学校各个社团和学生组织并投身各种活动时，他只是在实验室里捣鼓他的纳米材料。

我知道，我们只是获取精神能量的方式不同罢了。这是我的一套理论。我相信，人除了要从食物中获取身体所需的能量，还要从身边的事物里吸收精神能量。我有一个精神能量表，一旦自己心情低落——这在寒冷的地方是常事——就从头开始做上面的事，直到重新振作起来。

第一条，参加社团活动。第二条，聚餐。第三条，和闺蜜们聊天。我的能量来自热热闹闹的人群。至于总是形单影只的李桓，我想如果他也有一个这样的表格的话，那第一条应该就是独处。

不过后来，我发现我开始在他的身上汲取能量。

在这个寒冷的时节里，他的一个消息，他的一条动态，他从教室走过时的身影，都好像一碗温酒，从我头上浇下。而他的存在，就如同那块暖暖的"温雪"，让我的心一直热热的。

我做了一个新的精神能量表，第一条只有两个字，那就是他的名字。

有的时候，我会疑惑，他会不会感受到我的温度呢？

也许会吧，不然他就不会常常都找我聊天聊到深夜了。他会和我讲"温雪"的制作过程，会抱怨摩擦产生的热量太小，收集太慢；他会和我讲家里为取暖的事情发愁，可能会有一天不得不南下偷渡；他会和我讲自己小时候骑自行车跑到好远好远的地方，在废弃的工厂里找到一个草丛仰面躺下，看一整个晚上明亮的星空。

那个时候，我好想说，我愿意陪你改良"温雪"，我愿意和你一起去南方发展，我愿意与你一起看星星。但是，我说出口的，只是"加油！你一定可以的"，只是"对啊，我们家也觉得暖气费越来越贵了"，只是"嗯，我也爱看星星"。每回一句话都很小心翼翼。他是我精神能量的来源，是我的太阳，我害怕我会失去他。

有时，舍友看不得我每天晚上捧着手机熬夜的样子，会不留情面地浇我冷水。

"哎，我说，你那个李桓，到底对你什么态度啊？"

"我……我也不知道……可是他每周都会和我聊天聊到很晚，应该也许大概有那么一点点好感吧……"

"我猜猜，是不是每周二和每周五晚上？"

"对啊，倩倩你怎么知道的？"

舍友露出了无奈的表情。

"我的一个朋友是他的同学，他告诉我，李桓每周这两天都要去实验室熬夜调试机器，估计是挺无聊的。也就你这么傻，会陪人家这么晚。"

我的心一沉，不过嘴上还是没有服输。

"那，那他为什么没有找别人，光找我呢……"

"我的傻姑娘，你们也就网上聊聊天吧，你怎么知道人家不找别人呢？别当他排解寂寞的工具了好吗？"

我没再搭腔，心里真的隐隐害怕起来。

这天又是周二。晚上八点，李桓的信息又准时到了。

我躺在被窝里，把温雪放在胸前，还是在网上有一搭没一搭地和他聊天，但是心里开始犹豫着要不要试探一下他的态度。

我的想法还是隐隐约约被他察觉到了。互道晚安之后，他又发过来一条信息。

"阑珊，我知道你在想什么。"

真的知道吗？他终于要回应我的温度了吗？我的心怦怦地跳起来，不敢回话。

等待的一分钟，我感觉有一年那么长。

"阑珊，我给不了你想要的。"

"哈哈，你想多了吧。你有什么呀，我才没有想要的。我当你是朋友而已，总是觉得别人喜欢自己可是人生十大错觉之一哦！"

"那就好。那就，晚安了。"

"还以为你要说什么呢，赶紧睡吧。"

放下手机，我用被子盖住了抽泣声。

三

第二天见面，我们都默契地装作什么都没有发生过。他还是一门心思地研究他的"温雪"，而我，继续以朋友的名义陪在他身边。我一心也想做他的能量来源。我倾尽所有，照顾他的起居，也帮衬他的事业。

不过，他所选择的行业竞争激烈异常。

近年来，石油和煤炭已被挖掘殆尽，可控核聚变仍如空中楼阁般遥遥无期。能源危机影响到了这个世界上的每一个人。

在中国，取暖成本居高不下，北方的大量城市人去楼空，变成座座鬼城，迁都的传言甚嚣尘上；面对汹涌而来的外地人，南方也不堪重负，稍微好一点的城市都采取了限流政策。别的国家也好过不到哪里去。宜居地带大幅度缩水，人们不得以向低纬度地区挤去，各个地区犯罪率飙升。

当然，人们并没有坐以待毙。在世界能源匮乏的大背景下，新能源技术层出不穷，每一个都标榜自己可以引领革命、拯救世界。就在人口锐减的山前市，一场所谓的科技大会就能吸引到数百个新能源项目组。

精美的PPT、精彩的路演、能拉到政府部门投资的强大背景……每个项目组都各显神通。李桓不善与人交际，甚至不怎么会做PPT，更别提拉关系走后门了，所以只能被淹没在那些包装闪闪发光的项目中，常常愁容满面。我在学校参加过演讲比赛，也主持过几场活动，所以有时也会帮李桓抛头露面，推销"温雪"项目。没过多久，我作为一个文科生，也能就技术细节侃侃而谈。

"温雪从本质上来说是摩擦粒子的聚合物，而每一个摩擦粒子中，都包裹着一定质量的新相变材料——"

"相变材料？"

又是一个技术人员没来的审核组。不过这种情况我也见多了，解释起来轻车熟路。

"相变材料是一种物质的统称，它们能够随温度变化而改变物质形态，并在相变的过程中吸收或释放大量的潜热。比如我们最熟悉的水就是一种常见的相变材料，结冰的时候吸收并储存大量的冷能量，而在溶解过程中吸收大量的热能量。"

我顿了顿。

"而温雪中的新固液相变材料，是我们的专利产品。它对于摩擦相当敏感，可以最大限度地收集摩擦产生的热量。当收集到的热量达到熔点时，就会产生从固态到液态的相变，储存大量潜热；当材料冷却时，从液态到固态的逆相变就会发生，热量就要在一定的温度范围内散发到我们周围的环境中去，从而起到极佳的保温作用。"

一般到这个时候，台下的工作人员便会似懂非懂地点点头，招招手让下一个项目组上台。

后来，终于有几个公司注意到了"温雪"。但是，在进一步将"温雪"商业化的过程中，却遇到了一个怎么也跨不过去的坎儿。

"效率太低了。"

这是与李桓洽谈的几个公司一致的答复。

确实，目前要让一块手机大小的"温雪"在东北持续散发一个星期的温度，至少需要一个人穿着附着摩擦粒子的衣服奔跑50个小时。

不过，还是有人十分看好李桓的技术。

"这是我的名片，如果你找到了高效收集摩擦产生的热量的方法，欢迎你随时回来找我们。"

李桓双手接过名片，连声道谢。

回学校的路上，我看到他把那张名片拿出来，仔仔细细地又看了一遍。

"阑珊，半年了，最好的结果就是这个。你说我是不是一开始的方向就搞错了。摩擦生的那点热量，够什么呀。"

我看着他低垂的眼眉，特别想握住他的手。

"李桓，你看，王总那么看好这个技术，是一个好兆头啊，你应该高兴才是。"

"唉……"

李桓叹了一口气，小心翼翼地把名片收在了包里。

日日与各种各样的人打交道，我注意到李桓的精神似乎越来越差。渐渐的，我发现他头发也不洗，胡子也不刮，走在路上眼神也变得呆滞起来，总被学弟学妹在背后指指点点。

我知道，他的精神能量正在这个他不熟悉不喜欢的领域大量消耗。

一日，山前市大雪，纷纷扬扬的雪花在我眼里是几日后的骤寒，是湿滑的街道，是洒在空中的盐。可是，他却趴在栏杆上看了整整一个下午。

他看着雪，我看着他。想了一百个借口，却也不敢上前搭话。面对他，仿佛只有借助手机，我的勇气才能回来一点点。

晚上，我又接到了他的信息。

"阑珊，有的时候我真的很想去一个地方。在那里，大雪可以覆盖掉尘世的一切，视野之内只剩纯白。天地一色，唯我一人。"

"那……不如我陪你去找啊……"

发出这句稍微有点越界的话后，我捧着手机的手指微微颤抖。

又过了一会儿，他回了简单的两个字：

"好呀。"

望着屏幕，我忍不住笑出了声。

入睡之前，我把今天的聊天记录截图保存了下来，时不时拿出来看看。我知道这些暧昧不清的话语代表不了什么，可是这些他亲手敲打出来的字句，每每都能唤起我心底残存的希望，带来一丝丝转瞬即逝的温暖。

四

为了让李桓尽早恢复过来，我拜托他的舍友多照看他，带他多去参与一些男生的活动。

不久，他舍友就成功了——李桓被说动去参加一场在讲学堂举办的讲座。不过，那理由我可不敢恭维——据说是一个来自英国的美女博士主讲，半个学校的男生都想去一睹她的芳容。

李桓似乎是被忽悠去的：舍友们告诉他，这场讲座可能会对他的研究有帮助。

我也去了。不过一看讲学堂门口的海报，我就知道李桓收获不了什么——讲座主要是关于雪崩的。冰冷的雪山，大概是离暖暖的温雪最远的东西了。

主讲克里斯蒂娜出场的时候，引起了一阵不大不小的欢呼。她确实可以称得上美女，身材高挑，鼻梁高挺，淡金色的头发优雅地卷曲着。尤其是那双眼睛，是绿宝石一样的颜色。深邃而明亮，像雪山间清澈的湖泊。

李桓盯着那双眼睛，看呆了。看着他不自觉地开始整理自己的衣领，我的心里泛起一阵不快。

开讲不久，很多观众就傻眼了。克里斯蒂娜用的是纯正的英音，而且语速极快。不少英语不过关的同学一头雾水，坚持不了一会儿就开始玩手机。

我是英语专业的，还能勉强听懂。不过，我知道李桓的英语水平完全不行，开始想办法说服他离开。

李桓突然用手肘捅了捅我。

"阑珊，你不是学英语的吗，给我翻译翻译呗。"

我露出了难以置信的表情，不过只有一瞬间。

"好吧……"

五

克里斯蒂娜确实有些水平。她的讲座，刷新了我和李桓对于雪崩的认知。

她先以一个真实的案例展开了演讲。

"我研究雪山，是因为一个很好的朋友差点在雪崩中丧生。

那年，是他在这座城市北部的长吉山滑雪的第五个年头。在座的同学们应该知道，长吉山是中国第三，也是世界第十大雪山。而在大型雪崩的记录上，长吉山一直排在第一名。在过去的十年里，长吉山雪崩一共吞噬了上千人。不过，我那个朋友也是滑雪老手了，他自以为已经摸透了雪山的脾气，喜欢自由地在人迹罕见的区域驰骋。

那天，天气很好，他照例带好装备上了山。然后，毫无预兆地，雪崩开始了。

当他察觉到时，只见一堵雪墙向他压来。几秒钟的时间内，他被冲下了几百米，深埋在了雪中。

不过，作为资深的探险家，他毫不惊慌。大家可能会想，雪是那么的松软无害，就算被压进去，只要认准方向，就能很轻易地将自己刨出来。

但是，他没想到的是，他要挖开的不是松软的棉花，而是坚硬的钢筋混凝土。

他四周的雪坚硬无比。

这时，他才开始慌了。在狭小的空间里，他疯狂地敲击着雪墙，感到呼吸渐渐急促。不过，他是幸运的。恐怖的五分钟过去之后，他很快被同伴救了出来。然而，这个世界上和他一样走运的人并不多。所有高山遇难者中，因雪崩而殒命的要占三分之一到二分之一。在这其中，除去被强力气浪击中的人，被埋在坚硬雪墙中而死的人甚至可以组成一个小型欧洲城市。

朋友向我抒发了劫后余生的喜悦后，我的好奇心就被勾起来了。我想知道这是为什么，我想知道柔软的雪花是怎么变成困死人的牢笼的。

后来，我听说法国国家农业机械、农村工程及水与森林资源管理中心有一个专家团，专门设计大型实验来模拟雪崩的过程，试图破解雪崩产生的机制。

离开中国后，我在那里度过了令人难忘的五年时光。我们在实验室里，也在高山上制造过雪崩，我们用化学药剂，也用电子计算机断层扫描仪研究过雪崩。后来，我终于找到了雪变得坚硬的秘密。

在雪崩的过程中，成千上万的雪花在高速下落的过程中相互推挤碰撞，释放了大量的能量。这些能量以热量的形式释放，融化了一些雪花的表面。我们都知道，如果将两个表面融化的冰块紧紧地挤压在一起，它们的接触面将很快重新凝固，变得难分难解。那些雪花也是这样。

在雪崩中，雪花们也在这个混沌的过程中被强力挤压。尤其是在最终平静下来时，雪花表面的水分立刻重新冻结起来，把彼此紧紧相连。

因此，埋住遇难者的，不是柔软的雪，而是坚硬的冰。"

六

讲座结束后，李桓在学校的咖啡馆里拦下了克里斯蒂娜。

他还是拉着我当翻译，不过我完全不知道他要做什么。

"您好，我是山前大学的李桓，刚刚有听您的讲座。"

"我记得你，你听得很认真。"

克里斯蒂娜悠然地抿了一口摩卡。近距离看，她翠绿色的眼睛像藏有一整个宇宙，十分动人心魄。

"小姑娘英语不错。"

"谢谢。"

被这样一个成熟而优雅的女性称赞，我不由得脸红了。

"是这样的，我想问您几个问题。第一，您刚才说，在雪崩的过程中，大量雪花彼此碰撞，会释放大量的能量？"

"没错。"

"是因为彼此的摩擦而产生的吗？"

"自然。"

"第二，引发雪崩难吗？"

看到李桓的脸上露出了久违的微笑，我突然知道他想要干什么了。

他要向冰冷的雪山索取热量。

李桓真是疯了。

七

我可能也疯了。

一个月后，我、李桓还有克里斯蒂娜来到了山前市北部的长吉山脚下。

一开始，李桓是不同意我来的。那场咖啡馆交谈后，他和克里斯蒂娜一见如故。与那些只看重商业利润的公司负责人不同，克里斯蒂娜对"温雪"大加赞赏，当场表示要用自己的知识和人脉支持李桓的研究。后来，他们交换了联系方式。再后来，李桓与我的交流越来越少，那些深夜畅谈的日子也一去不返。舍友告诉我，李桓在翻译软件的帮助下，整夜整夜和克里斯蒂娜在网上聊天。

有时候，我会后悔支持李桓去那场讲座，更后悔当时给李桓当临时翻译。不过，当我想起李桓找到研究突破点时双眼里闪现出的熠熠神采，心里那块最柔软的地方还是被触动了。

后来，李桓带着一卡车摩擦粒子，决定和克里斯蒂娜上雪山验证他的研究。而我，则以随行翻译的名义执意跟去了。

尽管在一个城市，长吉庄比学校还要冷不少。我把自己裹得像一个球一样，还是被冻得瑟瑟发抖。克里斯蒂娜穿得也不少，长长的羽绒服到了小腿。不过，她身材高挑、举止优雅，傲然走在被白雪覆盖的村落间，有点像童话世界里的女王。

到了才发现，长吉庄里留守的村民已经很少了。天气越来越冷，能源越来越贵，很多人举家迁到了南方。

李桓还是找到了一户留守的人家。男主人四十多岁，独自带着一个六岁的儿子。

"叫俺老谭吧。"

李桓握住了他满是冻疮的手，用力摇了摇。

"老乡，如果我的实验成功了，一定让整个村子都暖和起来。"

老谭摆了摆手。

"俺不懂你这个，这次上山的钱给够就行。"

"一定一定。"

寒暄中，我注意到了那个躲在里屋门后的孩子。

"山娃，出来见见客人。"

听到父亲的呼唤，孩子绞着双手，一步一步挪了过来。

我在他面前蹲下来，目光正对着他红扑扑的小脸。他害羞地低下了头。

"冷吗？"

他轻轻点了点头，瞥了一眼父亲，又摇了摇。

我感到自己的心被击中了。

我回头望向李桓，给了他一个请求的目光。

"你想给就给吧。"

我从包里摸索一阵，掏出一块手机大小、刚充满能量的温雪，放在了山娃手上。

和我第一次接触温雪时一样，山娃不由自主地"哇"了一声。

"爹！热的！"

他捧着温雪，兴奋地朝老谭跑去。老谭抚摸着温雪，眼神也渐渐变了。

"这些年轻娃子，还真有两下子。"

八

李桓和克里斯蒂娜的计划相当疯狂。

与各路公司以及政府部门打交道的那半年让李桓十分清楚，利用雪崩收集热量的主意在那些生意人眼里绝对是无稽之谈。所以他决定，先把成绩做出来。

他拿出了全部积蓄，制造出了能堆满一个小屋子的摩擦粒子。然后，在克里斯蒂娜的资助下，他从黑市买了炸药，甚至租了一架老旧的直升机。

让我感到意外的是，想要引发雪崩这样的大型灾难竟然如此简单。克里斯蒂娜给我们看过一个视频，里面是一位滑雪者从雪坡上划过，而沿着他滑行的轨迹，雪墙纷纷崩塌。

"厚厚的积雪看上去很结实，实际上不过是在勉力维持一个脆弱的平衡。在薄弱环节的轻轻一击，就能使整个系统崩溃。所以，李，你的方案真的是很经济实惠。"

来到长吉山的第二天，我们三人就在老谭的带领下上了山。

爬雪山对于我来说是一个很艰难的活动。自从上了大学再也没有体育课后，我甚至都没怎么跑过步。再加上高原反应和沉重的装备，我的体力很快就跟不上了，常常需要他们停下来等我。

第三次扶着我坐下休息时，李桓流露出担心的神色。

"阑珊，都说叫你不要跟来了。"

"我没事。"

我知道，克里斯蒂娜才是真的没事。她身手矫健，爬了这么久也丝毫不见疲惫。此时，她正手舞足蹈，和老谭比画着交流。

"要是那块温雪还在就好了。"李桓握住了我的手。

我的心一下子热了起来。

这时，克里斯蒂娜过来了。

"岳，你还好吗？谭告诉我，观测站马上就到了。"

我点了点头，扶着李桓站了起来。

所谓的观测站，是国际雪山观测中心十年前在长吉山建设的二十个小屋之一。然而，观测中心的人员撤离这座凶恶的雪山已经很久了，只留下了一些必要的观测仪器。

"还是没有能源的原因。再过不久，恐怕全体人类都要撤到温带和热带了。到时候，宜居城市的争夺将不知道会有多激烈。就算产生战争，我也不会奇怪。"

克里斯蒂娜隔着手套抚摸着那些冻得硬邦邦的仪器感慨道。

"如果我们能够成功，这种情况一定会得到改变的。"

看着两人决心要改变世界的模样，我的心里百感交集。

接下来，我留在了观测中心稍做休息，李桓和克里斯蒂娜在老谭的带领下，在观测站附近考察了一番。

结合地形图，他们确认了实验方案：先乘坐直升机将摩擦粒子撒在海拔较高的雪崩准备区，并投放精心控制当量的炸弹。根据模型，炸弹引爆后将会引发一场携带着摩擦粒子的小型雪崩。雪崩会在国际雪山观测中心左上方不远处的一个缓坡停下，然后需要李桓他们立刻去收集充满能量的摩擦粒子，组成温雪。如果回收不及时，那些温雪很快就会在深深的雪中一路下沉，再也没有了踪迹。

李桓对此很有信心：他算过很多次，这次收集的能量，足够长吉庄留守的村民度过一个温暖的冬天。

九

去撒摩擦粒子的日子，我病倒了。

我在老谭的小屋里休息，只能从那个小小的窗户里，看着李桓和克里斯蒂娜把一袋袋的摩擦粒子扛上直升机。

没有专业驾驶员，只有自告奋勇的克里斯蒂娜。

她说在法国那个专家团里搞的几次雪崩都是自己亲自驾驶飞机投放炸弹，经验十分丰富。我不能不相信她的话。她自信的神态、言语中的骄傲、冒险的举动，都令我不得不佩服。李桓看她的眼神，也是充满了敬意。

在我的注视下，直升机还是歪歪斜斜地起飞了。

等到它飞出了视线，我换了一个舒服的姿势躺下，轻轻叹了一口气。山娃走过来，把温雪放在了我的手上。

"姐姐，别担心。"

他的头发好久没洗过了，都打了结。我想起了李桓最煎熬的那段日子，也是这样总不洗头发，看起来不免有些狼狈。不过，自从认识克里斯蒂娜之后，他再也没有顶着一头脏发出过门了。

话说回来，他俩之间的交流也早就不需要我来翻译了。

十

播撒摩擦粒子的过程还算顺利。几天过后，等到摩擦粒子完全渗入积雪中，就是引发雪崩的时机了。

具体实验的部分本不用我操心，可是对于制造灾难这样的举动，我心中一直有着隐隐的担忧。一日，替老谭打扫房间时，我忍不住翻了翻克里斯蒂娜案头的几份英文资料。

前几份都是长吉山的各项数据，没什么特别。而后面的一份手写材料则引起了我的注意。

我这才知道，他们这么做，就是在赌命。

那份材料很明显是克里斯蒂娜的手笔。她通过计算模拟出了实验的另一种可能：摩擦粒子在收集了雪花和雪花碰撞之后产生的热量后，也许会阻止雪花表面融化以及重新凝结。换句话说，由于摩擦粒子的存在，雪崩很可能不会在该停下来的地方停下来。

村庄、老谭、山娃、李桓，都有可能成为这场实验的牺牲品吗？

"岳，这不是你该看的。"

我一惊。回过头，克里斯蒂娜正倚在门框上，抱着手臂望着我。她翠绿色的眼睛深如汪洋，让我读不懂。

"这份资料有中文版吗？李桓知道吗？"

"岳，我跟你不一样。我要操心的事很多，不会什么东西都翻译给他看的。"

"那你告诉我，雪崩失控的概率有多少？"

克里斯蒂娜眨了眨眼睛。

"也就万分之一多一点儿吧。"

"也就？你可知道这是在拿多少人的性命开玩笑？"

"那你以为呢？科学发展史上多少进步不是牺牲换来的？我告诉你，现在科学发展这么缓慢就是因为所谓的人道主义在阻碍。"

看到我的眼神，她停了下来。

"对不起。"

一个轻描淡写的"对不起"并没有传达出多少歉意。

她像看一个幼稚的小孩子一样看着我，嘴角竟然还勾起了一抹笑。我被她的态度激怒了。

"我要告诉李桓。我会阻止这一切发生的。"

"就算是知道，他也不会停止实验的。这是他最后的机会。下个月，这座城市里余下的人就会全部搬往南方，李没钱没势，不会再有机会接近任何雪山。他呀，现在就像手握两个铁球站在比萨斜塔上的伽利略，有一个向全世界证明自己的机会，他绝不可能后退。岳，你是个文科生，你不会懂的。"

"我——"

"而且，恐怕他在心里还隐隐希望雪崩不要停下来。雪落得越久，收集的能量就越多，引发的关注就越多。你说是不是啊，岳？"

她又笑了一下，没等我回答就转身出了房间。她长长的金发扬在空中，像美杜莎。

<h1 style="text-align:center">十一</h1>

搜索了过去的新闻，我才发现克里斯蒂娜比我想象得还要可怕。

她所在的实验团队均以冒险而出名，得出的成果不少，但死伤率竟达到了百分之八十。她甚至因为执意要进行一些过于危险的举动而被不少组织除名，不得已才来中国寻求发展机会。她这很可能是在拿李桓当跳板，想要做出令世人瞩目的成绩，以当作回归主流学术界的资本。

越看新闻我的心跳越快，仿佛正看着邪恶的魔女将李桓推下山崖。最后，我咬紧牙关，决心一定要说服——

"李桓？"

"我，有点事要和你说。"

"我也有事要说，我——"

"克里斯蒂娜已经都告诉我了，我自会有判断。我想说的，是我们两个人之间的事。"

满腔想说的话瞬间消失。蛰伏已久的恐惧从深渊中升起。身体里所有的器官都在发出警告。

"你，你说吧。"

"阑珊，你退出实验吧，回家吧。"

"不行，我还可以帮你——"

我语塞了。一个小翻译，还能帮这两位大科学家什么呢？他们的世界，他们的情怀，就像那些复杂的数据一样。我进不去，我读不懂。

"阑珊，我把我的真实想法告诉你，你就知道我有多混蛋了。我知道你喜欢我，但是我一直在想办法阻止关系进一步发展下去。但是我又很自私地想留住你，所以……"

我暗暗咬紧了下唇，浑身都在抖。那些温暖人心的话语在记忆中破碎，那些温馨暧昧的画面在冰雪里消融。

"阑珊，我是一个注定孤独的人。我负不起对你的责任。对不起。"

"我知道，我知道，我早就知道了。没事啊，我也觉得这段关系就这样挺好的，毕竟大家都不用负责嘛。嗯，反正也都老大不小了，可以从这段感情中毕业了。嗯。"

他看着我，舔了一下嘴唇。

"那就，再见了。"

"嗯。毕业快乐，少年。"

看着他的眼睛，我用尽全身力气扯出了一个微笑。

李桓没有再说话，转身走出了房间。

"姐姐，这是俺爹从网上买的海南椰子，让带给姐姐——姐姐你怎么了？"

我紧紧抱着山娃瘦弱的身体，眼泪再也兜不住了，仿佛整座雪山都被烈焰瞬间融化，变成了瀑布倾泻。

泪水肆虐的时候，我咬紧了下唇，让那份号啕只在心里惊天动地回响。

在这份充满着自我欺骗的感情里，我最后一次告诉自己：

只要不被他听到哭声，我就没有输。

十二

第二天天还没亮，我就已经收拾好行装准备离开了。

山娃主动跑来送我，还帮我背上了一个小包。

拉着他的手，我踏着积雪走出了村庄。

天气很好，大块大块的白云以肉眼可见的速度移动，不时掠过太阳，闪出几道丁达尔天光。

如果要进行实验，今天是个好日子。我摇了摇头，把李桓赶出了脑海。

我们深一脚浅一脚地走着，山娃手里还把玩着那块温雪。

"姐姐，这么久了还是热的，你们好厉害呀。"

"是你那位哥哥厉害。"

"姐姐会说我听不懂的话，姐姐也厉害。"

看着山娃亮晶晶的眼睛，这么多天来头一次，我不由自主地露出了微笑。

"山娃以后也厉害。"

"啊，怎么才能变厉害呢？"

"好好读书，好好读书就可以变得很厉害了。"

"嗯！我一定要好好读书！变得和姐姐一样厉害！"

看着山娃兴奋的面庞，一阵久违的暖流从我心中涌起。

我把他的小手攥得更紧了，眼眶变得温暖而湿润。

原来，这个世界上，我不用一直依靠李桓来获取生活的能量。

和山娃分离时，我忍不住回头望了一眼雪山。

那一瞬间，一缕微风拂过了我的面庞。它是那么轻柔，仅仅撩起了我耳边的发丝。

我与山娃对视了一眼：长吉庄，从来没有过这样的风。

十三

过了很久很久，我才通过各种报告拼凑出那天究竟发生了什么。

当时李桓、克里斯蒂娜和老谭都在半山腰的那间观测站中。我不确定李桓知不知道雪崩会失控的事，他可能想拿到第一手观察资料，可能害怕来不及收集摩擦粒子，可能放不下山下的村庄，想和他们共存亡。

也有可能自以为能够规避那个灾难性的结果——最终他们引爆的炸弹比当初布置的要少很多。

总之，他们准备好了收集摩擦粒子的采集器，便隔空引爆了炸弹。

一切都如当初所计算的那样，炸弹引起了一场规模有限的雪崩，直向观测站上的缓坡扑来。

只是，大自然的精密与复杂让墨菲定律再次起效：最坏的状况发生了。

那场小雪崩并没有在缓坡上乖乖地停下来，而是引起了一场大规模的巨型雪崩。万吨巨雪还未向观测中心扑来，先锋气浪已经掀翻了整个脆弱的房顶。接着，雪墙重重击向墙壁，先是从窗户里一堆一堆挤进来，然后开始从墙壁的裂缝里涌入。最后，整个观测站崩溃了，好像一滴落入水中的朝露，在满天暴雪下，消失得无影无踪。

之后，雪崩也没有停下脚步，以接近于130米每秒的速度冲向了山脚下的村庄——长吉庄。在这个白色妖魔所到之处，所有的建筑都在70吨力量的打击下瞬间粉碎，生还者寥寥。更糟糕的是，相邻的雪山仿佛也收到了震颤，雪崩接连发生。

一阵阵冲击波以长吉庄为中心扩散，穿过了村庄与小镇之间的树林。一开始，它以摧枯拉朽之势摧毁了几百棵雪松，最后到达我与山娃那里的，只剩一抹春风的力道。

搭乘直升机协助救援的时候，我仿佛看到了天堂。

人称"雪窝"的长吉庄被松软的雪花整个填满，变成了一望无际的雪之湖。所有的残骸都被深深收藏在这纯净绝美的白色之下，我在飞机上望着它，失去了速度感、距离感和时间感。阳光洒来，湖面粼粼闪着光。

这，不就是李桓当年最想要去的地方吗？

接着，我看到了他。

被摩擦粒子夺去热量的雪花失去了凝结在一起的能量，也就没有办法再变成困死人的坚冰。很多生还者就是靠着双手从雪中挖出了一条生路。对了，当时我四处发放的温雪也帮了大忙。

李桓当时也没有死。

但是，与迅速离开现场求救的克里斯蒂娜不同，他选择了另一条路。

李桓拿出了一直护在怀中的摩擦粒子收集器，在齐胸深的积雪里艰难跋涉着，从冰冷的世界里召唤那些不断下沉的细小精灵。他身边的一切都在夺走他的温度，直到体温调节中枢功能完全衰竭。

我看到了他在雪中拖出的长长痕迹，我看到了他死死盯着前方的双眼，我看到了他的嘴角，他在笑。

他在梦想中的世界里，让生命停止成了一座丰碑。

十四

后来我才知道，李桓在这场巨型灾难里索取的能量，抵上了山西一座小型的煤矿。

在克里斯蒂娜的大力推广下，温雪技术拯救了陷入能源危机的世界，避免了很多场一触即发的战争。北方城市全部搬空后，很多大公司将在雪山建设能源基地，撒下整座山的摩擦粒子，然后在一场又一场的寒冷而可怕的雪崩中，寻找着维系生活的温度。

而我，最终成为一名常驻山区的支教老师。

在给孩子们讲解"温雪"的历史时，李桓的面容就会在我的脑海里浮现。

那时我已经知道，他当日的决绝，也只是为了在概率面前救我一命。

殉道者，救世主，我爱的少年。

在我们初遇的那一天，递给我一块温雪。

昼温，善于将细腻流畅的少女爱情故事和精深专业的科学主题相结合，书写复杂动人的人物命运。在语言、认知、翻译、脑科学等领域有自己的独到见解，并将其融入作品之中。

著有短篇《最后的译者》《沉默的音节》《温雪》等，其中《沉默的音节》一文于2018年5月获得首届中国科幻读者选择奖（即"引力奖"）最佳短篇小说奖。

告别太阳的那一天

江波 / 著

终于到了告别太阳的那一天。

无边量子号仍旧被无边无际的尘埃云包围，星光暗淡，太阳也不见踪影，然而船长告诉我，今天就是告别太阳的日子。一个虫洞会打开，无边量子号将跨向另一个时空。

这该是件被人期盼已久的事，我却有几分怀疑。

"快点开始准备吧，穿上你最好的衣服，我们要进行太空作业。"船长这么吩咐我。这个要求很奇怪，因为船上的每个学员，都只有两套衣服而已。一套干净，一套脏点，和最好的衣服似乎不沾边。

然而我没有争辩，只是点点头，然后走出了船长舱。

阿强在外边等我。

"他和你说了？"阿强问。

我点点头。

阿强是我最好的朋友，我在火星基地认识了他。从火星上的好望角深空探测基地出发，无边量子号就成了我们的家，两年半的旅途，我们经过了木星、土星、海王星，每一次造访行星的时刻，我们都是搭档。这一次我们要再次搭档了。

"太好了！"阿强挥了挥胳膊，"早就憋坏了，终于又可以出舱了。"

"但是这里什么都没有，根本就没有什么天体，更没有虫洞。"我说出了自己的怀疑，"而且，你不觉得船长很怪吗？本来他下个命令就可以了，但是他却把我们一个个找进船长舱，而交代的话又都一样……"

"你想多了！"阿强不以为然地打断我，他伸手搭住我的肩膀，"现在，我们去做准备吧，这一次，一定要得第一！"

我点点头。得第一是阿强的口头禅，或者说是他的强迫症。事实上，自从我们搭档以来，从来没有得过第一，最好的一次成绩，不过是排在二十开外。然而，阿强得第一的信念从来没有动摇过。

阿强伸出了拳头，我同样伸出拳头。两个拳头碰在一起，随即分开，拳头张开，变作手掌，再次拍在一起，啪的一声，清脆响亮。

这是我们的战前动员。

这一次的出舱行动果然和往常不一样。船坞甲板上人挨着人，至少有上百人，也许全部学员都被船长派遣了出来。

透过巨大的舷窗可以看见外边的世界，船头上不时有辉光闪过，那是原子收集装置捕获气体分子的痕迹。稀疏的氢气云是个危险的所在，如果没有护盾保护，宇宙尘埃会腐蚀航天服。这儿根本不适合太空行走。

太阳呢？根本看不见太阳的任何踪迹。在火星上，太阳是天空中赤色的球体，就像十厘米距离上的一元硬币；到了冥王星轨道，太阳仍旧是最明亮的天体，虽然看上去并不比星星更大，至少也是最明亮的一颗；到了这儿，深入一团气体云中，太阳根本不可见。在这里告别太阳，感觉很奇怪。

船长的广播响了起来。

"同学们，你们都是勇敢的探险者，一路上完成了各种艰巨任务，我为你们感到骄傲。今天，我们将进行最后一项任务，完成之后，你们将从学院毕业，代表人类踏上深空之旅。"

通讯频道暂时被锁定，没有办法说话，学员们彼此间交流着眼神。我和阿强相互看了一眼，阿强向我一笑，竖起大拇指。

"这一次，指挥部并不指定特定任务。你们每两人一组，可以拥有一艘小型探索飞船，随意探索周围的空间，在任何情况下，都可以中止探索，回到无边量子号上。"

"现在，可以开始了。"

船长讲完话。他居然一句也没有提到告别太阳的事，我正有些意外，耳机里响起了阿强的声音："快，木头，我们不能落后啊！"

动作快的学员已经开着探索飞船出发了。

我和阿强坐进了1978号探索船里。

阿强熟练地操作飞船从发射舱脱离。

我们的飞船飞快地超越了一艘又一艘飞船，每次超越，阿强都会兴奋地大喊一声。

"这样飞不远。"我提醒他。

"没关系，只要能拿到第一就好。"

不过一个小时，我们的飞船就超越了最后一个目标。其实也并没有什么目标，因为所有的飞船都没有方向，大家只是随意地飞行。至少在我们的这个方向上，我们是距离无边量子号最远的一组。

"接下来该怎么办？"阿强问。他终于意识到其实并没有什么目标可以实现。

"这真是一次奇怪的探索行动。"他又说，"没有目标，我们距离母舰也挺远了。"

我点点头。

"你倒是出个主意啊！"阿强有些急了。

"我们回去吧。"我说道。既然这里没有任何东西，那么就回去看看船长怎么说。

阿强没有回答我的提议。他发出一声惊呼："无边量子号，无边量子号爆炸了！"他的话语中带着些磕巴，显然受到了极大的惊吓。

我迅速扭头望去，果然，黑色天宇中，一团巨大的火焰正在燃烧。那正是无边量子号曾经的所在。无边量子号的信号指示也随之消失。

这怎么可能！我的心头猛然一抽。告别太阳，这是否就是船长的隐喻？他知道无边量子号会出事？

别的学员显然也注意到了这点，有几艘探索船掉头向着曾经是无边量子号的方位飞去。

"我们飞回去看看。"阿强说着就想掉头。

如果无边量子号真的爆炸了，飞回去也没什么用。

"不如关闭引擎，让飞船自己飞。"我提出建议。

"为什么？"

"我们需要时间检查一下装备，无边量子号已经爆炸了，我们的船飞回去也没什么帮助。"

"但是它万一还在呢？"阿强反问。

"那样它就会找到我们。"我平静地回答。

阿强沉默了片刻，放开了手中的操纵杆："听你的，我先去检查一下氧气供应。天知道他们到底有没有给我们足够的氧气。"

说着，他已经起身，向着后舱移动。

1978号探索船凭着惯性在尘埃云中穿梭。其他探索船采用了各种各样的轨道，其中大多数，都徘徊在无边量子号燃起的熊熊火焰旁，焦急地等待消息。无论如何呼叫，通讯频道始终保持静默，没有一丝回应。那只有一种可能，就是无边量子号真的毁了。

惯性飞行中，我和阿强一起检查了探索船的装备。船上有紧急冬眠舱，可以让人保持在假死状态二十四小时，而氧气的存量，其实只够两个人使用十六个小时，另外还有一件宇航服，氧气配置充分，大概可以呼吸六个小时，还有简易的移动控制装置。

检查完这些，我和阿强都沉默下来。

最多四十个小时，如果不能回到母舰，我们就死了。

无边量子号已经毁灭了，那么就算加上假死冬眠，我们活不过四十小时。

阿强苦笑一下："一个人冬眠，另一个人的氧气用量可以多维持些时候。"

其实那也没什么差别。在这个远离人类文明的所在，多活几个小时也不过是多一些绝望的时刻。

"你去冬眠吧，"阿强说，"我来把飞船开回去，至少距离无边量子号近些。"

"还是你冬眠吧。"我回答，"你的个头比我大，氧气消耗比我大，我在这里，时间可以维持长久一些。你说呢？"

阿强一愣，随即回答："好，就这么定了。"虽然每一次他都像是那个拿主意的人，但是他从来都对我言听计从。他相信我，就像我相信他。在学院里，虽然我们不是最优秀的，却是最默契的搭档。

然而就算是默契，剩下的也不过是四十个小时而已。

阿强进入了冬眠。系统启动的时刻，他看着我，说："如果醒不过来，我就提前道别了。"

"不管是不是能获救，我都会让你醒过来。"我回答。

他咧嘴一笑，挥了挥手。他以为这是诀别。

我也挥了挥手。我知道这是诀别，只不过那离开的人是我。

阿强没有接受过冬眠的培训，他不知道所谓的二十四小时假死状态，其实并不是说二十四小时后不苏醒，冬眠的人就永远不能醒过来。二十四小时内，人体内的氧气可以提供消耗，而超出二十四小时，只要氧气的供应不断绝，冬眠就可以一直维持下去，一年，十年，甚至一百年。只需要一个呼救装置和正确的轨道，阿强就能得到生还的机会。

我飞快地在控制电脑上计算轨迹，寻找让探索船环绕无边量子号残迹的可能性。

最后我放弃了，这没有任何可能。如果不加控制，一旦探索船燃料耗尽，只会距离无边量子号越来越远。

但是设计一条轨迹指向火星，这是可能的。只需要正确的加速方向，以及在正确的位置利用行星引力加速。这是一道标准的学院考题，答案是八十九年后，探索船可以进入火星轨道，并且在轨道上徘徊两年，如果还没有得到救援，飞船就会坠毁在火星上。坠毁是最糟糕的结局，也许算是魂归故土。但是火星基地的人不会迟钝到对一个不明飞行物不闻不问两年之久。他们会行动的，把阿强救下来。

我长长舒了一口气。

该轮到我行动了。为了让阿强维持冬眠到火星，必须将剩下的氧气都留给他。

那件太空服，则是留给我。

该出舱了。从飞出舱门的那一刻起，我的生命将只剩下六个小时，为了断绝临死挣扎重回舱内的可能性，我打算将宇航服的动力装置打到最大，远远离开飞船，飘向尘埃云深处。

我看了看冬眠舱中的阿强，伸出拳头在舱盖上轻轻碰了碰。

永别了，阿强。换一个搭档，也许你就能得第一了。

舱门打开，我飞了出去。这将是我最后一次太空行走。

然而，眼前的情形让我吃惊。无边量子号仍旧在那里！

一时间我懵了。

宇航服内的耳机重新响了起来，"李子牧，请回到飞船内。测试结束，请回到飞船内等待结果。"

这是一场测试？我不敢相信自己的耳朵。

母舰还在，我还能活下去。这简直太好了！

不知不觉间，我发现自己竟然在哭。

三十个小时后，所有飞船的测试都结束了。

这是一次全盲的虚拟测试，我们所见的爆炸，不过是投射在舱内的虚拟增强现实。船上的器具也经过精心设计，包括只容一人的冬眠舱和仅仅维持六小时的宇航服。甚至连两人的组合也经过精心设计，只有一个人知道冬眠舱可以维持很久，而另一个只知道冬眠舱可以让人假死二十四小时。然而，进入冬眠舱的人是无法为自己设置氧气供给的，因为假死初期，过量的氧会让人中毒，再也醒不过来。

一百一十二艘探索船，七十五艘发生了争执，甚至打斗，不得不中止测试。

二十三艘船上，冬眠的只管冬眠，醒着的人也并没有去设法拯救他。

还有十三艘船上，什么也没有发生，两个人一起静静地等死。

只有我和阿强的船上，发生了一些不一样的事。

在船长室里，我又见到船长。

"星际旅行是高度危险的事，不仅需要专业，更需要勇于牺牲的精神，恭喜你通过了测试。"船长说。

"但是这有什么意义吗？"我问。

"当然，我告诉过你，今天是告别太阳之日。"

我不明白，于是看着船长，等着下文。

"你将作为支援舰队的船员前往开普勒星球，投入第二地球的建设。我们会在无边量子号和无畏先驱号之间架设量子传输舱，除了必要的装备之外，只能允许两名学员被传输过去。我要向你致敬，你将是人类的先驱者。"

我用了十多秒钟消化这个消息，半晌后问："那另一名学员是谁？阿强吗？"

"另一学员由你来提名，如果你提名丁子强，那也没有问题。"

那么阿强将和我继续搭档。

一切都变得明晰起来，多年的学院生活将迎来终结，我们将如愿以偿，踏上星辰大海的征途。

"你还有两个小时的准备时间，就当是放假。两个小时后，我们会在甲板上列队欢送你们。"

我向船长敬了一个礼，退了出来。

两个小时的时间，哪里也去不了。

无边量子号启动了尘埃吸收，这被当作场景设计的尘埃云快速消散，星空显露出来。

我很快在浩瀚的星海中找到了太阳，它就像一枚发亮的大头针钉在天幕上。地球和火星太过于渺小，根本就看不见。向太阳告别，那是星海间漫游的人们唯一能够做到的事吧。

无边量子号在星海间闪闪发光。

"木头！"阿强的喊声从背后传来。

我露出微笑。

江波，中国"硬科幻"代表作家之一，2003年开始发表科幻小说，代表作品《时空追缉》《湿婆之舞》《移魂有术》《机器之道》等。长篇代表作《银河之心》三部曲于2016年完结。其作品屡获中国科幻银河奖和全球华语科幻星云奖。新作长篇《机器之门》于2018年3月出版。